林谷芳作品·文化

十年去来

一个台湾文化人眼中的大陆（1988—2003）

林谷芳
孙小宁

著

商务印书馆
The Commercial Press

图书在版编目（CIP）数据

十年去来：一个台湾文化人眼中的大陆：1988—
2003 / 林谷芳，孙小宁著 . —北京：商务印书馆，2018
（林谷芳作品）
ISBN 978-7-100-16232-6

Ⅰ. ①十⋯ Ⅱ. ①林⋯ ②孙⋯ Ⅲ. ①散文集—中国—
当代 Ⅳ. ① I267

中国版本图书馆 CIP 数据核字（2018）第 111952 号

十 年 去 来

一个台湾文化人眼中的大陆（1988—2003）

林谷芳　孙小宁　著

商 务 印 书 馆 出 版
（北京王府井大街 36 号　邮政编码 100710）
商 务 印 书 馆 发 行
北京中科印刷有限公司印刷
ISBN 978 - 7 - 100 - 16232 - 6

2018 年 8 月第 1 版　　　　开本 787×960　1/16
2018 年 8 月北京第 1 次印刷　　印张 21¹/₂
定价：58.00 元

被遮蔽的存在

——我所认识的林谷芳先生

孙小宁

　　把一个充满生命质感与东方文化情怀的台湾文化人推到读者面前，是我很早的一个愿望，也是目前为止，生命中最有意义的事情之一。好多次在朋友圈中说到他，不知怎的，三言两语就自觉地打住。知道倘若一个生命不能饱满地呈现在外，其实就不可避免地存在误读。何况他在大陆，远没有李敖、柏杨、龙应台那般的广为人知。

　　"一个社会有它显性的标准，也有其隐性的标杆"，被他常常说起的这个观念，在他身上得到了最好的体现。但倘不是有 1995 年结识他的经历，1997 年 15 天的访台体验，我还不能印证这种隐性的标杆存在于一个社会的力量。而又倘不是有他皓首穷经、倾几十年之功推出的中国音乐经典《谛观有情》，我也未必能感受它之于另一社会形态的意义。虽然近些年来，两岸文化交流日益频繁，作为入行十年的文化记者，也听到过无数观照大陆的观点与看法，但是比之与他，我总感到失之于空。因为没有一个文化学者，可以如他这般，十几年间在海峡两岸来来往往六十多次。而这经历，又远不是一般台湾人的名胜古迹到此一游，而是如他所说：在谦卑地阅读大陆。无论是在蒙古包中听蒙古长调，还是在青海湖边品花儿，他都比一般人更用心地观察这个社会。与他交流对这个社会的看法，都忍不住觉得，他那出于常情又不乏理性的通透观点，该被这个社会更多人听到。

这期间，他还同时做着中国音乐的整理编著工作。"回馈生命中最初的感动"，这竟是他做《谛观有情——中国音乐传世经典》的初衷，细细体味，其实维系着一位文化人对中国文化的不变情怀。正是这种东西，让我与他不只是一般的相识，更由此结下了生命中不可思议的因缘。他对两岸文化的观察与体认，他作为文化学者、音乐人、禅者在当下社会的生命态度与坚守，他的有情宇宙观以及由此传达出的脉脉温情，都在点点滴滴丰富着我的生命，同时也正好提供了异于他人的看世界、看两岸的方式。我以为，后者尤其珍贵。

因为与他交往，我还不时接触到他的学生。他们统统叫他林老师，而且言语间，不愿意别人直呼其名。现在，当把他推到读者面前的时候，我愿称他林谷芳先生。因为，两岸的语言在各自的领会者那儿，还有明显的差异。在大陆，老师常常成为脱口而出的一种称谓，我不愿就此弱化我内心的敬意。

一、不可思议的生命之缘

就从与他的最初相识说起吧。1995 年，我在《中国文化报》做记者。很偶然的机会，被派去采访中华民族器乐大赛。一块不熟悉的领域，满目面孔皆陌生。组委会的人就说，你就采访一位台湾评委吧。林谷芳先生就这样被介绍给我。一袭布衣的他神情清澈，像是丛林中步出的隐者。他的观感也未落俗套，不是说完优点说不足，而是说到民乐最应该保有的特质。以一个文化记者的敏感，我知道他话题的分量，他是从中国文化的角度观照民乐，其视界的开阔足以令我心悦诚服。

后来在他下榻处进行的补充采访渐渐变成更为广泛的话题。说到中国文化的特质、说到我喜欢的禅宗，一些我所熟知的台湾作家。他惊异于我对台湾作家作品的熟悉，我也惊异于他对所有问题的观照方式，可以将几千年中国文化都打通来看，同时又兼具宗教与人文情怀。

这之后，他来大陆总不忘与我联系，同时带来禅宗方面的书。我们见面的时间并不会太长，但是所谈话题总让我受益匪浅。终于有一天，他问我：如果我请你去台湾，你这边会不会有困难？虽然我对所有陌生的地方都怀有青年人的向往，但因为两岸局势的变动，我仍不敢说，我能成行。还有一个东西埋藏在心里，就是想知道此行到底要做什么。一个日益市场化的社会，很多东西的铺垫都是要达成一个目标，虽然已经感到林先生的为人行事与众不同，但我仍暗暗不安于自己的无以回报。

但是1997年，我还是有了第一次的台湾之行。办证手续异常复杂，我因此错过了一次他组织的民乐演奏会。他常常邀请大陆民乐界人士赴台演出，且并不以他们在大陆的名气来决定人选。我注意到有些演员名字都是在大陆社会普通人少有所闻的，但林先生会由衷地觉得，他们才是真正深谙民乐真谛的人。比如他就特别推崇上海的笛家俞逊发先生。

对我的错过林先生好像并不为憾。他说，这样，15 天都是你的，你可以好好观察台湾这个社会。显性的台湾人人都看得到，隐性的就未必。靠旅行团，靠海基会，都未必是最好的管道。于是这 15 天，他便带着我在社会各个层面上穿行。我看到了一个忙而不乱的他，怎样以一个民间身份发挥着对台湾社会的影响；也看到了他，怎样忙里偷闲地去校对他那本音乐经典《谛观有情》。一会儿是音乐会的主持，一会儿是著书立说者；一会儿品茶论道，一会儿又谈侠论武……别的不说，他在一天间的身份转换就常常让我目不暇接，而他的从容气度又让这一切的纷乱化归一种统一。"您这样做不会觉得累吗？"我常常这样问。"累是因为在做习惯性工作，而我只面对挑战性工作，这样才能知道自己是谁。"

在台湾社会一片"本土化"的声音中，他以讲中国而不受人攻击，是因为他的理由是：要印证生命所学的真实与虚妄。但就是这样的林老师，让台湾有许多如我一样的年轻人，喜欢听他的演讲，听他对当下事件的品评。他的坦诚直接，就像他所做的乐评。这当然缘自他生命的坦荡以及多年来习禅的经历。"禅者要有死在两刃相交下的勇气"，所以看他干什么，都不会有内心慌乱之感。他常说，自己的生命归宿，是要回到修行的层面上，"而后不知所终"，于是便更感记录这种生命传奇的必要。

而我更感恩于心的地方还在于，他让我的台湾之行，真正体现出人与人交往的单纯与美好。每次介绍我时，他总是说：偶然的相逢，也不容易，何不把它做灿烂一点呢，也算是一生一会啊！于是，我在许多场合，都能感受到那种自然而深切的友情。而我也知道，能在短暂的时间中融入他学生辈的友情圈，也完全是林先生的人格魅力所致。这种生命特质，放到大陆，也同样是一个异数。

二、一部经典的大陆命运

15 天的台湾之行过后，我又回到往日的生活氛围。生活还在既有的轨道上运行，但我心中的一些想法却在悄悄滋长。那部中国音乐经典总萦绕在脑海里挥之不去。它所涉及的民乐，在大陆已渐趋式微，而一个台湾人，以自己对中国文化的虔敬，做着一件本该是大陆音乐界做的事情，这种坚守的力量，才是最应该被大陆读者感受到的，而不仅仅是一种出版物的引进。

我把这套书的信息向我认识以及有可能接纳的出版社透露，屡屡碰壁。所得到的答复往往是：经典是经典，但未必卖钱。奇迹却在一家我认为最不可能的出版社出现了。昆仑出版社是解放军文艺出版社的副牌，我所认识的侯健飞也是我在《中国文化报》做"书与人"周刊认识的众多编辑中的一位。我把那套书拿给他看，原本也只是不妨一试的投石问路。没想到几天后的回应却比我想象的要热切几倍。带着军人特有的单刀直入，侯健飞说，他首先是被林先生充满人文气息的感性语言所打动，听那音乐，也渐渐能听出感动。"我不大懂音乐，但我觉得这是一部有价值的东西，我想争取在我们社出版。"

在一家简陋的小饭馆，我们探讨着这套书的出版可能性。那情形，像两个不识人间烟火的人。但也因为年轻，还不能深谙其中的风险，正可以无知者无畏地往前冲。于是所有的困难又俨然不存在。就这么一步步推进，他先是告诉我，他们社领导同意了，但还得上级机关批。接下来又告诉我，因为是音带与书的合成物，所以还得再多一个关口。磨合，再磨合。漫长的等待环节常常让他本就急切的性子变得更加火爆，我们的电话总是以探讨问题始，以吵架终。太急了，他就说，"我真想跳楼。"我只好跟上一句，那我跟着你跳好了。气话归气话，该推进的事情还会努力推进。待一切修成正果，我眼中的侯健飞已变成黑瘦模样。他把在南方监制光盘的种种经历说与大家听，每每都变成众人的笑谈。但里面的酸涩，每个聆听者都能体会。

书推出之后的宣传意外的顺利。所有接触到这套书的媒体都给予了发自内心的关注。而在由这套书而延展开的"谛观有情音乐会"上，林先生也成为第一位在大陆音乐会上做主持的台湾音乐人。

他那种将音乐与人文结合起来的主持风格，是我在台湾访问时早就领略的，但在大陆，这样的风格还属凤毛麟角。他让一场音乐会成为一种音乐理念的延展，同时也赋予了民乐久违的尊严。

有了这次机会，他得以被更多大陆媒体人所认识。许多媒体同行还和他成为朋友。他总是说，这是他生命中"好人碰好人"的一场善缘。但我私下里认为，这还远远不够。因为倘若只是在北京青年宫听他讲蒙古长调，或只是读他的《谛观有情》，对他的认识仍会停留在一个文化传承者的层面，而他生命的更多面向，仍无由被读取。

也是在同行尊敬的目光里，我捕捉到了另一种信息：其实，一个变动不居的社会，我们更需要一种另类的生存，支撑我们的坚守。生活于海峡那边的林先生，是可以提供一种参照的。当我欣喜于每次与林先生交谈都会让我生命清朗之时，我想那也是其他人共同的感受。

如果时代之变，不是微弱的生命所能改变，那么观照，本身也是一种力量。能够不被表象的喧哗所迷惑，观照到社会内在秩序的人，尤其能感受到内省的力量。

三、历史浪漫传奇的最后一代

如果是位严谨而公允的社会观察者，我尊敬，但不会走近，或者说不会如此无负担地走近。但是面对一个可感可触、禅心机敏的生命，我则会毫无保留地说出自己的想法。因为我知道他那种生命之大。

阅读这样的生命，我尚需要更多的功力，但是看到他生命中的面向越多，我越相信，他就是如他开玩笑时常常自比的：历史浪漫传奇的最后一代。

六岁感于死生，高一开始习禅；因被湖上笛声触动，研习琵琶。以很高的联考学分，最后选择台大最冷门的人类学系。之后是长时间的隐居修行，再后来投身社会，参与社会文化活动，在影响极大时淡出社会，成为以一袭白衣为僧众谈禅之修行法门的居士行者。生活、艺术与宗教，在他的身上自然的统一，的确印证了他在《谛观有情》中写到的那句话："生命之全体即为艺术之自身。"

他是禅者，也是艺术家。要说他和那些同样深具才情的艺术家有什么不同，那应该是禅门生死参悟中，所修炼出来的谦卑。有这根柢的谦卑做基底，他的锐气才不会将人灼伤，而在关键之处，又能见出禅者才有的电光石火。比如在纽约大都会做禅茶花乐的节目，舞台布置得极美，音乐也极美，但就有纽约戏剧界的大佬出来挑战：花有，茶有，乐也有，但禅在哪里？当在座的朋友正为之捏一把冷汗之时，却只见台上的他冷冷地吐出了这几个字：我，就是禅！就如此，"众生低首"，完成了一场文化性极高的茶会。

年轻时就有断食经验的他，看到社会精英的大吃大喝，也会直接戳破生命的假象：真精英，又怎会被这饭牵着走？他少读现代派的书，但与现代派论战，也会让人家断语而归。而为台湾现代舞写乐评，又最是让舞者服气。他们说，别人写舞评，我们不敢跳；但读林先生的，反而知道怎样跳。

在现代社会，作为学者，到他那样的名气，我所见的，差不多已著作等身，但他以演讲家的身份四处开讲，经常不落纸端。而他的音乐经典《谛观有情》问世，便让许多著书立说者想起他常挂在嘴边的话：老子五千言，我们要读两千年。

以一袭不变的布衣出入于台北都市的他，常常误让人觉得是古代之人呼吸着现代的风。因为他既不懂电脑也不谙英语，但他不谙得竟然坦然无比：去日本入境，海关以英语问他，他却以一纸汉字对之，海关奇怪这教授怎不懂英文，他纸上又添了一句：教授何以要懂英文？！从来就没有哪个宗教大师要懂英文的嘛！一副"我就是我"的样子，竟也次次顺利过关。但在非常专业的宗教交流场合，他却能听出翻译的误译。迎着别人诧异的眼光，他会说，当年上台大人类学系，还是读过一些洋书的。专业的考不倒我，不会的是生活用语。这不叫不懂，叫遗忘得彻底。每每台上演讲提到这一点，底下总是会心的笑声，觉得这才是林老师。

这样的人本应该活在古代，活在他喜欢的春秋、六朝与大唐里，琴棋书画诗酒茶般的挥洒才情，但他生生地活在现实的台湾中。现代的江湖，他不是潮头人物，但每每与潮头人物同台就座，往往会给台下的追星族留下设问：这个白头发的教授到底是谁？为什么这么一个不知名姓的"老者"，让那些名流尊敬地一口一个"林老师"？

他们的确不知，这个白发"老"教授，在还没淡出文化界的时候，台湾历任的文化官员都会请他撰写文化政策纲领或白皮书。而他从来都会写得圆熟而不失建设性。就是竞选之类的政坛事务，也曾出现他的身影。看来是为政坛人物添花，但被他做起来，就显得堂堂正正，磊磊落落。因为帮陈履安竞选，他曾公开批评李登辉连任。别人问其原因，他的回答仍是艺术家式的：因为李喜欢油画——一个政界人物以艺术家自居，就难免会偏执、刚硬，把一个台湾交给一个偏执的人，谁会放心？以同样的思维原点为有同学之谊的马英九竞选台北市长站台，他一出口也是这样："以艺术家的才情来看，马英九这样的人我们是不怎么看得起的。他哪里有什么才情？最平凡不过。但是我也知道，艺术家虽有才情，但大都偏执，台北有多元的山水，多元的山水孕育着多元的人文，它需要的不是偏执，而是柔软、包容。以此论，马英九才是最合适的人选。"

让政治人物在艺术面前显出适度的谦卑，看起来是把艺术尊崇到政治之上的地位，但他返身对艺术界的批评，同样可看作对艺术家们的当头棒喝。台北一段时间现代派盛行，装置艺术无处不在，而他就直说：纽约艺术家做装置艺术，是因为纽约街道太平整，花园太好，看着会无聊，需要打破一下。台北哪需要装置艺术，每年的党派大选，漫天旗海，岂不是最大的装置艺术？纽约可以用上百头牛来做观念，但在草原上放一大堆牛，谁会理你？

从来看不到他手不释卷，谈起各类事物却都头头是道；就是谈流行音乐，也宛然业界人士，这常让我诧异不已。但对我的追问，他总会直接地答一句：我读的是天地之大书。我理解，这其中有禅宗的实践精神，所以在他身上反而看不到某种制式之限。也因此，台北的朋友会告诉我，台湾的记者都以访他为幸事。因为随便一种议题，看起来与他的领域不相关，但总能得到意外的答案。记下就是一篇文章，省心又省力。因此的困扰就是，一旦哪天真想要全套解析这个人，又都感到无可方物。就是摄像机，也难免遇到这样的处境。因为《谛观有情》那套书，他被中央电视台《东方时空》栏目选为继余光中、柏杨之后第三位来自台湾的"东方之子"，采访者是央视主持人白岩松。节目规定是8分钟，但二人高来高去实在太精彩，最后终于做出一期15分钟的节目出来。

一个从来不靠惊世骇俗而为人行事的人，为什么会激发媒体人的好奇心？慢慢地我有了自己的答案，这个时代实在是太变动不居了，每个人都需要真正的精神舒解。尤其是自我生命中那些微妙精细的情绪起落，一旦也能被别人绵绵密密地接应与点拨到时，那内在的欢喜与省悟，实在没有别的能替代。尤其又看他是"谈侠而不沦为江湖，论艺而不自限舞台"的行事风格，由不得你不去返观自我，检省自己是否在做一些头上安头、一路追逐的事。

《西游记》固然也是许多人少年时读书之最爱，但这本书对他的吸引，则是其中隐含的超越精神。以这个来看他，他一直以来的习禅悟道，其实都在完成一种对有限自我的超越。大概只有这样的人，才会在高中的同学热衷于抒发理想时，淡淡地说一句：我只写墓志铭。墓志铭最后，依然是林式唐代传奇笔法——写完一生，最后是不知所终，但末了还有一笔：某某年，长安街头，人见一老者，须发皆白，冬夏一衲，不畏寒暑，伴狂问世，且歌且吟……时人以为乃林谷芳者……

一种生不带来死不带去的活法往往是活在别人眼中的传奇，它同样会遭人质询。就像印度电影《色戒》中自省的和尚被妻子质询一样，我也曾问他：假如有一天你的妻子也那样问你——有哪一个先生可以半夜出走，抛开自己的孩子？众人都说释迦牟尼得道，可有谁理解做妻子的感受？他回答说，那其实要看是不是谛观到无常，谛观到万事的缘起缘灭。人的烦恼不在于谁养没养孩子，而在于执着。

虽然也这么发问，但我仍然觉得，能成为他的妻子，自有一种幸福。每次看他注视"小狗"①，都像是注视他第三个孩子。能感受这样的深情，也其实是一生一世的福分。听他的学生讲，他当年的婚礼也别出一格，主持婚礼的是一位尼泊尔高僧，放的音乐则是他平生最热爱的中国曲子《月儿高》。

而我们这些并不与他常见的学生朋友，每每相聚一起，也能体会到一种传奇生命中的人情厚度。每次来大陆，他总不忘给朋友带来台湾的茶叶，其惜缘的心情以及对人事的洞察，都让人领会在心。而

---

① 即妻子周锦霞的爱称。——编者注

在台湾，我印象最深的是阳明山中的一片湖。离开台北之前，他带我去。一个人在湖边站了很久。他说，曾经有一个朋友，就是在这片湖中走向了不归路，临终前与朋友一一电话告别。葬礼的时候，他特意在这儿为朋友弹了琵琶……

四、禅者是从生活锻炼体践的通人

不得不承认，这是一个能激起我最大好奇的人。

所以，在台北，无论是行进的车上，吃饭的当口，乃至任何一个独处的时刻，我都不放过任何一次发问的机会。

"到底是什么造就了今天的您？什么样的机缘？有家庭的影响吗？"我向他发问。

他沉吟一会儿说："我这个人的种种很难从家庭背景中找到原因。我的父母兄弟的兴趣与所学都离我非常远。体认因缘，我相信佛家所讲的'天生夙慧'。你可以查的，问我的家世里有没有从事艺术的？没有；有没有学者？没有；小时候有没有受过训练？没有。当全部都没有的时候，怎么解释呢？我在我的《谛观有情》那本书的序里说：我六岁有感于生，这就无法从社会层面上解释。而一旦从'天生夙慧'角度讲，我也就有些不敢居功。因为我知道许多不是我努力来的，而是老天给的。面对天地，你只是一个接受者。"

"除了天生夙慧，读书对您有没有影响？"

"我在大学之后基本就只读佛教原典而不读其他了。这一点，我和南方朔不同。假如有一天你有机会见到南方朔，你会看到他满头白发，不跑不跳，每天都读书。我不这样。我读天地之大书。为学日益，为道日损，生而有涯，知也无涯。很早我就看透这一关了。"

"那您读书的原则是什么？"

"只读与自己生命真有相应的书。人到了一个年纪，一本书打开，对你有意义的，你马上会挑出来。而没有的，就不见了。我不会让没有意义的书占据我的脑子。真正的学习要六根皆用，六根互通，就如同洞山良价悟道诗所言：'若将耳听终难会，眼处闻声方得知。'"

"那您是不是不喜欢文人呢？"

"更年轻时就有许多人说我比有些耆老更像中国文人。但我不是那种文绉绉的书斋文人，禅者是从生活锻炼体践的通人。太多中国文人要不就化在书堆里，要不就被西方染了一半。你从我身上看不到来自书堆里的樊笼，我活得更全面更自在。"

"您使我想到了魏晋南北朝人。"

"的确，历史对我从来不是过去，上下五千年，每个时代其实都可以成为现代人的当下，谈人间的才情，我的确比较像魏晋人，但在生命修行，我自己就更像唐·五代的禅者。谈生命的皈依、谈气魄，唐就有更多的对应。"

有幸的是，去台湾，我随身带了一台小录音机，可以随时录下这些谈话片断。但是，面对它独自整理之时，我又不免想到我生活中那些朋友。常常问自己，这样一个人，你要怎样描述给他们？

五、关于《十年去来》

我常常不认为，这本《十年去来》是我独自完成的文本。事实上，很多的内容都在我们之间的交谈中提及过，或是在他记述某次的大陆之行的篇章中出现过，而我，只是反向地进行了技术操作而已。

单单呈现文本，难道不可以吗？作为自感交流无碍的我，当然觉得未尝不可，但是要让更多的读者从中读出一种出于生命最基底的关怀与观照，并非容易。

也许我们会习惯台湾另一位文化学者龙应台女士的愤世嫉俗：《中国人，你为什么不生气？》，也许我们也会欣赏李敖、柏杨等对历史政治的嬉笑怒骂，但我们未必理解一个愿意将历史山川做有情世间来观照的台湾文化人言语间的温情。做两岸文化的观察，他会有对比、有思考，但我常常感到，他对台湾社会发言，要比对大陆社会发言激烈得多。这种审慎，并非出于政治上的考虑，而是发自生命本心的善意。正像他在广东六榕寺看到六祖之像，所产生的生命荷担一样，那既是一种禅心的实践，也同时是对浸淫许久的中国文化的回报。

这些年来，两岸形势时紧时松，我们这些在海峡彼岸都有亲朋好友的人，往往在某些时刻会心情复杂。单单从一些台湾政客的言行中，我们无法指责台湾当局所采取的任何行为，但是从另外的角度也知道，如果对民心不能有很深的解读，很多的心结仍然是死结。《十年去来》所做的，是这一层面的事情。在我看来，它同时提供了两种阅读参照，其一是中国文化背景下的现实中国，以及普通的台湾人如何看待大陆。他们心存的期待与现实的落差是什么。其二则是中国文化的共同背景下，两岸的文化样态，彼此之间可以怎样取长补短。

不管承认不承认，享有共同文化的生命，因为历史的隔绝，成为两种社会的人，是一场历史的悲剧。但从积极的方面来看，它又提供了一种文化的两种实验场，各自的优劣成败，对于彼岸的人来说，都是一种很好的参照。

固然，你也可以说，即使在形势紧张的时候，两岸的文化交流也没有中断。出版界一直瞄准着台湾的畅销作家，琼瑶打造的小燕子更是成为大街小巷的饭后谈资。但是无论是明星演唱会、F4的《流星花园》，还是朱德庸的都市男女漫画、刘墉的人生漫笔，都不足以构成解开两岸问题的解钥。因为，最根本的文化问题在这儿是被回避的。当轻浅、时尚、流行、超薄阅读成为两岸同步的流行风尚，林先生在《十年去来》中所做的思考，其实是与每个心存困惑的现代生命相关。

而两岸的文化误读还不止这些。当大陆出版界一味地引进台湾流行图书时，我们俨然觉得，台湾社会，就已这般流俗与轻浅化了。但是每每与林先生交谈，他都给我一种认识，比如，某某当红作家，在台湾社会是不被讨论的。或者，有一些很有人格魅力与文化建树的台湾文化人的著作，更该被引进。我们传达这样信息的时候，其实谁也没有忽视市场的力量。但是它毕竟还是一种珍贵的信息，提醒我们不被一些表象所惑。

与林先生的《谛观有情》相比，这本《十年去来》因为是访谈的形式，还不能体现出林先生思考问题的系统一面。但他好像也乐于区别于以前对中国音乐的系统论述。对于一个变化中的社会，林先生并不愿意铁板钉钉地下什么结论。而对于在大陆所结识的友情，林先生也希望在此做言语的回报。而这种感性的只言片语，其实也同样体现出他做评论一以贯之的理念：用描述去接近它的本质。

2003 年 8 月定稿
2017 年 3 月 30 日修订

就让它在那里

——关于《十年去来》之再版

孙小宁

　　这本与林老师最早的访谈书得以再版，最初的推动者是如今已在美国做独立出版人的刘雁女士。而作为商务印书馆版"林谷芳文集"的其中一部最终面世，则因为种种原因，铁定将延宕成此系列之最末。这个时间前后的微妙联结，颇让我想到佛家所说的不可思议。或许也因为过程拉得过久，尽管此前向出版社交稿时，我和林老师都做了相应的修改，今年春天坐下来和责编讨论稿子，仍然对这部多年前的书稿有种既陌生又熟悉的感觉。那么，它到底该以什么样的样貌示人呢？

　　有一种再版理念是，原封不动，留下旧日思维、观点的轨迹，这本书也正好和我们后来做的《又·十年去来》做个参照。但是，真要如此做的时候，却仍然觉出诸多不妥。这里面自然存在着过去与现在的认知差异，同时也不得不承认，时间自有它淘洗的过程。尤其涉及具体的人与具体议题时，就不能不站在今天读者的角度再做考量。如此，不做增加，算是尊重原貌的基本之义，但做适当的删减与字句处理，其实是在找恰当的平衡点。慢慢我和编辑确立起一个共识：旧日的痕迹不刻意抹去，但是所保留的，一定要让它显现出之于今天的意义。

对于媒体怎么写也写不尽的林老师，当年作为前言的这篇《被遮蔽的存在》，我权衡再三，依然将它保留，因为它代表我初识林老师时对他的解读，同时字里行间还有当年出书前后一些珍贵的信息。但文字也做过几次精简，所删除的句子，多暴露出当时的我，急欲将一个"被遮蔽的存在"介绍给陌生而广大的读者时的用力。如今的林老师，因他的多种面向已被更多人所认知，无须我在此多做论断与评价，删繁就简，反而更能突出一些必要的信息。

访谈是对话体，重看那时所举事例，无形间又像是重回昔日时空。尤其当我拿最新写就的林老师印象记《你看起来是个快乐的人》做比对时，犹能感觉出时空转变带来的差异。只是，无论林老师怎样一路转身，做回那个彻底的禅者，我仍然怀念合作《十年去来》时的他，以及那时他谈文化的感觉。以我所知，林老师在杭州给学生开课，是近两三年的事。我没有在现场，所讲内容，多是从其学生发在朋友圈的信息中窥得一二。林老师自己言谈中流露，所讲的课是两部分，一为禅，二为文化。这都是给前来听课的学生打个底。林老师讲课现场的生动与应机，是任何不在现场的人都无法通过后来的追述或者课堂笔记，所能还原。但是，我听了仍然暗暗庆幸，因为自认在文化这块最基础的打底工作，我在最早的这本《十年去来》叩问中已经完成——虽然这未必能和课堂内容一一对应。

尤其从今天来看，他在这本书上所构架起来的十几个议题，多像是不同面向的文化通识课目的聚焦，对当时年轻又宅喜静的我来说，有着多么大的开阔视野之功用——我还记得，当初为了应对他所构架出来的这些议题做提问，我上网搜了很多东西，也吭哧吭哧补看了一些相关书籍。而放到平常，它们哪在我的视野与兴趣之内？所以，当年的叩问对我而言，具有外在世界扩充的意义，同时也深刻影响到我的内在精神的塑形。而诸多的改变，是到今天这个年纪才清晰得以印证。一历耳根，永为道种。几乎很难想象，没有这最初种子的播下，以及问答间的相契，我还能和林老师有后面《归零》《观照：一个知识分子的禅问》《又·十年去来》等访谈书的继续。

在外人看来，林老师的身份这些年一变再变，我还一直是纸媒中的一员，虽然不再做"书记"（书业记者）一职，但许多的选题，并没有脱离开书。重看此稿时，我的脑子里难免浮现出近几年在书业界曾引起热议的一些台湾作者的书，很多读者因为它们，开始有了了解台湾的兴趣，并产生出两岸历史进程的比较与议论，但其实这样有利于民心沟通的两岸观察，早在《十年去来》中已经进行，而且以林老师的阅历与文化面向的深入，我自认他的观察与体会要老到得多。

先行者必有先行者的寂寞。身为"书记"多年，此类现象已见怪不怪。因此修稿时虽然对着纸样左右拿捏，内心里并不期待它面世后就怎样怎样。就让它在那里就是了。坦率说，追随林老师这么多年，所学会的无非是这一点平常心——有些事认为有意义，就做了；有缘出版，也就出了。其他的事情就随缘发散，这或许更符合禅家的本意。

尤其是当我这么多年来，一点点目睹曾经的林老师，如今也默默地影响到很多生命的转向。他们其实先接触到的是林老师后来的著作，但也好像一直在往前寻找。我想这本书的再版，或许能让他们看到林老师体察人世的历程，以及部分观点因时空之变而有的迁延与深化。

而更重要的是在其中领会，一种带着佛家关怀的建设性人格，存在于社会的意义。

　　同时我也注意到，他当年所谈到的许多方面——传统文化，诸如汉字的繁简之别，诸如对大历史书写中的史诗性作品的希冀，以及两岸民心的解读，等等，到最近几年才真正被这边的有识之士所讨论并引发社会层面的广泛关注，我更进一步觉得，该被认识的总会被认识。我所谓的遮蔽与去除遮蔽，也是某种愿力下的执念。

　　"有人问，禅者孤独吗？禅者哪有孤独，是朗然独在！"有时脑子里会突然进出林老师的这个金句，却又很想说，识得这个朗然、这个独在，真是需要契机。只有众生的心愿意从浮躁趋于沉静，更多有识之士，愿意参与到"如何才是一个合理的社会"的建言当中，这曾经有过的声音，曾经出现的观点，才会被重新珍视起来。就像我们珍视，一个与我们生命有过交集的朗然独在的生命。

2018 年 3 月 27 日

从"变",观照到那"不变"的

林谷芳

第一次来大陆,到今天,已整整三十个年头。

三十年,于历史固千年一瞬,但人生也不过就只两三个三十年。

说长可长,说短可短,但这三十年不同,即便放在中国数千年的历史长河中,从任何角度,它也是个特殊的三十年。而何其有幸,我能适逢其会,在此领受,也提供一点观察。

这点观察,相信曾触动一些有缘的生命,而能如此,就不得不从两岸分隔的四十年谈起。

中国历史有分有合,却少有像两岸前期的四十几年般,彼此近乎完全断绝往来。

且不只断绝往来,两边还循着不一样的轨迹发展着。正如此,虽同是中国人,刚接触,彼此还真惊讶多于熟悉,好奇多于温润。

但即便如此,一有往来,就发觉那根柢的血脉依然清晰而在,所欠的,只是补足这四十年的空白。

补足,对双方,其实都是再次的学习,从这,我们可以看到中国人更多的可能性；但补足，更可以是一种优势互补。原来，两岸各有所长，优势互补后的圆，正可以提供中国人一个文化盛世的将来。

就如此，乃有了这本《十年去来》，也如此，又有了后来的《又·十年去来》。对我，两本书所说的种种，固是一种人文观察的吐露，更就是我从中国文化基底出发的生命观照。而如果有心人能于此有所触动，也就不负这历史的际遇及我个人对中国文化的一点回报之情。

十年，或更精准地讲，十五年，大陆的变化可以惊天动地，而全世界目前也正处于十倍速、百倍速，乃至千倍速的时代，书中的一些观点当然会因时而异，但在这些观点背后那不变的支撑，无论是来自文化情怀或生命观照的，却是透过这变而可以更清晰被映照出的。

正如此，十五年后的再版，即便"就让它在那里"，依然可以有深沉的意义！

2018 年 3 月 27 日

目录

第一章

十年去来
——缘起

一位台湾文化人，在十三年内，跑了大陆六十多趟。不为研究，不为旅游，当然更不为经商。为的是什么？

一、50年代：中国文化氛围中的台湾人

孙：林先生，从您的生平简介中，知道您是地道的台湾新竹人。在我们一般的理解中，您是最应该讲"本土"的人，但接触您，总听您在谈中国，而且来来去去大陆六十多趟。这种中国情结是怎样形成的？

林：我生于 1950 年。在台湾，50 年代到 60 年代出生的人，基本都活在一个中国文化氛围相当浓厚的环境里。这背景大陆人未必真熟悉。某种角度讲，那是一个比大陆当时更具中国文化氛围的环境。

孙：为什么这样讲？

林：那时的台湾就像一个"小中国"。因为国民党刚来台湾，还有反攻大陆的决心，而在政治的"正统"外，它更强调自己是"文化道统的继承者"，传统儒释道三家尤其是儒家思想那时很被强调。而台湾社会的文化形貌，原也一直是以汉文化形态为基底的，因此 50 年代的台湾人，不会因为谁在台湾本土出生，就好像不中国。在当时的文化氛围里，中国这个议题，是个非常自然在我们生命中生根的东西。

而那些在"五四"中论辩的种种问题，像新与旧、中与西等，也都还继续被知识分子讨论着。是坚守中国文化本位，或一定程度乃至全盘西化，都有人在说。不像大陆，1949 年后，问题便像有了解决似的，知识分子很长一段时间不再触及这些。可以说，那种"五四"以

后的中国文化氛围，在我成长初期，就已沁入生命里了。加之我 7 岁又到了台北……

孙：台北的文化氛围是不是加深了这一层？

林：对。我是 7 岁时随父亲的工作变动到台北，之后大部分时间都生活在这城市里。台北是台湾最大的城市，在当时看来蛮大、蛮特别的。现在我在台湾各处演讲，还常提到它与其他城市的不同。我对它的概括是：具体而微。从地理讲，很少有城市像它，盆地范围仅三四百平方公里，行政区域更只有一百多平方公里，却容纳了高山、大河、平原和盆地等地形。这样多元的山水，自然蕴含多元的人文。更何况五六十年代的台北还是个政治移民的城市：全中国的口音，都可在此听到；各地的小吃也随处可见。而当局为了显示自己回大陆的决心，更将所有街道都按大陆地名来排，于是就出现了南京东路、北平东路、长春路、哈密街等路名。再加上，许多人来台湾后不忘家乡，经常用极致的语言描述家乡的至美。这种种结合起来，你可以想见，那是多浓郁的中国文化氛围。

孙：但是当局也在做反共宣传啊！他可不希望你们就这样心向祖国。

林：所以会形成反差：一个至美的文化中国与一个不堪的现实中国形成对比，成长中的知识分子常在此遭遇两极的拉扯。也就在这两极拉扯中形构与中国的关联，而一些不堪此境的知识分子便选择了远离中国，走了一条"来来来，来台大；去去去，去美国"的移民之路。

孙：因为不忍看见现实中国的破碎？

林：对，有些人到西方后，用西方文化学、社会科学的理论为中国当时的某些现象做注脚，更加强了知识分子远离中国的趋势。因为他们觉得是这个文化出了问题。当然也仍有许多人留在台湾，继续在其中摆荡。

孙：您大概是后者中的一个。但我知道，就台湾这几十年的变迁，这些摆荡也渐渐各归其位。有些人虽然不否认中国文化对他的影响，但调子也是一转再转，时而谈本土时而谈全球，一切都应时而变。而您却本色不改，多少年来都在谈中国。为什么？

林：你说得不错，在这问题上，我个人一定程度算是个特例，在我的生命中并没有所谓摆荡的问题。的确，台湾社会就像你所说的，这几十年变化很大，知识分子对中国这议题的诠释，也随时间的推移呈现多元的倾向。但总体而言，仍比较多地能看到中国传统思想延续到近代的影响，也就是较能看到中国文化在面临汤因比所谓"挑战与回应"命题时的长短。就此，五六十年代的台湾，谈现代是个主流，那时的议题是中国要如何现代化；而到了大陆"文革"时期，台湾则开始提倡中华文化复兴运动，一方面反制大陆，另一方面则跟全世界的寻根浪潮接轨，思维特质上"本土"与中国在当时是叠合的。台湾最出名的表演团体"云门舞集"那时成立，标举中国人作曲，中国人编舞，跳给中国人看，一下子就得到了整个社会的认同。不过，到了20世纪80年代，台湾通过乡土文学的论战与政治运动的影响，"本土"与中国就逐渐分开了，知识分子"去中国化"的倾向渐露端倪。80年代末至90年代，"本土"更成为显学。到90年代中期，又有了另一种思维的加入，就是谈国际化、全球化，而这除了资讯发展的影响外，也因急于在全球一体化的浪潮中寻得自己的定位，希望不被大陆所牵制。

不过，话虽如此，目前的这个情形还存在一个台湾社会实相与虚相的问题。从政治层面或一些言论来看，台湾的"去中国化"趋势仿佛已成型，但其实文化的根还在。在不涉及敏感议题时，台湾人过得还是很中国。而为什么会呈现这样的不同呢？一方面是因为一些台面上的人，随着政治经济的"势"在转，这样才能让自己继续在峰头浪尖上。另一方面，一般民众，也囿于现实社会中的一些因素，不去穷究其里，追问该有的生命原则与文化情怀，自然就让许多跟中国背反的思维有机会发酵，因此我们才会看到许多人已不再谈中国。而也正因为如此，许多台湾人，一谈起50年代，就常把它描述成政治如何严峻，人民如何争自由，好像一开始就与中国人的统治或文化对抗似的。

孙：我们这些大陆人也这么认为，尤其是读柏杨、李敖的杂文都会产生这样的联想。所以出现您这样的人，会觉得不可思议。

林：有这样的时代认知落差，一方面是那个时代的确离现在远了，另一方面，我要说，还因当前台湾老中生代对年轻一代认知的认同。

5

孙：是不是觉得只要自己现在强调"本土"，以前那个时代的人也就能从中国摆脱？

林：主要还因谈中国已不是台湾社会的主流了嘛！所以即使心里还有中国，也觉得没必要说出来，否则岂不是更快被社会淘洗掉？总之，你会看到现在台湾人的生活乃至思维，虽仍是汉文化的底子，但中国却已不再被强调，且被有心人操弄成与"本土"相对抗的概念了。

二、标举中国：生命之可思议与不可思议

孙：但您就是这么标举中国一直到现在。

林：1999 年龙应台回来做台北市文化局长，她跟我谈起，对我的最大好奇也就是这个。

孙：你们以前认识吗？

林：不认识。她当年很红的时候我在修行。我是我们那一辈最晚出的人。就是我的学生辈已很知名时，我还没开始为人所知。所以经常也有人问我：那十几年你在干吗？我有时会开玩笑说：我怎么可能像你们这样底子还没打厚就出来呢？不过那时虽然看起来没参与什么事，

其实仍在观察这社会。对龙应台，从《野火集》问世到如今，其间我是清楚的。原来她不认识我，一来是因我出来做文化工作时，她已去海外了；另外，当然也与我非主流的角色有关。正如那个早年就出道，云门第一代的舞蹈家罗曼菲，出去好多年，回来也好几次问：台湾怎么还有这样一个人？许多人看我，要么是个通人，要么就是这十年间唯一鲜明标举中国而不被批判的一个文化人。不过这标举，固然是我个人的选择，也成为一种别人眼中我个人的生命特质，但其实还是有其他人做着同样选择，只不过不那么鲜明罢了。

孙：对于很多感情，我们可以说爱不需要理由，但对您，我总不满于这样的答案。因为我知道，您的生命轨迹从一开始就跟别人不同。

林：所以说，答案就要谈到可思议与不可思议的两层。在可思议范围之内的，首先我自己就是一个文化主体的传承者。今天我跟你谈中国，并不是因为我在研究中国，而是由于我就是一个文化的直接实践者、一个自觉的体践者，标举中国是我的主体选择。这种自觉性的选择使我在这些年出现的每一个文化浪潮里总能清晰地定位自己。第二则跟我的个性有关。你知道，我一辈子没跟过流行，除了从小修道学佛和一般小孩子不一样外，其他的选择也总与主流有别。自来我总随自己的需要与关怀来选择自己学习的范围，而非随时潮而行。台湾西乐吃香，我学的是琵琶；考大学分数非常高，读的却是最冷门的人类学。大学时最流行的思潮是禅和存在主义，我高一就开始习禅，但在公开演讲中提到存在主义，却是近十年的事。也许天生反骨吧，总之当一种东西变成人手一本的流行时，我就自然趋避。

这两个因素使得我后来还能秉持对中国的关心，毕竟我总认为，不能辜负生命过去的那些情怀，那些给我影响的东西。

孙：您这样的行为在当年的学校，会不会也被看成异类？

林：我中学读的是台湾最自由的高中，我曾为它写过一篇叫《天生反骨与自由学风》的短文，因为只有那种自由的学风才能允许我这种人存在，要不早就被退学了。但即使如此，有一次同学会，与我同班、后来从政的马英九还告诉我，他们先前谈论高中的种种时，大家仍认为，我还是那些同学中最不可思议的一个。

孙：如果这算可思议的原因，那么不可思议的原因又是什么？

林：那就是我对某些东西天生的敏感性。比如死生。我 6 岁时与一些小朋友在晒谷场玩，看到一个人投缳自尽，停尸于旁，顿时觉得玩不下去，就一个人往回家的路走，但觉得路变得好长好长。而 17 年后回乡，再走那条路，才发现就只 70 米远近。小孩子当时自然不会有太多的抽象观念，但总结那时的心情，也就是"死若乌有，生又何欢"。想着死从何去时，路就远了，以后也就自然入禅去了。习禅最直接的一句话就是"了生死"，"未知死焉知生"，宗教的最根柢观照就在当时直入我心。

孙：也包括您对湖上笛声的领悟？因为在《谛观有情》中，您把这项中国音乐经典的整理论述工作看成是回报30年前翻转生命的感动。以至于我一个评西乐的朋友读到您的书时会说，这本书翻转了他50年的生命。说到此，我想起《东方之子》节目采访您，问到如果当年听的不是中国音乐，而是西方音乐，您会不会现在成为一个西乐界人士？

林：那倒不会。要说佛家所讲的不可思议因缘，也在这里。我小时就自然地练气、作诗。朋友就常以我的古典诗有唐人气，有时甚且还瞒却方家眼目。道家气功练得很早，那时追求炼丹成仙，是一种对超人的追求。讲好听是"了生死"，而其实就是对"死若乌有"的恐惧。上小学六年级前，我就将《西游记》看过几遍，只为那会法术的超人。就如孙悟空，天兵杀他不死、老君炼他不亡般，而这里既体现着一种对死生天堑的超越，也就有它宗教的本质在。说到音乐，历史当然不能假设，但后来的事实也证明，我可以把西乐分析得头头是道，但情怀就是入不得其中。这是生命情性的问题。所以有时看到一个学民乐的人转流行，转得那么不费力，也觉得意外。当然这可能是教育引起的问题，要讲，就扯远了。

孙：如果是这样，我能不能下一个结论，那就是即使从50年代的中国文化氛围中走出的人，您也是一个特例，不代表一代知识分子的轨迹？

林：的确。尽管基底的环境氛围相同，但在面对一个社会的转型变化、一个文化浪潮的冲击回应时，我的选择是与大多数人不同。最近一群

70 年代的文化精英有个较大的聚会，大家浪漫地谈到过去，有不少人才发觉原来我的浪漫跟他们的完全搭不在一起。

孙：这反而使您在台湾文化界呈现一个清晰的风格。

林：在我，这原是再自然不过的事。也正因照着生命情性一路走来，所以说中国，就不心虚，就理直气壮了。

孙：您的名言是"要印证生命所学的虚妄与真实"。所以 1988 年两岸开放，您第一批就来了。

三、40 岁以前，没想过自己会来……

孙：来大陆之前，您有没有设想过，两岸隔绝日久，您也许一辈子没机会来大陆？

林：坦白讲，一直到 40 岁之前，也就是 13 年前，我是不认为自己这一生能有机会来大陆的。这种感觉在台湾前期的社会，其实是普遍的，也是许多人生命中最大的遗憾，无论是返乡或做生命的印证！

孙：会不会因为不能来，反而强化那种想象中的东西，比如大陆的美？

林：我刚才讲过，那些离乡背井来台湾的"外省"人，都在加强这种美。所以我们像是活在一种中国的梦里。台湾前期的文化人讲起这种情怀还说，因为隔绝，我们在此反而有"主体形构的权利"。

孙：（笑）就是拥有梦想的权利。

林：对，大陆人就没有嘛，因为你就活在现实的中国，想梦想都梦想不来，但我们就有这个机会。

孙：所以那种很深的"中国情结"大陆人反而难以感同身受。

林：而这也就是为什么台湾人来大陆后会那么容易失望的原因。因为梦中的东西不存在了，看到那么好的东西被轻易地丢弃，当然无法认同。

孙：那时候是国民党的原因让你们觉得无望?

林：对，50年代海峡两岸的严峻形势你这年龄的人是感受不到的，即使当时的大陆人，也未必都能领会。因为大陆实在太大，只有福建沿海才会面对台湾。而两边资讯又不流通，整个大陆对台湾的感觉，还比较像你们教科书上的描述：美丽的宝岛，未被收复的国土。但在台湾就不同。比如台湾所有大学生都要当兵。

孙：就是随时要打仗?

林：对。大家都有可能上战场。我那时就在前线阵地待过，好紧张的情势。我们这边的宣传当然是把共产党描绘得穷凶极恶，随时想并吞台湾。那时是要么反攻大陆成功，要么就别想来大陆。不会想到还有两岸开放这一天。这也是为什么开放之初，有那么多人会涌到这边来的原因，就是为了一探究竟。想知道教科书上描写的"中国"是什么样子，我们所受的教育是不是在骗我们。

孙：很多人想印证什么是历史中国、现实中国，什么是政治中国、文化中国。

林：对，就是要找出答案。

孙：但我觉得很多人来了也就来了，满意也罢，失望也罢，除了做生意以外，都没您那么大瘾，一来再来。我甚至还听说有些人因为失望，便告诫友人再不要来大陆。但您不同，虽然屡有碰壁之处，但心意不改，甚至于我注意到您选择的路线，都不是繁华都市，而是偏远所在。它让我想到一句形容：紧贴大地的旅行。

林：之所以一次次地来，是不想太早下结论。再有，两岸之间的现实落差，其实是我原已知道的事实，只是不知道差距有多大罢了。

孙：两岸隔绝之时，也会知道对方的情形吗？

林：我的确是知道得多一些。我研究中国音乐，有时透过香港的管道，能很快接触到大陆的音乐界动态，还有唱片。比如刘文金的《三门峡畅想曲》《豫北叙事曲》，大概是 1958 年、1959 年的作品，可我在 1966 年就听到了。较早的作品更不用说，70 年代我私底下常带学生听《黄河》，这在当时都是禁曲，被发现了是要被抓去关的。

那时的台湾社会心理，常会有一些对极致宣传的反弹，就是当局越说大陆不好，我们就心说：人家也许没你讲得那么不堪吧。不过到了"文革"，则是另一种情形，许多人起初不相信当局所描绘的情形，但透过国际传媒，也开始晓得大陆确实发生了一些事情，它的发展的确跟台湾很不一样。

孙：那为什么一些台湾人还会失望呢？

林：这是每个人认知与承受的问题。许多台湾人是把个人经验与喜好作为承受基准的，尤其是来旅游，只吃这一项不习惯，他都可能打道回府。我刚才讲到音乐，音乐的确使我对这边不陌生，我能听到大陆当时最好的音乐，也接触到样板戏这样的录音带，《红色娘子军》我在 1973 年退伍后就听到了。这些现实中国的现实音乐既然都接触了，对大陆自然会有更现实更丰富的认知，不是只从典籍中的种种来感受中国。所以说，这一点我还算是有免疫力的。

孙：怎么讲？

林：就是尽管看到一些不好的东西，却不会掉头就走，不会有太大失望。至于说大陆发展中好的地方，我原也心里有底，一旦印证了，也就有印证的快乐。

四、天然的两个文化实验场，禅心的观照

孙：在您许多的演讲中都会提到，同文同种的两岸固然因为隔绝而产生人性的悲剧，却也因此造成不同的文化轨迹，使两岸像是两个天然的文化实验场。那么在您初入大陆的时候，这种感觉就很强烈吗？

林：非常强烈，强烈到现在。两岸大城市虽已越来越趋同，但这样一个文化实验对照的功能却仍存在。比如对大陆的语言，我到现在仍很敏感。

孙：是用词的直白吗？您多次谈到大陆语言的粗陋无文。

林：以我早年做人类学的背景，其实对各种社会阶层的语言都能接受。到乡下做田野工作，我一样会咬着槟榔跟他们以三字经的国骂语言交流。你也知道，我不是那种书斋中的文人，只习惯一种语言方式。但我对大陆语言的敏感或者不苟同在于：为什么独缺某一块？在这里基本上听不到书写的语言，即使是那些学养很厚的人，讲起话来也跟所

写的文字大相径庭。好像说话归说话，写作归写作。

孙：在我们这边，下意识就会把它分开，知识分子尤其不想让人觉得自己咬文嚼字、酸文假醋的。

林：但因此就看不到生命另一层次的美感。

孙：但我听您的学生讲，您在台湾演讲，讲到明代小品文，对着几百听众说袁宏道的文章之好，也会用粗话：他妈的，一个人的文章怎么可以写到这种程度。

林：是有观众举手问我：面对这样的美文，你又是个文化人，怎么可以用这样粗陋的语言来形容，而且是在公开场合。你知道我怎样回答吗？当天下最好的语言文字都被晚明文人用尽时，你难道会用那种很无力的才情横溢或文情并茂来形容它？不会嘛！你只能诉求人类最基底最直接的情绪来宣泄——妈的！怎么会那么好？

孙：（大笑）其实大陆文化人也常觉得自己文章写得好就行了，无须再在口头上显摆文辞了。

林：但一个丰富的文化系统，必然会有它相应丰富的语言系统来做呈现。中国这么大的文化、这么久的历史，总有这种语言存在的地方嘛！要不，文化的丰富性在哪儿体现？

孙：因为心里有这样的文化实验场的存在，您的每次大陆之行，可能都有一些文化的观察在里面。

林：这也使得即便某些实际的经验是不愉快的，但也会从另外的意义来看。

孙：所以您也会相对地比别人平衡，因为当感到落差时，你会认为，它仍有另外的文化信息可供解读。

林：总之不会没有收获，因为都可以有比较。比如我去云南泸沽湖或更乡下的地方，就会跟学生提到：如果我林谷芳生在这样的地方，现在会是什么样子。会不会视野比他们更大？比他们更强？还是跟眼前的这些人一样？甚至不如？

孙：这里头便有一个禅者的生命观照。

林：对，强烈的宗教性使我对人的局限特别敏感，也较能设身处地为生在那个地方的人想：他们生命中的哪些是被局限了的。

孙：可惜很多大陆都市人未必这么想。他到一个贫穷地方，会有优越感，会说：我的成功是努力得来，你在这里穷，是因为不努力。

林：这也是我观察到的两岸在基底生命思维上的最大差异。努力当然是必要的，但，"9·11"呢？是你能控制的吗？它和努力不努力有什么关联？再比如，生在黄土高坡和生在北京、上海，起点当然不同，而宗教的可贵就是观照到了这个事实，再借由生命的情怀与作为弭平这种不平等。所以讲慈悲，谈关怀。

孙：因此您每次来都在边疆行走，体验民生的悲喜。

林：这恐怕与我个人的人格特质有关。到哪儿遇上不如意，总会设身处地想想对方的难处，不会轻易指责别人。但对于整个大陆的社会人心，我还是想说：这社会该多有一些柔软心。人如果希望在拥有了权力与知识后不被异化，就要有这种根柢的谦卑。

孙：但我也听说，您在第一次来大陆时，也曾有一些"不如归去"的感慨之词，是什么使您有根本的转折？

林：1988年两岸开放，各方面的落差蛮大。像我这样有宗教心的人，有时也难免因对比强烈而生满目疮痍、不如归去之感。但那次大陆之行的最后一站，却彻底地改变了我的决定。因为有幸见到了六祖的造像。

孙：在哪儿？

林：在广州。当地有个六榕寺，那时的出租车司机都未必知道。而作为我，这却是最不可错过的地方。我习禅，所谓入禅就是契入佛心，而佛心最直接的显现就在祖师行仪。对所有禅子来讲，六祖慧能的地位更就是活脱脱的佛陀。我到的六榕寺正是六祖的道场。

记得去时是午后，稀疏的清烟衬托着柔和的阳光，庭院很安静，却让我有"祖庭寥落"之感。六祖的肉身还在，照肉身塑成的铜像神情令我非常感动：看似一个不识字的樵夫，却又在朴实中透着包容，平和里显出智慧。面对他，不能不说有一种震撼，就像面对一个看透人世假相、尽纳世间虚实的长者。而在这种对应中，我突然觉得，仅仅因为旅游的不顺就产生"乘桴浮于海"的想法，实在太不应该。毕竟，禅既讲"超凡入圣"，更讲"超圣回凡"。为什么不能反过来荷担这一切呢？而这样的心情转折就决定了我这十年去来主要的人生轨迹。

五、《谛观有情》：音乐的因缘

孙：除了文化与社会人心的观察，现在我们都明白，您那时还在做一项音乐工程，就是中国音乐的经典《谛观有情》。这可能也是您跟大陆有那么多牵连的关键。

林：我来大陆之前，《谛观有情》的整个理论框架、实质形构已近乎完成。

孙：就是靠听那些辗转得来的带子与有限的资料?

林：大概就如此。之前我写过音乐论文《浦东派的琵琶艺术》，也是听中国前辈琵琶家、公认的浦东派嫡系传人林石城先生的一卷带子写成的，他的演奏风格，文武判然，气韵生动，81 岁时弹《十面埋伏》，坐如磐石，石破天惊的音乐却自然地由指下流出，其语法、姿态与今天学院毕业者有天壤之别。80 年代初我听了他的一卷带子，很感动，就据此写出了这篇论文。后来，这位浦东派大家还常说，要了解浦东派，林谷芳比我讲得更好。

孙：虽然写了，是不是还总觉得少了一些实证?

林：所以两岸开放，就会想到这边来印证。我进一步的想法是直接认识这些活生生的人，因为他们才是艺术的源头! 我还设想若能写一些音乐家的小故事该多好。

孙：后来写了吗?

林：没写。因为我不得不承认，所接触的大陆音乐家多数让我失望。不客气地说，在台湾我所形构的音乐格局，在深度广度上已远远超越了绝大多数大陆音乐家所呈现的范围。

孙：这一点从我第一次冒昧采访作为民乐大赛评委的您时就得到验

证。如果那时您跟我只谈民乐技法，我也就不会再继续做采访，跟您谈中国文化的问题，更不会 7 年之后参与这么一本《十年去来》的采访写作。

林：这还涉及文化传承者所表现的内涵其间自觉与不自觉的区别。大陆相当长一段时间的乐曲解说，都可以看出一种惯性的诠释，像《二泉映月》，非得往阶级斗争上扯，但我问你：台湾人没这种经验，但为什么还会感动？

孙：也就是它真正动人的地方不在这儿。

林：对，它的一唱三叹是中国人"史的观照，诗的感叹"的体现，是在大的历史时空坐标中观照生命存在的意义。意识不到这一点，就演奏不出真正动人的力量。

孙：但还是不能否认大陆民乐界还是有大师在。像您刚才说的林石城先生。难道他也不明白自己演奏的内涵吗？

林：他有意识，但说不出来，所以会说：林谷芳讲得比我好。

孙：这以后便很少和民乐界接触了，您几乎成为一个纯然的旅游者了。

林：说旅游，不如说行脚。因为学院的接触已没有太大意义。反而会跟那些民间音乐家接触得多。例如草原上的音乐家，或者是从事民间采风的音乐学院教授，像中国音乐学院的李文珍老师，有好几次去内蒙古，她陪我去，后来成为很好的朋友。

孙：这让您同时也失掉了一些被认知的管道啊。我每次看到一些台湾音乐人或学者，被这边浓墨重彩地推介，我都会拿他与您做比较。最后想说：高手还没出现呢！

林：我许多学生的学生都已在这里接受高规格的接待，我并没有，其实这也很自然。因为那些场面总要被著名来著名去，到我这儿会让他们为难，因为有一段时间我并不在哪儿任职，何况做文化评论，我也一直秉持个人的独立立场。有阵子大陆还没有我这种自由行业，当时很难跟大陆朋友解释我在做什么，后来用了"文化个体户"这字眼，大家才有了一点了解。但你到过台湾，知道这个"个体户"与大陆的"个体户"不一样。我真正只一个人，自由的文化人，但在那里，正如许多人所称的，能"布衣傲公卿"，这点大陆人目前很难找到对应，想理解到位也不容易。

孙：也许正因为这样，您的文化观察才进行得彻底，不会被一些虚相所迷惑。记得我去台湾，您也说，认识一个社会，要有一个好的管道。否则，你自认为了解了，但其实是虚相。

六、对大陆的书写是一种返观

孙：作为文化观察者，当然要将自己的感受落于笔端。不知道您每次深入大陆，回去是不是要写一些文章，对这边负面的批评多不多？

林：前期会写文章，大概是 1994 年以前吧！但不是批评文章，也不是游记。尽管台湾朋友普遍认为我很会传达出一个地方的美，但写得较多的还是文化思考，就是回过头来提醒台湾要怎么做。比如有一次去草原，我写了一篇《草原的沉思》，不是抒情，而是说当面对草原的无际时，你自己思考的时空坐标要不要调整。

孙：是提醒他们的思维不要被海岛所局限，对吗？

林：对，是要台湾人建立更宽广的坐标。再有我还写过旅途中看到一些煤矿工人在哼《梁祝》，就此我会回头问台湾人，到底有哪些台湾的艺术音乐已进入台湾人的心灵，成为共同的记忆。大陆这边上演《昨夜星辰》时，我在西安，听大陆人很热烈地在谈它，我因此就写了一篇同名文章，提醒大家，我们看来最普通的温情，在那刚从"文革"中走出的社会又是如何珍贵，而台湾经验中，我们还有没有什么东西可以提供给大陆？

孙：这次您接受访问，是直接把对大陆的思考呈现出来了。

林：我希望多少能给大陆一个来自海峡对岸文化人的坐标。例如，你们都讲发展是硬道理，但我想重要的还在于："怎样"的发展才是硬道理。在许多方面，台湾的社会发展与文化建构都可以提供一定的经验给大陆，提出来，会减少此间的一些盲动。而在我，也算是对滋养自己的中国文化的一种回报。

第二章

心不得安

——社会急剧变化的震撼与忧心

　　进出大陆的每一次，我总有着一些震撼、一些不适应、一些欣喜、一些厌恶、一些不安、一些有趣、一些无奈、一些期待，还有一些失望，这种复杂的心情使我一段时间不来看看，就颇有"心不得安"之感。

一、与其说发展是硬道理，不如说如何发展才是硬道理

孙：虽然您常说：过去从大陆回去，所写的文章，主要都是站在台湾社会的角度，提醒台湾人应该注意什么。但是每次与您的交谈，都会觉得您对大陆的体验与思考，其实可以作为大陆社会的参照。因为一个变动很大的社会，常更需要一个稳定的坐标。而您在台湾社会，恰恰就是在起这样的标杆作用。

林：大家在变，我因一以贯之，许多观点反而就值得参考。许多人的参照系太短，我则希望多少能给出一个历史长河的坐标，许多事情必须如此才容易厘清。知识分子的一个重要角色就是拉车与刹车。社会太保守，你要把它往前拉；太冒进，就要帮它刹车。在台湾，当我站在传统的基点谈一些问题时，很少人会认为我是传统的保守派。因为他们看到我是站在历史观照的基点上帮这个社会踩刹车，当然许多时候也帮忙拉车。

孙：大陆也同样需要拉车与刹车的角色，因为它近些年实在变化太快了。我在台湾听您讲大陆，也常常说到一个观点：不要以为去一次就算了解一个社会，你怎么晓得它的变化之快。我身边的人常以崔健的歌词聊以自慰："不是我不明白，这世界变化快。"这一点，您来大陆多次，一定能感同身受。

林：坦白讲，进出大陆的每一次，我总有着一些震撼、一些不适应、一些欣喜、一些厌恶、一些不安、一些有趣、一些无奈、一些期待，还有一些失望，这种复杂的心情使我一段时间不来看看，就颇有"心不得安"之感。

孙："心不得安"是句佛经里的语汇，对于这个瞬息万变的社会，您的不安主要针对哪些方面？

林：首先，这个变，真的可以用"天翻地覆"来形容，这不只是我一个人这样看。记得两岸还没开放前，新加坡领导人李光耀就曾对外说：每两年来中国大陆一次，每两年就得接受一次惊心动魄的经验。我想对这四个字的理解第一当然是速度快，第二则是说盘子太大。轮子转起来，就好像不受控制了。于是好的坏的……

孙：泥沙俱下。

林：对，都来了。也因此，就带给大陆社会一个严峻考验。从客观原因说，这是几十年的闭关锁国所积聚的能量赶在这段时间一起释放。主观上讲，积郁愈久，能量的释放就不太可能循序渐进，会求新求快，自然就翻天覆地。

孙：但是大家会说：发展才是硬道理。

林：在改革开放之初，谈道理当然可以这么一言蔽之。但改革这么多年后，就该想想怎么发展才是硬道理。升斗小民可以单一思维，知识分子就不该这样。要有多元的思考，才会使这社会呈现出多元的发展观、价值观，也才能应对当前复杂的环境、多元的要求。此外，更关键的还不仅是怎样发展才是硬道理，而是怎样发展才能赢得更多的尊敬。常到国外的人可能看到许多国家，它们值得外人尊敬的地方并不是多么有钱，马路有多宽，而是人如何彬彬有礼、交通秩序如何好；不是你开什么车，而是你开车时不会粗鲁地按喇叭……

孙：就是有一个大陆社会外的坐标？

林：对，有些事物是必须拿世界来做坐标的。大陆很大，但再大也大不过国际。所以你要想想怎样做才会赢得国际社会的掌声。大陆一些知识分子常容易下一个这样的结论，说外面社会看大陆发展快，会有所警觉，就怕中国强大。美国说怕还可理解，怎么可能大家都怕？！丹麦离你那么远，你的发展干它何事？但如果一些看来离你很远的国家提起你时也充满疑惧的话，就要认真思考一下，是不是哪里出了问题。

孙：我记得当年国外人曾经怕过日本人，也怕过你们台湾去的，但现在又轮到这儿了。这似乎是个规律：一个社会在最初发展阶段，总要面临这个问题。

林：因为你容易盲动嘛。大家都遵循的秩序你容易去打破它，选取捷径。如此，就没法建立起彼此的信任感。我有一个同学，是经济学教授，1984 年从美国来大陆，专门来训练这里的高级管理人才。他常感叹大陆人的心太急，真正的规范还没形成，就要求能立竿见影。

孙：这一点我最有体会。尽管我们现在的生活比以前好过多倍，但心理的失衡仍然处处可见。穷人想变富，富人想变得更富，"钱不是万能的，但没有钱是万万不能的"，现在谁都知道这句电视剧里的台词。于是一系列可堪回味的事情就来了。大陆近些年卖得最好的书是致富书，而财商教育是近两年最时髦的一个词。我记得，美国那位《穷爸爸富爸爸》的作者罗伯特·清崎有一年来北京办讲座，场面真是火爆之极。各种各样的人都到了，还有包着大车从郊区而来的普通农民。那是我见到的最五色纷呈的一个局面，当时分外感慨。

林：改革开放初期，从一个社会心理的释放来说，这是难免的。作为外在的文化观察者，我也觉得这有值得体谅的地方。再从一个禅者宗教心的立场，人去追求财富使生活过得更好，也应该要乐观其成。但要追问的是，一个社会要怎样做，才是不只对个人好、对社会好，甚至也让外界认为是有利于整个人间、整个世界的。

二、资讯社会中的社会弹跳

孙：我们在谈大陆的发展。可是我常常会跳出来想，是以城市发展为讨论目标，还是以穷困山区为谈论焦点。大陆的层面很多，大城市富人可以摆起黄金宴，但边远山区的人仍然在生活线上挣扎。还有，我们还有一个全球化资讯时代的坐标，不能不被考虑进去。

林：这也就是我接下来要谈的。我为什么认为一些台湾人来大陆一次就做评论显得轻率，因为这个社会的发展，真的不那么简单。它有农业社会的样态，也有资讯社会的形构。但也因此，我对它的忧心反而会多了一层。

孙：为什么？

林：我们可以设想：如果今天不是资讯时代，中国的改革开放速度再快，顶多也就是别人发展速度乘以2或3的倍数，许多衍生的问题因此还可以承受。但资讯时代就这么来了，一下子将速度催快了好多倍，问题就很复杂。

孙：跟没有来临前有什么质的不同？

林：当然有。资讯时代是我们这些做文化史研究的人认为的人类四大革命之一。这四次革命都大幅改变了人类的生活：第一是火的发明和应用，人开始可以储存食物，有了闲暇，也就有了一定的创造空间；第二则是文字，它让知识得以超越时空地积累传递；第三当然是产业革命，机器取代人力，是生产力的解放；最后可能也是改变最大的，就是资讯革命，资料处理突然可以变得无限，人的基底思维一下子就改变了许多。而大陆很多地方可以说正是从农业时代直接跳入信息时代的，农业时代、工业时代的问题都要拿到这里做解决，很多问题就来不及消化。

比如你刚才讲到的对金钱、奢靡的看法。其实资本主义社会已对它反省了100年。钱应该在经济发展、人生价值中充当什么角色，早就有很深刻的讨论。

孙：那大陆人或许会说：它都反省了100年，怎么不允许我们糊涂几十年呢？

林：但时代恐怕已不允许。它在反省的这100年中，有问题能慢慢调整，你现在可没这个条件。要跨越的时代太多，应对的问题太多，搞不好连10年的糊涂时间都来不及有。

孙：但现在大家总是习惯说，先行动起来，再论功过，否则你说了也白说。

林：你们不是也跟着有一句"白说也得说"吗？如果社会有一个非往前走不可的驱动心理，知识分子当然要来踩刹车，至少把那种副作用减到最少。否则，知识分子赚钱赚不过人、打架打不过人，还能干什么？！真就是"百无一用是书生"了。当发展成为社会唯一标准的时候，你更要标举一些多元的生命价值和典范让大家追寻。

孙：对于社会盲动的一面，大陆知识分子不是看不到其中的副作用，但要鲜明地赞成或反对，他会不愿意。觉得说了也招骂，或者是怕被说成"吃不到葡萄说葡萄酸"。

林：可怕就在这儿，你先放弃了。还是那句话，我们能不能把坐标放得宽广一些。你说了真的没用吗？台湾社会也有过一段情势严峻的时日，社会冒进发展，人人追逐财富。但知识分子就是在这边提醒，现在发觉，有些当然大江东去无力回天了，但也有一些的确产生了反转。

三、你有金钱，为什么没有成就感与幸福感？

孙：我觉得资讯社会信息量的增大，会让人越来越不容易满足。前一段流行一本叫《第三种生活》的书，是一批引领时代潮流的艺术家、作家、房地产开发商，在畅谈第三种生活的可能，即吃饱了撑的之后该怎么办？到底什么样的生活是自己需要的生活？

我觉得他们在思考一个关键问题，什么是一个生命的终极目标呢？当媒体过分渲染学习财商会获得财富自由的时候，我们仍然要问：这种自由就生命本体而言，是否就是我们的终极自由。还有一个方面，当社会的贵族学校以贵骄人的时候，金钱是否成为划分生命等次的唯一。各种楼房叫卖，都在说尊贵品质，好像越贵越有品质，但人的尊严是就此划定出来的吗？

林：这不只牵涉个人的成就感和尊严感的问题，也是一个社会的成就感与尊严感的问题。它牵涉到你对自己的东西有没有真实的成就感，你的自我期许与别人看法的吻合度有多大，这些的确是对该怎样发展议题的另一维度的思考。

　　人的成就感与尊严，看来是主观认知，但既是群居动物，就还牵涉一些客观的社会标准。从小的方面讲，那就是在一个社会中你个人选择的自由度有多大。从大的方面讲，就是这社会的成就尊严是建基在怎样的观念上。比如你住别墅，社会的初起阶段大家会羡慕你、尊重你，但以后呢？你要有怎样的作为才能赢得尊重？你开"奔驰"不守规则，大家一样瞧不起你。个人如此，社会也一样。仍然有一些标准，可以作为我们衡量社会是否文明的标准，是否更趋向于幸福成就的标准。

孙：难道幸福成就真的有什么标准吗？

林：就个人来说，这里当然可以容许极大的差异，可以有高度主体的生命选择，而我也从来不认为一个人的成就感、幸福感，要与社会时潮乃至社会一般价值观有什么必然的关系。但就社会总体来讲，还是能有一些相应的幸福指数。比如一个社会失业率有多高，它的贫富悬殊有多大。前者代表这个社会的不确定性有多大，后者则涉及社会心理会不会因此失衡。此外还有教育文化程度这一类的。举个例子讲，一个社会即使有受教育的机会，但为了上学得打破头竞争，幸福指数就还是很低的嘛！你有钱，天天得送孩子进补习班，感觉就好不到哪里去。

幸福指数包括好多项，每个社会也不尽相同，这里面有一些是普遍公认的价值，有一些是文化价值，还有一类是时代价值。几个加起来，才能衡量这个社会合理不合理，一般人幸福不幸福。

四、社会的内在位阶应该被标举出来

孙：您刚才提到那么多价值，我感到很多人只看到时代价值。

林：所以就会有不安嘛！穷人不安，富人真的就能安吗？

孙：当然无法安，所以会带保镖，家里会有监视器。《第三种生活》那本书，就提到了类似问题。

林：整个社会都追逐财富，但普遍又觉得为富不仁。

孙：看到一个人变富，总在想他们不定使什么手段了呢！所以，一方面渴望积聚财富，同时又不免仇富……

林：社会多元的价值观应该被逐渐建立起来，不然这些矛盾就得不到解决。而且在这些多元的价值中，我前面提到的普遍公认的价值、文化价值、时代价值，三个层次必须清晰，越在前面的越不能变。

孙：我刚才说大家只看到时代价值，其实我们这些做媒体的也有责任。一个朋友曾直言不讳，说现在的媒体媚富，但媒体人的解释是大家关心这个。否则，《穷爸爸富爸爸》怎么会有百万册的销量？眼球经济，自然得关注财富人物。

林：台湾其实也面临这样的问题。前期出版的传记还多元，现在都快要变成电子新贵和政治人物的专有权了。任何行业当然都有被写的权利，问题是那种写法，将每人的成功都写得那么单薄，不去探究他们成功背后的人格因素，又好像只有那两三个行业的巨头才有资格出传记，看着都不可信。

孙：恨不得告诉大家他的成功八法十法，带你操作。大陆也有这样的东西，这叫成功速成。

林：台湾好一点的情况是很多传记大家并不当真，但大陆人却多的是跟着学。坦白说，大陆更需要看到所谓资本的有限性。

孙：因为还看不到，所以我经常在各种会上听一些文科教授感叹：好学生读大学，都不读文科了，因为怕出来无用武之地。台湾现在的情形也是这样吗？

林：也有这样的倾斜，但情况还是不同。在我们那个时代，理工科优先，是有合理的一面。因为那时承袭的是"五四"思维，科学救国的思路。另一方面也有就业市场的考虑，这符合台湾社会当时的发展。但我所讲的不同是，台湾存在着一种内在的秩序，使文科受到一定的尊重。比如文科教师，可能钱没有学理的人赚得多，但大家会普遍感到你是有生命涵养的，比大家更了解生命价值的，也会更尊重你。

这是一个社会内在的价值位阶。当一个社会建立起这样的位阶时，就容易产生自然的平衡。比如你做歌星影星，尽可以风光有钱，但就要面临被八卦化、红与不红的命运跌宕。而教授就比较稳定，还能有尊荣。像我，这些年正好是台湾"文建会""演艺人员急难救助计划项目"的委员，审这些申请案时，感受真的非常深。

孙：演艺人员会惨到如此地步吗？

林：当然会，一方面因这行主要是吃青春饭的，加上圈子里的很多事又不是自己能主宰，所以多数晚景凄凉。每一次我总是很认真地处理这些案子，对我也是另一种修行！

孙：台湾演艺界我接触不多，不过，跟您一起的时候，还能看到，他们对您还是很尊敬。像 1997 年我在台大参加流行音乐研讨会，张雨生、优客李林等几个人，基本上是围着您设定的议题在转。我记得最初台下还有学生喊"张雨生我爱你"，你提醒大家："这是座谈不是歌友会"，学生就不再喊了，渐渐大家也都觉得不该把它变成歌友会，而应该坐下来探讨流行乐的困境。我第一次在这些歌手身上看到了那种理想性，我想这跟您营造的气氛有关。

林：其实我跟这圈子离得很远，但台湾演艺界一般还能承认那种内在的位阶。这件事后我还碰到一位政界人士，跟我说：林教授，你是我儿子的偶像呢！"偶像"二字我是避之唯恐不及，我这种人哪会想做什么人的偶像呢。我向她说：这怎么可能？她却认真地说：那天她儿子就在那个会场，回来说，台湾现在还有这样的教授！

孙：现在还如此吗？

林：这些年有些变啦！不过，主要原因还在知识分子本身。自己老觉得要被时代淘汰，于是就拼命迎合，结果是自己拥有的东西反而先给丢弃了，让年轻人看不到你存在的价值。

孙：这就是您说的放弃。自以为向年轻人表示认同就会被人家接纳，其实优势已不再了，别人……

林：别人看你还是像老头子。

孙：（笑）

林：举个例子，就说跳舞，你说老头子跳舞会比年轻人好吗？不会！那你干吗跟着他们扭来扭去，你就直接告诉小孩子你不跳，但你可以看他们跳。这个年龄毕竟是该跳的，是要有活力的。而你呢？当然也有你这年龄该做的事。

而当多数人都知道自己的角色时，这个社会的秩序性才会出现。

孙：但有时我想，您在台湾，不是也是作为一个特例存在的？

林：允许我这样的特例存在，也是台湾社会内在价值及秩序性的一种显现。我这特例其实并不标新立异，以颠覆性作为站到社会的反面。另外，更没有强大的政治经济实力做后盾，我是典型的自由人。但大家为什么还会给我发言的机会，媒体还会为我留点版面，这当然反映着社会的一些基底价值。

五、知识分子先不要丢盔弃甲

孙：当大陆的许多价值是以利益多少来衡量时，我会看到许多人的茫然，知识分子在其中尤其挣扎得厉害。比如我所接触的出版界朋友，他们会做很好的书，但卖不出去，或者是没有别人的书那样大红大紫时，就会反思是不是自己有问题？

林：在这里，彼此区块的划分应该更明晰一些。台湾是这样，你书可以畅销，可以大卖，但大家晓得你是不被讨论的。像你们这儿引进吴淡如的作品，台湾文学界就不会拿她做议题来谈。总之你不能既要流行又要严肃，不可能几者得兼。

孙：但我们常把这些混在一起谈。所以连广告都在说：高尚住宅，尊贵品质。大家也有反弹，有哪个住宅是高尚的，杜甫住破茅屋，你说它高不高尚？但知识分子不会特意说这些事情，不去澄清一些区块。这其中最深的看透还是，你批了它有什么意义，它本来就期待你去说它，这也是市场经济的一环嘛！

林：那要看你怎样去说它。对一个流行的事物，作为知识分子，不去碰触它并不就能显得你清高，真正的挑战是看你怎样在其中呈现社会或生命的根柢价值。你以为说一个歌星没文化，他会无所谓？他一样有感觉。只不过有一些价值在社会发展的某些阶段，会由显入隐。我不是流行界的人，为什么那个座谈会你感到他们尊敬我，就是因为我让对方内心隐微的价值观彰显出来。我这种人跟他讲：你这种表现，果然跟一般歌手不一样，蛮好的！他也会受鼓舞。

换句话说，当许多人因依附时潮想隐去坐标时，我想的反倒是如何让它更清晰地立在那里，让别人由此照见现前之不足。

孙：但现在大家都觉得，这个坐标越隐越好，因为不会显得不合时宜。

林：我想还不只是不合时宜吧。我讲台湾的例子。台湾媒体因为非常自由，因此有一段时间会把所有边缘议题主流化。比如女性主义、同性恋、"台独"。谁都不能在此置疑，好像你发表反面意见就是保守。但我们仔细检验一下，知识分子真的很关心这种问题吗？后来发现，许多人一样的大男子主义，一样的泡 KTV，一样的对政治漠不关心。这是刹车与拉车的角色吗？不是，而是通过这些议题中的道德争辩，为自己的堕落放任提供合理说辞。犬儒嘛！

孙：我们这边知识分子对现实发言，如果不能明确做结论，便用一些后现代的说辞。

林：事实上后现代的思维，也只不过是欧美社会的一种前卫思维，不能代表主流思维。举个例子来讲，纽约的思维与生活方式当然够前卫，但美国其他城市乡村就不一样。那儿的人每周去教堂，非常重视家庭生活，也不会滥交。这就是整个社会的稳定性所在。一个社会需要前卫带来的活力，但底盘充斥的都是这些，这个社会就要崩解。所以如何能一律以后现代思维来读解一个社会，来为自己的行为找到无可置疑的说辞呢？

孙：我理解批评家将许多现象归为后现代，也跟中国近 20 年浓缩的历史进程有关。他觉得无从判断，或者说回避做一个清晰的价值判断。

林：知识分子和升斗小民差别在哪些地方？不就是你可以透过知识与价值反思看到这个时代的局限与你自己的作为吗？提到西方，为什么我们还会提到康德这些人，因为总有一些理性判准是跨越时空的，总有一些基底坐标是在历史长河中存在的。

六、给每人的生活以多元的诠释空间

孙：谈到知识分子，话题总有些沉重。我们来谈谈生活观念。我1997年去台湾，接触的台湾人生活都不错，但又不怎么张扬。就像我进到您的山居住宅"忘禅小筑"，三四百平方米的小院，前有庭院后有车库的，但我就是觉得不害怕，因为并不奢华。而在大陆，看一些人装修，会让人觉得绝望，觉得你整个家都不如他家一个座椅值钱。但仔细想，真要那样，好像也不是正常人该过的日子。

林：我住的房子，是赶了房价最低的时候买的，我常开玩笑说，我是台湾住得最好的穷人。台湾人有钱也有在装修上不惜工本的，但你会看到，大部分人还是有一些基本的品位在，比如在家中放一个很好的茶桌，还会有个和室，因为受过日本的影响，这个和室通常很雅致，在这里读书、礼佛。当然，住什么样的房子，是每个人的主体选择。我们刚才也在说：一个社会的发展，就是要让每个人有多元的选择空间。这空间包含心理的选择和外在的选择两个层次。如果社会过度地一元思维，人就不太能有更多心理的选择。因为外界会给你一个信息，这样才是好的，那样就不好。而所谓的外在选择则涉及一个能力的问题，那就是你真要那样的风格，你做得到也寻求得来。再有，就是每一个社会都有共同的历史文化积淀下来，还有共同的生活方式。比如中国人在家中放一张茶桌会有中国人的美感，而放一个吧台会显得不伦不类，会有一种共识在里面。总之，这里面牵涉好多个层面，主客观因素加在一起，品位自然就不是那"外加的一元"。

孙：但大陆年轻一代已不是这样。这两年有一个阶层被大家称为"小资"，有书中总结，他们喝咖啡要喝卡布其诺，看片子要看欧美闷片，读书要读村上春树，当然还有法国的杜拉斯。

林：这种群体跟台湾十几年前流行的"雅痞"有些像。他也是告诉你车该开什么，穿该穿什么。但在台湾很快就被嘲笑，连真正雅痞的人也不敢自称雅痞。

孙：大陆小资也有反弹，是因为又冒出一个中产以后。你说他小资，他就说：你才小资呢！你们全家都小资。

林：无论小资、雅痞，那些标准都是外塑的。因为主体缺失，所以生命就走不出个性品位。台湾现在还好，这些人也就是一个群体而已。他们用名牌，也只就表明他们用得起，并不代表其他什么的。

孙：但大陆一些人会把它无限延伸：用得起就表示有钱，有钱就有成就，有成就就有尊严以及想要的一切。

林：台湾不一样，有一些电子新贵，40岁不到就赚几十亿，但一样朴素。像我认识的广达电子总裁林百里，身价数百亿，为人谦和，又喜欢文艺，一点也不张扬。不少人还会参与"慈济"事业。

孙：前一段媒体报道，北京有一个大饭店，要推国宴，号召男人女人盛装出席，一时间众说纷纭。后来媒体也报道说它只办了几场就改弦更张了。

林：一个社会产生一些所谓的主流价值时，它会借由各种场合来界定大家的高低。但问题是：你能界定多少？有一些普遍公认的价值和文化价值是不能被这样界定的。

孙：台湾社会对中产阶级怎么看？

林：台湾基本上是一个中产阶级构成的社会。但像我这样的知识分子要被人说成是中产阶级，就要感到羞愧，因为代表你缺乏自己的想法，也缺乏建树。中产阶级是什么，它是社会的中坚，不错，但并不表示能独立思考或出类拔萃。

孙：就是你处在社会的链条中，只要好好干，就会饮食无忧。

林：对，有一些基本的品位在，还有一些社会责任，人生从一般人来看，是蛮平衡的。

七、穷不要穷到无所谓

孙：都在谈富的误区，那么穷的这边呢？您来大陆，多是在边缘行走，也看到贫穷的一面，是不是也有不舒服的地方？

林：有。台湾也经历过穷，但因为传统文化的影响，在我的印象中穷得很干净。你看到的人家，门口的台阶都是干干净净的。穷得很有尊严，但大陆穷，却好像……穷得无所谓。

在穷与富之间，台湾富，是许多价值之一；台湾穷，许多时候还穷得有尊严。大陆目前则不是：富，是唯一价值；穷，则穷成了无所谓。这是最大的差别。

孙：是在哪些地方有这种感觉？黄土高原、云南还是其他地方？

林：恰恰相反，我反而觉得，穷得有尊严的是少数民族。它的文化跟环境蛮融合的，所以虽然穷，感觉还在自然中运行。汉族地区就不是这样。

孙：是，经常在北方汉族人所在的乡村，能看到一堆人，蹲在太阳下吃饭、闲聊，身上脏兮兮的也不管。

林：不过，首先还得同情他们。我总会想，他为什么无所谓。无非就是觉得，无法跳出环境，一辈子在这儿混，也就是这样。

孙：但您说台湾的穷人不这样，为什么？

林：因为他们觉得命运还是可以改变。这是教育的问题。台湾的教育普及，里面传达出的一个重要信息，就是你只要努力学习，就会得到想要的生活。这样，对他的生活就是一种激励，他会在即使是生活的细微处也往好的方向努力。比如他可能做不到厕所舒适，但可以让它有基本规范。

孙：（笑）我们在乡下，几乎不奢求这种规范。人家会告诉你门后就是。

林：门后也行，干净就可以呀！因为人活着就要有一些基本的尊严。穷其实可以穷得很干净，就好像中国古代文人，生活简朴但有意境，有生命空间。

孙：穷与脏乱相连，好像我们也这么认为。这也就是北京人一说到民工问题就有些讨论不清的原因。

林：又说回教育，台湾过去，每一个人在接受教育时，都有一个生命典范树在那里，让你晓得该做什么，哪些再穷也不能做。那是一些从中国历史中沉淀出来的价值，跟你的生命情境非常贴合，像什么"黎明即起，洒扫庭除"啦，并非政府提倡的口号。传统不被截断，他就可以自守一规。

孙：您刚才提到的那些老理儿，我奶奶那一辈还常说起，现在的孩子未必知道。这也是一种文化的断层。

林：说到断层，我还要提到一种乡绅文化的失落。这在台湾同时存在。国民党到台湾实行"土改"，基本上算成功。相关部门以各种资本票券买下田地让佃农"耕者有其田"，而地主则用这些票券自然转型成商人，进到城市的工商业阶层。但这种转型成功，也使以前地主的乡绅角色大大减弱。乡绅是什么？他读过一些书，见过一些世面，又在当地有人望，上通官府下接百姓，会变成当地的稳定力量。一些传统的价值观就通过他们传达给社会，但现在，突然没有了，就难免产生问题。大陆情况虽不同，也同样缺失这一块。所以就穷不出尊严。

孙：但一味地要求穷人活出尊严，也是站着说话不腰疼。当"让一部分人先富起来"的口号被作为普遍认知的时候，现在也许要问，富起来该做些什么。

林：这里就说到一个社会的回馈机制。观察一个社会合不合理，还要看阶层的流动性怎样。流动是什么，就是人能够逃离先天的时空局限去发展。那儿土地本来就贫瘠，他再努力也是白搭，所以要流动。虽说"将相本无种，男儿当自强"，但这样的信心与管道社会有没有给他？这就是社会的回馈机制。广大的农村支撑起一个精美的都市，所

45

创建的成果有没有回馈给农村，这都是需要认真探讨的。

孙：在我们这儿，有"希望工程"，有"宏志班"，都是给贫困山区的孩子提供的就学机会。

林：不仅如此，还有旅游。我们还得问：旅游是消费的观念还是学习的观念。如果是后者，那我们为什么不能带给那个地方永续的生存。乡下人收入可能没你好，但他们有新鲜的空气、更悠闲的生活态度，是不是该更被尊重。你要是尊重，就不会四处丢垃圾，也不会到处开发，去破坏他们纯美的家园。

孙：曾有一篇文章，题目叫《谁在为富人建后花园》，恰恰提到了这种问题。开发商的确只考虑富人的消费需要，即使把你从原来住的地方赶走了，都不想着要问一问谁是这儿原有生活的拥有者。

林：这就是不合理的地方。仇富为什么会存在，也就有这些因素在。要想使它不变成社会的破坏力量，就要想法子弭平这种差异。在这里，一个是社会的流动性管道；另一个是，要提供不同的价值观让生命选择。每个人能主体追寻不同的成就与尊严。否则，只标举一种成就，稍搞不好挫折指数就会飙高。

孙：有一句话这么说：不到北京不晓得官有多高，不到深圳不晓得钱有多少，不到海南不知道身体多重要，说的就是这种挫折感。

林：挫折感来自竞争。人要有选择哪种比赛的权利，而比赛时要能做到无怨无悔。如何做得到？当然是公平，而要公平就得机制合理。如果只有一种输赢，而取得输赢的过程又不公平，你让他就尽在输赢中转，输也就输得不甘心。

第三章

——自然人文的希望与落差

香格里拉之思

"大陆大，更有绝美的风景，有些美甚至于美到可以让已过中年的人热泪盈眶，有些美更令人以为不在人间。在这种至美前，人是如此渺小、无我，如此的虔敬、激动。坦白地说，在台湾土生土长的我，也曾遍历宝岛的种种，而宝岛风光堪称明媚雄伟者，更不一而足，但真正因自然美景而有的极致感动，却几乎都是在大陆发生。"

一、去看看，一个禅者的旅游态度

孙：虽然我自己生长在大陆，但不知为什么，每次听您描述去过的那些地方，或读您的记行文字，都会激起我的向往。但我又常常怀疑，如果是自己前往，会不会有同样的生命感动。也许是人在山水中感受到的东西会因自己的文化积淀而有所不同，我总觉得即使是那被大家描述烂了的美景，在您这儿也会唤起人最新鲜的感觉。

林：说到旅游，台湾一些朋友常笑称，我是旅游的典范，做观光外交，恐怕也是最好的推介者。其实，我对一个地方的感觉，并不在寻找那隐微到专业人员才能领会的层次。要求专业，一般人当然会望而却步。我不是，我以平常心去看，也让大家就从这里感同身受。但这也跟一般旅游不同，一般旅游有太多的主观期待，心就不是平常心了。

孙：怪不得每次您来，都像是带了一个旅游团，大家都自发地跟着您。我也注意到台湾媒体写您从大兴安岭回来，问您到这个地理课上算是中国东北历史最重要的地方去干什么。您淡淡答一句：去看看。很简约的几个字。

林：旅游本身就是去看看。我不是常讲要读生命之大书吗？实际上天地大书是其中最重要的一块。带着读天地大书的心情，将实际生命对应到不同的地理人文，自然可以获益良多。

孙：虽然只是简单地去看看，好像不需要做太多准备，但真正要感受其中的大美，没有深厚的文化积累还是不行。比如您看到漓江的山水会想到中国的隐逸文化，看到黄山会想到中国水墨与山水的真实对应，看到小三峡会想到武侠小说中的传奇……听了您的描述，每一次都想怎么着也要跟您走一遭，要不就枉对山水了。

林：这些美景之于我，自然是新鲜的、奇异的山水一绝，但它仍处于中国人生活的场域里，还是能由之解读出许多人文意涵，整体意象常就直接指涉典型印象的中国。所以当它现于眼前，你就有种久违的相知。也因为有这些人文背景，我更喜欢来大陆旅游。1988 年到现在，我去别的地方不超过十二次，但来大陆已六十多趟。

孙：我知道旅游的态度同样牵扯到您的生命态度，您是禅者，所以会说出"去看看"这样的话，让我想到赵州禅师的"吃茶去"。从禅者的角度来看，旅游意味着什么？

林：旅游的心情就是让信息进到你的心中。过度主观想要达到某些单一目的，或者非要看到某种风景享受某种生活，就难免会失望。人容易活在惯性当中，你用惯性想象或对应一些东西，那地方释放的信息就感受不到了。

孙：其实从实际的旅游经验来讲，我知道您在大陆也经历了许多不如意。尤其是第一次来大陆，买东西遭白眼，被导游牵着鼻子走，以至于您甚至生出"不如归去"的感慨。后来的每一次，也都大大小小会有不如意。这是可以想见，不只您，连我们也难免碰壁。因为大陆的旅游还有很多欠缺规范。但是这些，却并未减少您对大陆山川之美的领略。

林：在大陆旅游，我有一个六字真言：逆着想，顺着走。一切随缘，不要太多自我，否则就是跟自己过不去。1996 年我带团在青海，旅行车突然打滑停在公路上，那已经是半夜了，前不着村后不着店的，大家都很丧气。我对他们说：我们就在路边看星星吧！原以为那一次青海之旅可以有好多机会看星星，后来发现就那么一次。你说这是幸还是不幸？

孙：有失便有得，道理大家都懂，真正实践起来就不是那么简单。

林：旅游就是放松，但放松不是让自己松散，而是让自己超越惯性。举个例子，我们在家常常很忙，但说来好笑，我们即使悠闲时也忙，因为要忙着"修行"。当然，要真不"忙着修行"，种花养草也可以，但为什么选择出外旅游？就是因为它可以把我们从惯性的生活中带出来。一旦跳出，你的接受力就强，用大陆话讲，就是信息量大。此外，禅讲印证，换了另一个环境，才晓得自己所学所修是否真有用，才知道自己是不是活在"自我蒙蔽"中。

二、如果旅游不能提供更大的信息量，那种 美就是暴殄天物

孙：说到旅游的信息量，我知道有一部分需要自己体会，也有一部分是 旅游部门应该提供的。我也知道，对后者您有很多看法。

林：这里我们谈的是旅游的品质问题。什么叫旅游品质？主要的并不 是你让旅游者住豪宅睡软床之类的概念，而是你让他感受到的信息量 有多大。

孙：以我的切身体会，大陆旅游不仅是信息量不够，而且是信息芜杂。 你听导游说了半天，都是说你看这个山峰像什么，那条河流像什么，看 图识字一般。

林：所有溶洞的导游，都把游人当作看《西游记》的小孩。弱智嘛！ 溶洞要谈的不是像不像的事，而是怎样形成。要悬念也有啊！你只要 告诉大家：上面的石钟乳与下面的石笋看来只差两厘米，其实要两万 年才接得起来，大家感受就会是另一回事。

孙：所以该检讨的是对它的认识到底有多深。你把它浮面化，即使说得 天花乱坠，游客也未必把它当宝贝。名胜古迹如此，文物亦如此。

林：相对来说，日本人、法国人都比我们会做。日本古迹很多，还有温泉文化，带着你一路领受下去，不只是趟温泉之旅，最后学到的更是日本人的生活态度。

孙：我的家乡，其实也是一个久负盛名的旅游胜地，也有温泉。但现在立了一座杨贵妃温泉出浴雕塑，多数参观者都不喜欢，而且合起影来还蛮尴尬的。贵妃出浴，那本该就是让你想象的……

林：好端端一个地方被搞成那样，可惜了。而你看法国，连那种艺术博物馆也做得那么好。

一般谁会耐心看一个博物馆，尤其还是异质文化，弄不好就只是站到脚酸。但他们不同。它会告诉你这跟文艺复兴甚至跟整个欧洲有关。所以你看到的就不仅是文物艺术，而是整个欧洲的文化脉络。但我们不是，深度旅游不够，很多景色就只能一目了然。即使是长城、敦煌都如此。敦煌谁都告诉你这里的宝物有多宝贵，问题是怎么让大家感受到。如果只是看现状，首先是开的窟有限，好的窟还未必公开，保护得未必好。大家看了搞不好不仅没感觉，甚至会产生不解——好的窟为什么不让我们看？其实无论从艺术的瑰丽去解释它，还是从历史的遗迹去看，都没有触及它核心的部分，即宗教心对敦煌文化的影响。想想，在这样地理严峻的地方，为什么会有人在此画画，用艺术的感召力等理由其实并不能解释它。而何以如此？正是因为出西域者出了这里，就是一路的艰辛在等着他，一路生死的威胁在考验着他，而这时，也只有宗教心才能支撑着生命面对这一切。你这样体会就会有感人的东西出来。你是不是也可以告诉大家：黄昏之时，夕阳投射到鸣沙山上那种美感的震撼，这可能也是震撼过去生命的所在，让大家感同身受。如果有了这些，大家反而会对你不开放洞窟的作为生出敬意：对，那些未开发的洞就是该这样被保护着。不这样，再美的景致，不小心也会让你暴殄天物。

孙：就是要赋予山川人文更丰富的历史人文信息。我常听您谈到对长城与紫禁城的批评，是否也暗含这一层？

林：长城 1988 年第一次来就去过，坦白讲就是个大，其他没太多感觉。

孙：为什么没感觉？

林：因为从它身上传达的信息过于扁平单一。一般人固然觉得它如何雄伟壮观，但学历史的人都知道，它的信息绝不是一个大或者雄伟所能概括——它大，但大的背后有牺牲，有许多过去生命的被压制。现代人能由之解读的东西应该更多，怎么可能在大中求满足？而其中，有一点绝不能回避，当把它只作为荣耀的时候，你怎么面对长城以外的民族？蒙古族人又该怎样解释它？长城应该被看作历史的见证者、纪念碑，这样它才有文化厚度。另外，我对它的诧异还在于，大陆每每提到它，都会说到它如何进了吉尼斯纪录的哪一项。为什么要看重这一项纪录？台湾台中曾建过吉尼斯纪录博物馆，后来也办不下去了，因为没人理嘛！这是一种求大心理，只是大陆都如此大了，怎么还要跟人比大？一个大如果就让你满足，那也是大中的迷失。历史古迹我们看重的不是大，而是历史的厚度。信息单一，有时会有负面效应，例如：我在丝路旅游时，一个汉族导游提到新疆历史时，径直地谈蒙古当年的"侵略"，我身边的蒙古族全陪神色就不对，其实丝路、新疆多丰富，你干吗哪壶不开提哪壶？为什么如此认知单一嘛！

孙：那紫禁城又有什么不对呢？我们感觉它也就是那个样子。

林：紫禁城的意涵很多，为什么中国皇帝叫天子，诏书叫奉天承运，都是在说明皇帝真正的权力是来自天。天是什么？天是天道，所以在紫禁城的信息中，就要透过它的格局让人感受到历代的兴衰为什么是这样。即使是一个祈福的东西放在那里，为什么就符合天道。讲祖宗的规矩不能废，这些规矩是哪里来的？又为什么会有律法？还有，我们过去对天子的想象乃至戏曲中的呈现，哪些是有问题的？都应该从这儿感受到，没有这些，就是信息量不够。

孙：紫禁城我也曾陪朋友进过，随着人流走，听见各路导游解说也都千篇一律，根本没有留下深的印象。

林：就留了个印象：哇，好大。我在大陆旅游，也因此一不听导游讲解，二不看说明文字，三不看茶艺表演。不听还可自我领受，听的尽多肤浅扰攘，干吗要听你的。

孙：（笑）说到大陆旅游，真的要请到您这样的人，不知道会吸引多少人。因为您经常还会发现一些名胜古迹，是在大陆现在还没有被广泛认知的。

林：说到这点，倒真为大家感到遗憾，许多地方就这样被忽略过去了。去年，我就带研究生去桐庐、富春江，因为那里是中国隐逸文化的代表。严子陵在这儿待过，范仲淹写过那四句著名的话："云山苍苍，江水泱泱，先生之风，山高水长。"为这四句就该去，知道老庄思想的人也应该去。去了那儿，再想想黄公望的《富春山居图》，不是对隐逸文化体会更深了吗？不是更了解中国水墨的美了吗？

三、香格里拉如何成为巴厘岛？

孙：大陆旅游资源丰富，要经营得好，应该说是国力发展最重要的支柱之一。但要如何让人来了还想再来，的确是一个文化的课题。

林：有资源，又不能只想攫取资源，就要去除一元化思维，不能一味向钱看。那样，即使资源再多，也会一一被消费掉，并且会有连锁反应，游客在这儿受了骗，没准儿对其他地方也不相信了。台湾很多人都是如此，回去就告诉别人不要来。

　　旅游要给游客提供新鲜丰富的生命经验，你才能获取尊重。印度尼西亚巴厘岛就是这样的例子。

孙：那儿发生的爆炸案真让人震惊。

林：是，真是可惜。那么美的地方，生活闲适、风景优美，女孩子可以在河边洗发，每一家都设有佛坛，因为是信佛教的地方，连礼佛都成为一种可以启示旅客生命的人文景观。游客到了那里，就会学习巴厘岛人的美感和生活态度，那儿就变成许多人的心灵故乡。

孙：就像我们的云南香格里拉？

林：我恰好也要谈这儿。我想说的是：将来香格里拉，到底会被我们消耗掉，还是变成中国的巴厘岛？

孙：我们这边也在探讨这个问题。我甚至认为，将迪庆宣布为香格里拉，反而把大家的想象框住了。其实那一片有好多地方都会让人想到香格里拉这个美好的字眼，像丽江、泸沽湖。我去丽江的那段时间，整个人都像掉了魂儿。真是一段云上的日子。

林：少数民族的聚集地，那儿的风格真的不同。污染很少，显得非常纯净。到那些地方，我的语言好像就只剩叹词了，走的时候总想膜拜一下，才不枉此行。但如果拿香格里拉和巴厘岛做对比，你还是可以看出其中的差距。玉龙雪山还可以，丽江古城和迪庆的发展都有可探讨的地方。

孙：丽江已经很好了，您的不满意在哪里？

林：过度的商业化。而且现在已经变成一个空城，大部分是商家进驻那里。

孙：居民搬到新城去了，这是保护像丽江这样的古城通常采取的做法：在它的旁边建新城，这样也会解决现代人的生活要求与保护古城原貌之间的冲突。

林：但是变成空城之后真正的地气就不见了。纳西族的人文在哪里体现？现在是：东西是纳西族的，导游是纳西人，除此，纳西在哪儿？应该探讨更好的方式。

孙：但是纳西人住在旧城，整天被参观，生活也是被打扰的呀？

林：巴厘人的生活为什么没被打扰？因为它那一套完整独立的文化体系是建立在那里的。而且政府和旅游部门所设的种种设施，也是在尊重他们的文化传统前提下建的，它同时也赢得了游人的尊重。外来人尊重你的文化，同时就会尊重你的生活，知道哪些是该看的，哪些是不该涉足的。现在你在丽江古城看到什么？看到商家的无处不在，看到赤裸裸的佐丹奴与麦当劳，看到酒吧的桌椅被恣意放在外面，摆得那么多，多到行走都不畅。让你如何能产生时空移位，如何发思古幽情？你只会觉得那是个电影城，一个搭得还不错的电影城。震撼在哪里？

孙：那迪庆中甸一带呢？那边的情况跟丽江不同。

林：中甸的发展有它要面对的难题，除相应于自然风光该有的种种设施外，它独特的生活态度与文化还没有被鲜明地彰显出来。

孙：我到云南中甸旅游，回来写过一篇文章，叫《向往神鹰》。我说到了一个问题，当文化人一味地强求一个地方原汁原味的时候，是否也有些主观倾向。我在文中提到，我在中甸买当地民歌带，人家推荐我一盒亚东的带子，主打歌是《向往神鹰》，原以为是歌颂山鹰，不想是歌颂天上的飞机的。那首歌我在云南处处都能听到，我想飞机给迪庆人打开了视野，带来了外部的信息，那种喜悦又怎是外人所能体会的呢？上学的时候我还读过一首诗，是说山里人对海的感叹。年轻的孩子说：要是父辈一代代地往大山外走，也可能到我这一代就能看到大海了。

林：这是外面探讨过很多的话题。我们承认发展是人的主体选择权利，但如何发展才会使你更好，则是时时要追问的。尤其是强势文化与弱势文化接触时，后者容易将前者的文化毫无保留与反思地接受。但从历史的实践来看，后果大多是不堪设想的。所以，在尊重他们的发展权利、设身处地为他们着想之外，也得提醒一下这里的陷阱或吊诡。拿迪庆举例，你若想向北京学习，那么你发展得再好，也只不过是一个次北京。一个人，过北京人的生活，没关系；但作为一个族群，若还继续在迪庆过北京人的生活，你的特质就会不见。那大家为什么还要这么辛苦地大老远来看你？激不起向往的时候，飞机再畅通，也未必就吸引人。如此，你不是又回到以前封闭的阶段了吗？

孙：保存独有的文化特质，是一种文化的自觉。大陆作家冯骥才先生一直在努力倡导这种东西。

林：其实，在全球化导向同质化的当今，特质常反而是你立足世界的本钱。如何有尊严地活着，就在于特质。巴厘岛是个例证，它让全世界感觉到好，全世界人就会去关心它。它被恐怖分子袭击，全世界都痛心，因为它已经变成人类共有的文化财富。

孙：但这种绝对的固守会让另一些知识分子质疑。天津老作家林希就曾说：都觉得三峡边上拉纤是一种文化，但如果那其中有你的父兄，你还希望他如此风里来雨里去吗？那房子不能拆，但让你感到自来水都不方便时，你真就愿意在此生活吗？

林：所以我们常常强调美学形式、人文精神。例如，你可以为生活而改变它的材质与内部设施，但一个族群的生命态度、美感经验要能看得出来。变与不变，关键是那个原点是否还在。

从这点来看，泸沽湖目前还是好一些。它那儿划船，一般都是一个村每家选两名代表轮流划，将钱共同存起来，也不贪多，因为他还

60

晓得钱的边际意义。对于外面的开发商，他们也有一定的警觉，很担心有人在这儿盖一些不伦不类的东西。他们做的那个民俗村，也有可看性。看了还会想想我们的婚姻制度是否合理。当然，往后会如何也仍令人担心。总之，真正的旅游要能做到"经济发展、生态保护、文化特质、族人共荣"，这才叫成功。

四、旅游要塑造一个神话

孙：其实大陆许多旅游方面的短视，都是贪大求功造成的。所以会看到各地一度都在建西游记宫、建风景别墅，即使是一些看来还彰显文化特质的地方，也因为对游客来者不拒地接纳，破坏了原有的美感。水乡周庄就是这么一个例子。有一次我们去，人潮汹涌，摩肩接踵，哪还能看到水乡的美感。与它距离甚近的同里则好得多，因为名气还没有它大。所以大家都说：一个地方一旦成为名胜，它的厄运就要来了。周庄是因为陈逸飞的画而出名，但我想作为画家，也不愿意看到周庄变成这样吧！

林：文化、旅游只求多多益善往往就得不偿失，因为你就失去了真正的尊严。我这儿只容纳这么多，这是我的尺度，多一个，对不起，下次再来。你以为这会让游人失望吗？不会的。那些想来的怎么都会来，只想凑热闹的不来也罢，搞不好破坏还小呢！旅游要建构自己的神圣性，因为它传达着文化。有特质的文化就会受尊敬，日本人不就这样吗？它那个插花、茶艺，它那些旅游的种种禁忌，都不会让游客反感，反而会让你产生一种学习的态度。因为这里面有日本的文化在。旅游就像大学，一所大学的被尊崇，也跟它的神圣有关。台大不是台湾的北大吗？台湾人想到台大，悠然神往。为什么？因为有傅斯年做过台大的校长。国民党那会儿要到校园查"共匪"，他可以挡在那里：校园是纯净之地，不能进去就不能进去。结果真的挡住了。他当了一年校长就卸任，但台大还有他的陵园：傅园。这么多年台大校长换了多少任，谁会被记得，只有他嘛！

孙：这应该是一种精神，就像当年的西南联大，颠沛流离的，现在大家还觉得那是一所最棒的学校。旅游也应该暗含这样的东西。

林：它会增加一个地方的浪漫性与传奇色彩。当然这也不是可以随意附加的，需有章可循，和历史现实有对应。比如拍《卧虎藏龙》的那片竹林，就可以衍生出诸多的传奇，有那个电影，大家会真的信你。

  但大陆现在的情形是：即使那些本来神圣性的地方，比如寺庙，神圣性也被破坏。我第一次来大陆，到西安小雁塔，发现那里的佛像竟然是用水泥塑成的。还有一些寺庙：神像四不像，你拜都无法拜下去。

孙：为什么？

林：因为不像嘛！举例讲中国人画神仙，除了力士以外，有没有露出肌肉的，没有嘛！露出的就不是大神仙。但现在不是到处都有神仙袒胸露肚的？

孙：这一点我最没有发言权了，因为每次到寺庙，谁是谁都不认识，更别说应该是什么样子了。

林：这不能怪你，大陆太多人对神话系统还没有足够认识。神话是先民对宇宙的诠释，同时也是一个民族美感的来源，不深入到这一层，再好的美术技法，都无法呈现神像的精髓。所以我每次看到导游在解释寺庙，都只能摇头，这样讲神话怎么可能迷人。他们有时还画蛇添足，狗尾续貂，像介绍完了巫山神女，最后还加上一句，那是迷信。

孙：我听您讲过，真的比他们迷人。

林：因为有东方的生命色彩，对不对？东方的生命色彩来自哪里，还不就是历史中它独有的文化。在中国，佛像、神像都是神话原型或者是一种理想人格的投射，它是非写实的，可又不抽象，是一种理想的象征。比如关公，他面如满月、卧蚕眉，脸红红的。哪有人脸是这么红的？但大陆就是塑一个这样的关公，脸跟现实中的人一模一样，只是脸被涂红。还睁着一双眼睛……

孙：关公就不该睁眼睛吗？

林：在所有戏曲的演绎中，关公睁开眼睛，就意味着他要杀人。所以塑像从来都是眯着眼的。但我们现在就是忽略了它的象征意义，摆一个涂着红脸的常人在那里，说这是关公，你怎会信？

孙：您不说这个，我们都不知道错在哪里。

林：图像、色彩都不对，是因为体会不到它内在的意义，也不知道它代表了一个族群的宇宙观、生命观与美感经验。还有，就是将寺庙博物馆化或者办公室化，也是我不能理解的。

孙：现在这种情况有所改观。像我原来待的单位，最先就是在柏林寺内，雍和宫的后边，后来就搬出来了。最近也相继听说，一些单位也从文保单位中搬出。

林：大陆旅游之所以信息单一，也跟这有关。"天下名山僧占多"，诠释不好这一块，历史遗产就失去好多。更何况台湾宗教发达，许多台湾人到大陆旅游，也真是来参禅拜佛的。看到寺庙变成办公室，会怎么想？寺庙因何而存在，不是为博物馆而存在，而是因为宗教活动。

孙：是做道场？

林：对。但我印象中只有在五台山这种地方才看得到这样的道场。

孙：因为看不到，所以大家就把寺庙当作爬山歇脚的地方。

林：当你感觉到累时，你会不会想：当年那些人，为什么要住在如此高的地方？而且物资还匮乏。如果只是迷信的话，为什么建起来的建筑又那么充满艺术性？你能照此追问，就会对宗教多一些理解，也就不会如此贫瘠地解释这些宗教遗产。

孙：不过，使我欣慰的是，在大陆广州，还有一座六榕寺，那里的六祖造像让您感动。那么多寺院，那么多造像，您为什么认定它与众不同、并接近佛教造像的真义呢？

林：我们在"缘起"篇里也谈到过，六祖的造像是依他圆寂后不腐烂的金身而造的。这在佛门叫"全身舍利"，这种不化的肉身通常会缩水，于是就装金。所以你看他的塑像，就像看佛，像人又不像人。既真实，却因凝固，又体现着超越时空的不动，六祖的造像因此就透露出更多的修行气息。

孙：就是说做佛像也是有基本原则的？

林：对，原则是存在的。大陆做佛像，人是标准型，目光也必须炯炯有神，以为这样才叫伟大。其实人再怎么伟大，也得有面对宇宙的根柢谦卑。佛像要透出这样的信息才对。

五、旅游是整体人格的体现

孙：谈过旅游文化的建构，也谈过旅游品质，但我知道，归根结底，它还是依着人来体现。说来说去是人的问题。

林：的确如此。旅游卖的是什么？真正的核心当然是文化。但这文化又是通过人的服务传达给你的。而如何服务人就与服务者的基本生命观有关，提供些什么服务则牵涉到所提供的文化内容。在这上面能着力，平板无趣的地方也会让人宾至如归。举例来说，台湾的人情味特浓，有些游客就冲着这点来台湾；日本人生活态度认真，再轻慢的旅客到了日本名胜古迹，也会学着恭谨，如此，日本文化那种细致的美也就容易被游客领略。

孙：我觉得您在这方面挺推崇日本。

林：日本人在观光旅游上的种种真可以让我们好好学习。讲个例子给你听：1986 年我到日本旅游，圣诞夜前后的一天早上，在东京东武百货看到一组日本"连狮子"的人形，这是两位男优以武士面貌出现的造型，单人的我见过，双人的极少。当时很动心，但时间不允许，只好等到其他行程结束后再匆忙赶到百货公司。日本百货公司一般晚 6 点打烊，圣诞时节则延到 7 点，而我到东武时却已是 6:45 左右。这时，所有旅客都在往外流动，广播也一直提醒大家即将打烊，我与太太两个人则逆向直奔十几楼层，那个样子真像极了找失物的失主。

到了卖人形的柜台，嗫嚅地说明了来意，因时间不对，当时就怕得到店员的一个白眼。哪知道，她还是一样的笑容可掬，没有一丝不耐或急着做买卖的神情。而就在选好要包装时——日本礼品是最注重包装的，她才发觉包装盒一时找不到，忙碌中惊扰到了经理，这位经理则边要求大家帮忙找，边又忙着鞠躬跟我说对不起。他一说对不起，我更加不好意思，但又不谙日语，只好也跟着鞠躬。就在这情形下，正常的打烊时间已过，全公司多少楼层却仍灯火通明，就为了我这位客人。后来包装盒仍找不到，汗流浃背、一脸歉意的经理则向我表示希望能不卖出这物品，最后在我坚持下，他才用另外替代的包装解决了问题。而就在我十分不好意思地下楼时，全楼上下却仍亲切地招呼我走出去。碰到这种情形，下次你到东京，会不会要买东西就到这一家？！

孙：这和您第一次来大陆，碰到的购物情形是天壤之别。

林：对。那是两年后到王府井大街买东西，在一家商店看中一个反弹琵琶的木雕，标价 140 元，正要买时，又看到背后较高处有个同样类型的，标价 700 元，想比较一下。谁知售货员态度恶劣地来了一句：你到底买不买？一下子就让你没了购物的心情。想想！同样情况下，你更愿意去哪儿？日本人的旅游就做到这样，这就是一种文化。

还有最初参观大陆寺庙时，常常就听到不准照相的呵斥声。我不是说你禁止就不对，而是那种态度，本身就破坏了那个地方的庄严感。日本人就不这样，他的禁忌不比你少，但他会客气说明，你就服气嘛！

当然，对台湾人来说，从旅游想要深刻了解大陆，坦白讲是不够的。不够的是中国太大、太复杂，历史太悠久。旅游，尤其是现在交通发达的旅游，往往只是从一个旅游点飞到另一个旅游点，很难有较全面的接触，仅就片面的印象想要述说中国，不仅外国人常犯错误，连中国人也有同样局限。

但身为台湾人，我也理解他们在旅游中所寄予的相互了解的希望。其实，两岸间当然可以谈政治，可以谈社会，可以谈军事，可以谈血缘，但最实在的接触还来自旅游。毕竟，两岸长久隔绝，许多事物仍必须经由旅游来印证。

而你让他连旅游都失望，他怎么还能像你所说的"心向祖国"呢？

大陆处在发展阶段，有些面貌很难立即有效改变，但像我以前跟你说的那种穷也穷得干净的感觉，是不是有，就很关键。

孙：我知道就人之常情来讲，温情脉脉的服务会遮盖许多硬件的不足。就像我们去乡下老家做客，他们虽然不具备洗浴各方面条件，但那种真诚与关切，却会让你温暖，从而忽略许多东西。

林：谈穷要穷得有文化，大陆最让许多人诟病的是旅游景点的如厕问题。如厕绝不是一种完全生理的行为，它还牵涉人文的观照。什么时候"让如厕成为一种享受"不再是一种空口号，旅游的尊严就能真正被感受到。不然，面对极致美景，也会让人兴起焚琴煮鹤之叹。

就这点而言，旅游对游客来讲，固然是生活的聚焦，而对所在地来说，更是一个文化结晶的呈现。但大陆旅游由于软件的粗陋，就常导致外人虽然来看此地的自然山川、人文历史，却瞧不起当前生活在这块土地上的人民。如果这样，一拨拨的观光客来大陆旅游的结果又与当年斯坦因、伯希和等人至敦煌寻宝，却从心里瞧不起那卖经的王道士何异？而对台湾同胞来说，更难接受的反差则是：在这些旅游中我们卖的常只能是些天地胜景、祖宗遗珍，且其中的遗珍还一度在"文革""破四旧"中被彻底践踏。

说到这里，就不得不再拿日本来举例：京都银阁寺入门的茶树引道就竖立了一则这样的告示："本园不欢迎居住于××旅社的旅客，因为此旅社的建筑已破坏了京都的人文景观。"文中的旅社其实也只是我们在其他城市中常可以看到的二十几层、火柴盒式的建筑而已，但京都保留了许多唐式历史建筑，在人文景观上，这旅社的确破坏了京都的整体视景，因此，具备文化旅游意识的银阁寺才做了这样的提醒与抗议。而有了这种细致的人文品位、自我文化特质的坚持及对历史建筑的尊重，京都又如何能不让人尊敬？

发展旅游当然有经济目的，但君子爱财，取之有道，在旅游，这个道其实就是一种生命观，一种整体人格、生命特质的呈现。在此，大陆的确还有很长的一段路要走。

六、金鸡母下金蛋，鸡要保养好

孙：说到旅游，又要说到世界遗产。中国在这方面的确富可骄人，因为每次公布世界文化遗产保护名录，都会有一些新的风景点被纳入其中。但我也注意到，那些即使位列其中的世界风景文物保护区，也常有一些事情被媒体曝光，以至于大家想，世界遗产如果还有摘牌的可能性的话，这些地方也不可避免。比如张家界，媒体就曾报道它在悬崖边上设观光电梯，还口口声声说是为游客服务。

林：什么才算是为游客服务？要是一个杀手说我帮你杀人，就算是服务你了，你会认可吗？不会，因为它违逆人类基本的行为准则嘛！同样，旅游服务也有准则，是建立在游客是学习者而非消费者的观点上来说的。

孙：您这么说肯定又有人说，就是去旅游去了，干吗说得那样沉重？

林：不是沉重。学习的意思是说：我们如果不需要得到信息，在家中就可以放松。旅游是让新的信息进到你的心里，你自然就是一个学习者啦！还有当我们讲"地球只有一个"的时候，中间其实就包含着无奈，因为很多地方就是在一分一分地消失。你不消费就已是这样了，更何况去旅游，再好的旅游也必然会有耗损。

像张家界这样的例子，我只能说不可思议。放到全世界去说，也同样是这四个字。对于人类共同的文化遗产，不要说旅游部门，就是政府部门，也只有托管的角色没有轻率而为的权力，怎么可能去建这种观光电梯？不只美感被破坏了，你就算是哪天觉得错了，还不一定恢复得过来。

孙：同样的例子还有我们那儿的兵马俑。媒体还登过一篇《焦虑的兵马俑》，讲的是文物部门与旅游部门的冲突。这反映了大陆旅游文物的关系没理顺，这时候旅游部门想有所作为，他会说我挣钱给你花，你怎么还要理直气壮管我？

林：但问题是，如果没有文物，你连挣钱的原点都不存在了。没有兵马俑，你赚什么钱？旅游真的不要杀鸡取卵。台湾话讲"金鸡母下金蛋"，首先，鸡要保养好。

很多国外的例子是这样，比如日本对他们那些一级国宝的态度，这种层次的书画一年就只展出几天。

孙：据说台北故宫博物院也是这样。

林：台北故宫博物院范宽的《溪山行旅图》，一年只展半个月。不要忘记那里可是恒温恒湿的呀！为了保护却可以做到这个程度。从来没有人抱怨说，为什么我花了钱还看不到它。真想看，我就会注意消息，到时排队去看。看的时间短那也表示难得。人在其中会产生对历史文化的敬意，也会有种真正与之连接的满足。

　　一个东西为什么会被尊敬，太过日常就不会。所以我们今天旅游，如果看到的只是日常所见，就不会满足。旅游本来带有少而珍贵的意味，而你用这种不负责的方式消费它，就完了。人类真的只是百代之过客，面对一个地球，乃至面对共同的文化遗产，谁又真有权率意而为，甚至为后代留下债务呢？

第四章

眼球经济

——信息化时代的媒体困惑

到底是文化新闻娱乐化，还是娱乐新闻文化化？媒体是否在被需要时才有尊严？如果对自己的特质不了解，报业的竞争最后就变成资金的竞争，谁实力雄厚，谁撑到最后。

一、文化新闻娱乐化？娱乐新闻文化化？

孙：说到媒体问题，我想到 1997 年去台湾，住在南京东路第一大饭店。每晚都看电视，也经常拿两边的做法比较。报纸也看，那时候觉得两边差异特别大。但时至今日，却发现，两岸传媒在文化娱乐新闻上的做法越来越趋同。但不可避免的是，作为从业人员，会有一些共同的困惑。

林：以前我们对大陆媒体印象是正面消息特多，但这两年我也注意到你说的这点：两岸如果不触及一些敏感点，共同话题便是流行性的资讯。将新闻拉到赤裸裸的讯息刺激层面，已变成共同特征。信息是越来越多了，问题也就来了，就是你输送的新闻有多少厚度？

孙：若提到厚度，也许会牵扯到一种媒体理念。我印象中，一些老牌媒体是看重这点的，还会专门有几位资深记者做深度报道。但现在大家都在拼命转变观念，认为媒体就是传播资讯，不应承担这种厚度。要尽量给大家轻松而休闲的内容，甚至文化版块也是，通俗的叫法是"文化新闻娱乐化"。

林：那我要反问一句，换个顺序可不可以：娱乐新闻文化化怎样？

孙：这现实吗？

林：未尝不可以。大陆的娱乐综艺节目不是在克隆台湾吗？但台湾却是在抄袭日本。不过抄得实在不怎么样。我要强调的是，日本多年不衰的娱乐综艺节目其实非常文化。

《料理东西军》不知你看过没有？非常引人入胜。将日本料理分两队比赛，每次再邀两队特别嘉宾来评分。如何做、材料如何来，都拍得丝丝入扣。它里面就有一种饮食文化在里面，料理怎样才能做得好——就是你必须把料理的对象当作生命，要不然你做不好这个菜。

孙：就像我们看的日本电影《蒲公英》，也是传达日本人对拉面的态度：吃面之前先要将面端详一会儿，还得怀着感激之心。

林：它因此带动了日本很多名菜、名厨，收视率非常好。日本还有一个节目叫《抢救贫穷大作战》，基本上是针对一些经营不善的饮食店，求助到这个节目，就会有专家专门诊断问题，还有名厨专门教他学艺。那场面极为真实，还能看到一些人被师傅骂回去。每一个救助的故事都充满悬念，学艺的人会自我期许一个目标，多少天学成，月额要达到多少。他还要亲自到现场煮料理给大家吃，由众人品评。最后这些人还会以现场念出亲笔信的形式对帮助过他的人表示一番感谢。人情味有，故事性也有，还有一些经营的小窍门，大家怎么会不爱看？

孙：听着都像是那种战线拉得很长的，这一期和下一期有关联的那种。

林：最有关联的还有一个《旅人日记》。它会把影视歌星、知名人物请到一些国外这些人未到过的地方，跟当地人同吃同住一礼拜。然后将他们的生活录下来。一年之后老友重逢，可能就在日本，那些外国人也学着穿日本和服，场面很感人，节目中大家能看到两地的风光民俗，还有因之建立起来的友谊。另外，有一个节目叫《上帝也疯狂》，更炫！它专找那些蛮荒地区的家庭与日本家庭做互为主客的交流，许多不可思议的火花都在其中激荡出来，两个节目都是时间跨度很长，但也是一播再播。

孙：这种节目真是很少看到。

林：因为大家只看到短线利益嘛！说到底哪个更赚钱，从长远看，反而它是低成本的。

为什么我要在这里特意拿电视说例，你可以看出，连电视传媒这样看来浅薄又需要大资本的媒体，日本人都可以做到这样，为什么新闻媒体会觉得非一种方式才可呢？

孙：因为彼此在竞争，大陆媒体的竞争态势，只要看看北京的报摊就知道了，说生死存亡绝不为过。所以大家拼命都在揣摩读者需要什么。

林：这时候最怕自己先慌，反而沉不住气；再来就是对环境错误评估，总认为将来一定会怎样，其实也未必。最后只好大家比来比去，你有的我也有，比到最后反而没了自己的特质。而大家都如此，结果最好也只能是利益均分，那你为什么不从分众入手来独辟一格呢？

孙：分众当然是一种选择，但我发现对于报纸来说，尤其在北京生存，大家普遍感到，还是综合类报纸优势大。记得以前有一张《戏剧电影报》，我其实很爱看它的海外资讯版，现在则改为《北京娱乐信报》，就是一张综合报纸了。说到新闻的厚度、文化性，若放到报摊上竞争，即使是拿台湾媒体说事，我猜还是看璩美凤①的读者要多一些吧。

林：最初或许是如此，但当每一张报纸都报璩美凤事件时，你要读者怎么记住你？还得看你的新闻厚薄。有腥膻背景的新闻，就应该没厚度吗？我们就举璩美凤的例子。台湾媒体比大陆禁忌少，所以在报道这类新闻时常不遗余力，台湾话讲"重咸"，即口味很重。但你老给读者重咸，稍淡一点人家就不买账，重到最后就完全不像人吃的东西。到这地步，媒体也就不得不公开造假，胡吹，自己能有什么成就感？

讲厚度不是说你一定要摆出沉重的面孔，而是对一个事件的观察与评论，要有自己独特的视角，发掘出它对社会的不同意义。

孙：在璩美凤事件的报道中，我印象最深的是一本杂志上的一篇文章，将她和几十年前的阮玲玉相比，感觉出时代的宽容度还是在增加。

林：台湾媒体在这件事情上也有许多转折。一开始当然是围绕光盘本

---

① 璩美凤：原为台湾电视名主播，后投身竞选，曾任民意代表及文化局长，2000年她在文化局长任内遭人偷拍与有妇之夫之性爱光盘广泛流于市面，形成引人注目之重大社会事件，环绕此事件之讨论包含：隐私权的维护、公众人物（尤其具文化形象者）的行为原则及判准、新闻审判、新闻炒作，等等。——编者注

身做文章，因为狗咬人不是新闻，人咬狗才是，所以媒体都很兴奋。但马上也会有其他观照出现：璩美凤罪不至此嘛！她能被偷窥，难道我们就不可能被偷窥吗？媒体于是开始探讨这一层社会议题，提出来究竟是谁有权审判璩美凤？探讨人性道德的比例原则。但等到璩美凤在凄风苦雨中念完自己的声明，返身上车又那么轻盈地一跳，媒体又开始注意到她是在拿苦难作秀。当然接下来的讨论是为什么她会如此，台湾社会到底怎么了，是不是整个笑贫不笑娼？如此一路探究下去，新闻就不是扁平的。

孙：深入到这一层，也似乎可以当作文化新闻来看了。

林：另外，台湾娱乐版块也会有一些评论，不随风炒作，常触及明星幕后的一些东西。比如一个慈善演唱会，前台表现得无私，后台却在争名争利，评论就会将此曝光。是有观点的评论，不是一味地替明星插花。社会需要偶像，青年人尤其如此，但对大部分人来说，偶像是可以替代的。因此重要的还在于这替换中累积出来的经验智慧，是否因此沉淀了下来。比如今天一个孩子可以喜欢张惠妹，明天喜欢 F4，但中间就有媒体对他们"持续"的影响。本来，报纸就是在不断的新闻之中沉淀出基本态度和反省的。

孙：这就是有了自己的报相。我身边的朋友所喜欢的媒体其实都有一些共同特征：大胆、尖锐，同时还有新闻的厚度。

林：这样才不可替代，对不对？最后就变成了长线的事情。大部分新闻只看到短线，今天有个爆炸性新闻，好，活一天，明天没有呢？就只好创造事件。重咸的结果，连自己都不见了，因为你那种东西只要敢，不需专业也可以做啊！

二、媒体是否在被需要的时候才有尊严？

孙：1997 年我去台湾，正赶上白晓燕事件①，看媒体不遗余力地在追踪，一方面觉得新闻人员很敬业，另一方面又觉得那种把摄像机架到白冰冰家门口的做法是在一刀一刀往受害人心里扎，而且从事后的效果看，也是如此。白冰冰、劫匪与警察都被曝光在众人的视线之下，反而让劫匪有了选择方法的余地。

林：在台湾，这叫作对受害者的"二度凌迟"。每次出现这样的事情，社会都有批判的声音出来。连最近台湾出现的薛楷莉事件，都会有人站出来说话。

孙：薛楷莉事件？

① 白晓燕是台湾知名艺人白冰冰的女儿。1997 年 4 月 14 日，就读高中的白晓燕遭歹徒绑架、截指勒索，最后撕票，震惊各界。而歹徒后来挟持南非武官一家，借由电视与警方谈判，又好似一幕电影情节。此事件除治安外，亦引起新闻道德的讨论，比如该不该记者现场连线访问歹徒，让其在电视中侃侃而谈为自己辩护等。——编者注

林：就是台湾 TVBS 电视台的新闻主播，因为认识一个日本人，人家向她示好，第一次见她就送了价值 60 万台币的项链，她竟然也收下了。后来一起去商店购物，她又一次刷了二百多万台币的衣服皮包之类，最后这位日本商人向媒体披露了此事。而从这个导火线，媒体就相继披露出她好多事：这位美丽的主播原来是没跑过新闻的，她应聘到一家电视台时，人家让她兼跑新闻，被她拒绝；这位美丽的主播原来是有交际花色彩的，她的学历也是造假的，还是滥用特权的……

孙：如果这是事实，曝光有什么错呢？

林：主要是 24 小时都拿她做头条，突然间有关电视主播各种光怪陆离的事只要找她就对了。不要忘了对一个人的批评惩罚总要合乎比例原则，她罪不至此嘛！

孙：虽为媒体中人，有时候也不免觉得新闻很"残忍"，深度挖掘时，一个人的隐私就这么被刨地三尺地挖了出来。黛安娜王妃早已香消玉殒，但一有她的新闻，媒体仍会争相报道。山口百惠也是一个极端的例子，虽然息影多年，一心一意要做三浦百惠，但媒体还是乐此不疲地盯着她。一次情急之下，她挥手打了一个记者，也被闹得沸反盈天。我看三浦友和写的自传，谈及这些也很无奈。身边的例子便是逝去的歌手高枫。记得他当时身患重病住院，媒体的姿态便是不断地相关链接：什么 PCP 肺炎与艾滋病的关联啦，很暧昧的感觉。不过，在报道张国荣之死时，大陆传媒善意的居多，不知台湾那边怎样？从网上，我只看到李敖在释放耸动信息，网友的回应也不怎么客气。

林：基本上也都是善意的，原因不外有三：一是台湾媒体对同性恋的开放早已超过了容忍的层次；二是张国荣的歌迷、影迷很多，怕犯众怒；三是这个人也没伤害什么人嘛。但也因如此，不少人仍担心会不会引发自杀潮的模仿。其实，就这类报道而言，关键还在当事者是个什么角色，这个角色相对该有的职业伦理与责任是什么。报道时必须合于事实，还须符合比例原则。张国荣不必承担某类社会道德，但薛楷莉就不同。现代社会中这种关系很复杂，媒体在这里就有厘清的责任，而非媚俗。

孙：不过从世界传媒来看，这种穷追猛打也不是什么独特现象。刚刚离世的美国影星凯瑟琳·赫本，留给世人一句意味深长的话："死亡意味着不被媒体打扰。"不过对媒体的指责有时候也会让人想到：谁助长了媒体？究竟是媒体偷窥，还是大众在集体偷窥？

林：问题是媒体是否只在被需要的时候才有尊严，还是我们可以告诉大家怎么做时才真有尊严？这说来又有些沉重，但毕竟关涉到媒体的职业尊严。如果只是被需要，那和娼妓有什么区别？这个比喻可能不恰当，但是一定要想到，事情就只能如此吗？一旦这样下去，就会出现一种状况——恐怖平衡。

孙：恐怖平衡？

林：就是人家有的你不敢没有，人家没有的你不敢有。最后怎样？不小心就会成为一些人操控的机器。璩美凤事件最初不是这样吗？有一阵子她"喂"新闻给大家，一天一点，你还不敢不吃。其实这件事情绝对有反向操作的可能，比如她喂你新闻，你批判她，她会知道有一些反应可能对她不利，以后就不太敢这样。台湾还有一个柯赐海的例子，简直就是恐怖平衡的典型事例。

孙：柯赐海？说说看。

林：这个柯赐海现在是台湾一景。他被流浪狗救过，所以经常会为流浪狗做一些事，有人对流浪狗不好，他就跑到"总统府"抗议。后来更利用电视媒体来做这件事。媒体镜头不是要经常追踪热点人物吗？他就频频出现在这个人物身后，举一个招牌，禁止虐待流浪狗之类。镜头躲都躲不过，所以也只好这么播了。后来还出现更绝的，有一个人在自家设神坛，想要引起关注，就故意在法院门口与柯赐海干架，媒体访问他，他便宣传自己的神坛，还公开说这样做是为了引起注意。新闻评议会就此事罚了几家电视台，因为他们播出打架实况不符合新闻的分级规定。电视台从此学乖，彼此达成默契，再不播柯赐海的新闻，最后发现怎样？不播也没事。

孙：媒体在竞争中常常会设假想敌。主编们常常会想别的报纸今天会登什么，知彼知己当然没错，但是有时你估计错了，做了别人没做的，也会觉得索然，事情往往就成这样。

林：这是没自信的标志。台湾报业也这样，文化版没被取消，就是靠了恐怖平衡的支撑，从来不会想自己的特质在哪里。如果对自己的特质不了解，报业的竞争就只能变成资金的最后竞争，谁实力雄厚，谁撑到最后。

孙：但综观全球的媒体，难道不是在这方面愈演愈烈吗？最典型的例子，美国的《花花公子》就是常青树嘛。

林：你别忘了《花花公子》在美国色情杂志中是相照得最好的一个，它的文字并不滥，仅仅是好色而已，中间还会有对政治人物的严肃访问。如果比滥，美国期刊多是更滥的，像那个 HUSTER，你们这边译成什么我不知道，我们那边叫《好色客》，还有一些同性恋、恋童狂的杂志，但销量就是比不过《花花公子》。

孙：还是有基本的品质在。就像《美国国家地理》杂志。

林：对，《美国国家地理》发行一百多万册，了不得啊！

三、有没有反向操作的可能？

孙：21世纪大家喜欢拿全球化说事。两岸媒体之所以趋同，也就是因为环球同此凉热。所以这时候研究西方传媒，有时候会忍不住想，他们的今天是不是我们的明天？他们也是明星化的方式。再说离我们视野最近的香港，不是也这样了吗？翻开报纸那么滥，八卦新闻满天飞。

林：台湾报纸最大的威胁就是香港化，大家甚至会把香港《苹果日报》来台湾的危险无限扩大，于是竞相八卦化。但以《壹周刊》来台的例子看，开始还来势汹汹，后来也没预想的那么受欢迎，就是消遣一下嘛！报业有时真是自己吓自己。

很多事就看自我的选择。但我可以这么说：如果你去特质化、去追风而做，我肯定你会完蛋。不这样做，也许还有一线生机。

孙：就是有反向操作的可能性？

林：台湾有一张报纸叫《人间福报》，佛光山出的，头版从来不做耸动新闻，而是一些科学发现和生活新知，文化和宗教占的版面也很大，订量也还不错。因为家长心想，我干吗要订一份报纸打打杀杀的，教坏小孩？就是去上厕所，读这样的新闻也会觉得有趣，心平气和的。

孙：但我知道佛光山是佛教背景，它也许有赞助基金做这样的事情。

林：但主动的订报量也的确不少。以台湾当前报业的竞争态势，这样已非常难得。

孙：大众也有逆反心理，重咸的东西看多了大家也会反感。

林：对，因为现在大家都看出来，"资讯越多，真实更少"。一个报纸如何让大家在阅读时怀疑得少一些，反而会成为存活的关键。台湾电视竞争得厉害，大家也觉得很难反向操作，但近几年则有了公共电视相关规定，有了第五个无线电视台，是非商业性电视台，想做的就是社会服务与知识传播，收视率不算高，但可以看出一些探索。此外，有人提出带状节目的可能性，就是在电视的非黄金时段，能不能做一些新知、时评之类的节目，每次也许只 10 分钟，但日积月累，节目会有厚度，会超越电子媒体瞬间即逝的局限，并培养观众每天增长新知的习惯。

孙：做了吗？

林：还在探讨。也不是完全空穴来风，现在的节目已开始出现这样的苗头。台湾以前的电视节目当然是可想的八卦化，都是影视歌星们的刺激新闻，还有许多政经人物的论坛，基本可看作群众大会，可以当作娱乐来看。但最近也出现一个谈话节目，是由一个资深媒体人叫胡忠信的，来评一些社会事件。这位媒体人以前曾帮陈水扁写过竞选传记，后来不满陈的格局，彼此分家，在节目中他就公开批评当局的短视，也很有深度。许多人由此发现，这样一种谈话节目，是比较能超越党派，也比较值得信任的。多一点这种节目，电视就有了向良性发展的可能。

四、电视的区隔清楚，文化才不会成为妆点

孙：即使是戏说风愈演愈烈的今天，大陆一些历史剧仍然拍得非常严肃，也很有价值。但大陆电视节目设计常有问题。比如央视那个电视歌手大奖赛，明明是演唱比拼，也要出一些很严肃的问题难倒歌手。以至于观众一方面在说歌手的素质问题，一方面在说为什么一个歌手该记得这些。这样的节目除了音乐界的评委，也会请余秋雨这类文化名人，但我听到的反映是，他出现在这样的场合就是不伦不类。看起来是给歌手的常识问题做评判，也看起来是在传播文化知识，但仍显得滑稽。因为当歌手的回答常常变成观众的笑料时，许多人的注意力是在那些笑料上的，你这么悉心解释，反而显得画蛇添足，有"杀鸡焉用宰牛刀"之感。

林：台湾的"文建会"要求我推荐书目，我还推荐过《山居笔记》，毕竟目前的台湾少有人写那种有历史感的大块文章，算得上笔力好的！但这里出现这样的问题，一是媒体没把他摆好，另外还牵涉他自我的定位。这几年他比较像个明星，滑稽，有时是因为你已明星化，却又要煞有其事地谈些严肃的话题。

然而，话说回来，有些人提出文化人要绝对地拒绝电视，因为会被消费，我倒也不这样看，关键仍在你把文化人怎样摆法。我举一个罗大佑的例子。有一年他因为一首《虹彩妹妹》被王洛宾告他侵权，他不服气，因为他还知道一些民歌的来龙去脉。于是跑来大陆查相关资料，我

和他恰好在中国艺术研究院音研所碰上。回台湾后他在一家日本料理店针对此事请教我。当时的情形夸张地讲，就是他板凳只坐三分之一。一个这么重量级的歌手，在他面对一个中乐专家时，却显现了这种根柢的谦卑。我因此也就我的观点解释给他听，什么民歌是共同遗产啦、民歌会沉淀出几种形式、可以被改编，等等。后来他在台北世贸的演艺厅专门开了一场"民歌讲谈会"，想借此澄清这件事情，请我去。这样的场合本来不属于我这种人，因为那毕竟是一个青春浪漫的场所、一个摇滚的场所，但罗大佑还是力邀。他说：来三分钟就好，因为只有在你这样的专家说明什么是民歌的前提下，这个会才有正当性。于是就在那个场合里，他郑重介绍我出场，然后在静得可以听得见针落的地方，大家听我讲了三分钟，"一个音乐学者眼中的民歌"。

这固然是一个看起来与电视无关的例子，但同样说明，一个文化人要出现在怎样的场合，才能凸显社会对严肃文化的尊敬。罗大佑的方式，让我觉得我的出现是不被颠覆的，否则我怎么会去那样的场所呢？也就因为这样，后来我们还成了朋友。我对他有与一般歌手很不一样的认识与评价，总归一句，对文化人，要懂得用电视传媒，而非被电视传媒所用。

孙：那说到大陆的电视歌手大奖赛，如果您出现，会怎样应对？

林：首先，这样的设置，我不会去。评委的设立，当然是为了加深比赛的权威性与公正性，但我们有没有赋予评委这样的权威？有没有把他摆在歌手之上。像你刚才所说，大家的注意力是在歌手身上，你的

评委身份当然就可有可无。我曾对赖声川讲，如果阿雅这样的综艺主
持人对你说："赖导，我最近戏演得有多好"，那就完了。她如果说："也
想演演戏啦，什么时候让我来插花一把，让我也学点东西"，那就算懂
得分寸。

再回到你说的电视歌手大奖赛，如果有这样的副作用，就应该问：
最初设计时为什么要这一块？

孙：有人"恶毒"地说：其实就是为了看歌手出丑，增加收视率。

林：那在设计时文化就被当作装点了，文化的严肃性就给摧残掉了
嘛！我们不是说歌手不应该有文化内涵，而是能不能用别的方式验证，
这样余秋雨也就不会变成另一个妆点。

孙：据说您淡出文化界以前，也经常会在电视媒体出现，有没有面临这
样的批评？

林：没有，因为都是在做总结角色。总结是有神圣性的。

孙：都是些什么节目？

林：一些政论、文化节目，或许是做事件的评论。总结是下结论，所
以带有权威性。如果结论由政治人下，表明政治有权威；但由文化人
下，就可显现文化的位阶。

孙：许多文化人平常看都很有智慧，但上了电视，就有些不由他。

林：首先当然要能敏感地拒绝消费。20年前，有一次上台湾电视节目，在棚里弹一首郁愤的曲子《昭君出塞》，导播讲了好几次：露个笑容会比较好。我最后干脆把琵琶背了出去，说：你们自己去填那个空好了。我都说这是郁愤的曲子了，还这样讲，我又不是卖笑的。

孙：我知道您后来还帮一些政治人物助选，有时候想象不出，在这样的场合文化人怎样做才能得分？

林：要替政治人物站台，首先要观察政治人物，看他是不是真正认识到：政治要为更高的价值服务。政治不是终极价值，更终极的，可能还有宗教、人权、艺术、学术等。第二，是看他能否超越任期地来做一些基底建设。第三是看他会不会用人唯贤。如果这样，当然可以考虑替他助选，而如此，也就守住了文化人的分寸。

孙：其实我们在这边指责一些著名的文化人频频出镜的时候，也并不是说他不该发言，而是说的不是地方。

林：我们那儿叫打屁。有人让我上网络聊天室，我都拒绝，因为网络就是那样发散着的，这个来一句那个来一句，很少会深入去探讨问题。去那儿多了，也就变成打屁。

孙：这话肯定会有年轻人出来反弹，因为大家正在其中悠游自在呢！

林：年轻人有打屁的权利。但我们真的附庸他们，他们就尊敬你吗？
未必！当余秋雨那么耐心地为歌手评判对错时，你这样的年轻人为什
么会觉得荒诞？因为这原是两个体系的事情嘛！

　　再有，我还是要说，文化人对流俗的事情还须保持适度的距离。
所谓"超越的孤独会变成一种生命的美感"，不就这样？

孙：像您这样的？

林：我常笑说，像我们这些谈历史长河的，只会愈老弥坚。

孙：孤独会有代价，文化人为什么现在这样？因为耐不住寂寞。

林：还有利益的诱惑。像我做文化评论，你以为就没有各种力量来收
编？自己就要有警觉。台湾有个长期做政治异议运动的先行者，叫施
明德，70年代的代表性反对派人士，曾前后入狱共25年，出狱后却
无怨无悔，而相对于自己民进党同志执政后的迅速腐化，他最后退党
成为踽踽独行的"政治孤鸟"。由于他的这种坚持，使他赢得不同党派
人士及社会良知的普遍赞扬。他说过这样的话：对抗迫害容易，拒绝
腐化困难。这个时代看起来是知识分子活得较自由的时代，但其实陷
阱比任何时候都多。电视传媒当然可以让你声誉鹊起，但搞不好也招
来骂名。水能载舟也能覆舟，就这个道理。而从电视本身讲，也要能

区隔清楚，文化才不会被作为妆点。

孙：那在台湾媒体上，文化是不是妆点呢？

林：台湾电视媒体现在基本只四个字：娱乐，政治。而后者也是另一种娱乐。所以从电视媒体来讲，目前已没有文化人的余地。但它那个区块基本分得还清楚，娱乐大家就拼命娱乐，不会把严肃的东西搅在一起。

孙：但是不是文化就全面退缩呢？

林：电视是这样，平面媒体也有所退缩，不过到目前为止，无论从社会、从权力阶层还是媒体本身来看，口头上大家还是标举文化的，这使得文化在对抗消费时仍具备一定能量。就是大家晓得林怀民是不会上综艺节目的，更不用说我这种人，但有些话总要听听我们的意见。这是自然的区隔，社会价值的位阶也还存在。所以你常可以看到一些综艺节目，艺人以荒腔走板的声调唱京剧，也无所谓，它本来就是娱乐嘛！

孙：就是在这时候，如果出现一个京剧表演艺术家，很一板一眼表演，反而被消费了。

林：是这样，把严肃与娱乐搅在一起，区块不清，就会出现这样的问题。所以我会强调媒体的分众，这样会使媒体建立自己的位阶。我们真要找严肃而真实的信息，就会找相应的媒体。BBC 为什么有名，因为它的新闻有权威。你选择它，才不会被美国之音垄断。现在二者搅成一团时，最后会变成怎样，就是只剩下商业位阶，谁资金更雄厚谁说了算，又回到新闻媒体原始丛林的竞争面上。

五、两岸报道呼唤如实相对

孙：我是媒体中人，时时能感到媒体处境的变动不居。您来大陆六十多次，也应该看到大陆媒体这些年的变化，抛开两边都敏感的一些议题不谈，觉得大陆媒体有什么不足之处吗？

林：在大陆旅游，有两个东西不可避免，一是一些赤裸裸的标语，出现在楼面、围墙、广告牌上，让游客无所遁逃。不过，这些现在变少了。再就是新闻，对外来人来说，原可借由新闻来了解一下当地社会的种种，虽然它是需要被阅读的，但即使不看报纸，回旅社电视一开，新闻也就来了。

孙：不舒服在哪些地方呢？

林：新闻没有标语的赤裸，因为可以内涵丰富地陈述，由阅读而得的

"养分"乃特别多。但在此，对台胞来说，想透过新闻来了解大陆社会的实况其实很难，何况这阅读本身就常伴随让人不愉快的两岸述说。

孙：不愉快来自哪儿？

林：这源自两岸在述说对方时呈现的落差。两岸报道是不是一定要呈现你邪恶、我正义的形象呢？台湾早期的新闻直称中共为"匪"，大陆也不遑多让，想将对方一棍打死是双方早期的共同特征。不过，台湾这些年来的新闻虽还有自觉或不自觉地以负面形象报道大陆，但在新闻处理上则的确已远离了"直接性"的政治宣导。因此，台湾同胞见到有些大陆媒体——尤其是电子媒体，在报道两岸新闻时的一致措辞，就很不能适应；尤其，这类措辞总针锋相对，又总哪壶不开提哪壶地触及台湾人的尊严，就像看大陆电视剧演蒋介石般，情绪上自然难以接受。

孙：大陆电视剧演蒋介石，这几年已有很大变化，像那个主旋律电视剧《长征》，蒋介石就是陈道明演的。他在大陆是以演知识分子出名。从选角也可看出，大家对历史人物的认识已经有了变化。不过，说到现在对台湾现实问题的报道，包括"台湾大选"，像马英九竞争台北市市长之类，如果不触及原则性问题，其实已客观不少。

林：现在的台湾人看新闻，基本是用现代社会对新闻该有的基本态度来衡量的。所以一觉得有宣传性，常就容易反弹。

其实，台湾早期的新闻宣传性也很强，也是新闻与宣传不分，政令宣导是新闻最重要的工作，政治人物是新闻的焦点。但在后期，媒体已显现了高度的新闻性，百家争鸣，百无禁忌，读者也习惯从不同角度的报道评论来发掘真实。这样，从过去新闻走出来的人，再要让他走回头路就不可能。再往深里说，你不是希望台湾回归吗？就要考虑到他的接受度。此外，新闻还要传达一个真实的大陆信息，让台湾民众了解大陆的想法与发展情况。但现在是，台湾人看见报纸上太多的正面报道，反而会不相信它就是真的。因为他所接受的概念是人咬狗才是新闻。这种理解虽然有些偏颇，但还是扣准了新闻要发掘问题的要义。

孙：两边在新闻处理原则上的确不同，大家的认知度也不同。比如有人看台湾地区民意代表打架，就会觉得无聊，怎么会是这样？

林：的确，追逐新闻现在已成了台湾媒体的最大特征，许多事件因此都被有意炒大，公众人物更领教足记者的缠人功夫，而这种一味追求新闻的结果，也让台湾付出了不少代价。比如：社会显得更扰攘不安，政治立场越加对立，负面新闻过多，事情一味地"黄色新闻化"——也就是随意扩大处理，制造耸动。不少人对这些现象提出了严厉批评，不过，还见不到太大的效果。台湾新闻之所以如此，一方面是有它资本社会自由竞争、商业挂帅的本质；另一方面，也有对前期新闻等同宣传的反感。

不过，尽管有这些副作用，相较前期，台湾新闻之更像新闻仍是不言而喻的。这种发展让新闻报道或评论成为社会上一股强大的独立力量，对整个社会发展到底还是起到了正面作用。比如有了前面提到的薛楷莉事件后，台湾媒体会起来反省，媒体是不是堕落了？有白晓燕被绑架案，大家会反省，台湾社会安全感在哪里？当然，就呈现现实社会的真实来说，大陆现在已经有了很大的改观。但是说到两岸报道，却还不是那么客观。在这里，双方笔力都会集中在政治人物与政治事件的报道之上，对真实的社会脉动反而不去触及。

孙：这一点我也有同感。1997 年去台湾，真是在电视上目睹了整个白晓燕事件。因为，台湾电视天天在追踪，但大陆媒体反映得并不多。其实那件事情我最有感触的是台湾一张报纸的一个整版公益广告，上面只有一行字：我们好人的生活，不要被坏人打败了。我觉得如果在这些事情上，这边也能有所报道，对于传达出真实的两岸现实，一定会有帮助。

林：是啊，照你们那么报道，台湾社会早该陆沉了。其实政治人物怎么能代表整个台湾社会？

孙：您常说一个社会有它内在的秩序，而这种内在秩序没有被我们的报道呈现出来。而且通过与您的接触，即使是文化层面的交流，也还有落差。

林：那当然，大陆那么热衷刘墉的书，他在台湾，十几年前就已经不被讨论了。

六、大陆媒体人员，潜在的新生力量

孙：说到大陆媒体的正面宣导，有一种看法是，中国这个盘子实在太大，一个微小的信息，都容易引起社会的骚动不安。所以一个重大新闻出来，大家总是慎而又慎。但我感觉，大陆的新闻从业人员，还是有股子新闻理想的。而且他们懂得，在当前的环境下，不能急。这话是央视主持人白岩松说的，他也做过您的采访，您应该记得他吧？

林：我一直记得他，印象很好。

孙：我曾有次采访他，谈到我们共处的媒体环境。他就说：不能急，机会是一点点争取来的。比如央视以前直播节目很少，但是现在每到重大历史事件，比如香港回归、澳门回归，都有央视人在做全程直播，这就是一次次努力来的。你的节目分寸把握得好，角度也好，就会为下一次的直播创造条件。

林：所以我也对一腔怨气的台湾朋友讲，这里面还有另一种真实在。就是所接触到的大陆新闻从业人员的素质并不坏。你跟他们接触，就会觉得大陆传媒，有一种暗藏的新生力量。我是说他们对社会的敏锐度与观察力。

以权力的拥有来说，大陆记者的确比台湾记者大，全国性报纸的记者还更大，要异化也更容易。但即使这样，我也碰到了一些优异的记者及报道，有的还很让我吃惊。

例如，1998 年在云南途中，我就读到了云南报纸一篇有关校园性骚扰的报道，将一个老师如何对学生性骚扰，以及其他老师或为私交、或为省得麻烦而视若无睹、姑息养奸的情形，以一种"客观"的笔调写出，不夸张也不渲染，但令人读了为之耸然，于是对这事在单一性骚扰背后所隐藏的更大危机——一个校园的共犯结构就有更多的警觉与批判。

这样的报道手法与台湾记者有天渊之别，台湾由于媒体竞争激烈，求新求快几乎已成为报道的最高原则，因此往往略过查证的工夫，常造成当事者的困扰与遗憾。而由于要快、要新，问题几乎也都在是非题与选择题的层次打转，了不得的才有些简答题，可以说，新闻的浅表性已成为台湾新闻事业发达后最必须面对的问题。

以这样的浅表及求新求快，在处理性骚扰案件时，往往会将细节描绘得淋漓尽致，结果就造成了受害者的二度伤害。但云南的这篇报道却免除了这些毛病，体现了报道事实能直趋社会公义的最佳能量。

以大陆记者可能拥有的权力而言，我并不认为这样的报道只是一个记者习惯的"冷静"笔法，它必然是反思后的作品，而这样的作品之后我又看了许多，这点扭转了我对大陆记者原先较固定的一些印象。

孙：那来大陆这么多次，还有哪些媒体人让您印象深呢？

林：《北京青年报》的余韶文及他的另一半，说来对大陆媒体印象的改观，一定的原因还来自他们两人。你知道这事情的缘起是因《谛观有情》要在大陆出版，出版社的侯健飞编辑知道我恰有云南之行，才邀请他来随队采访。他的"另一半"因为是杂志记者，云南又是个好地方，所以两人一起前来。

云南之行，是我每年一次带一群朋友或听我人文讲座的人士到大陆的"固定旅行"，也是我全年身心最不受干扰的时刻。因此尽管是小侯的好意，情绪上我其实并不喜欢。于是，第一天晚上见到他们两位，我就直接表明了我的立场：我走我的，你们看你们的，千万不要有任何"配合性"的演出。这样的说法我原先预料会遇上一些观点或情绪上的反弹，毕竟，人家来采访总是好意，而采访本身也牵涉到记者与被报道者间的互动。

不过，意外的是，这两位记者很坦然地告诉我，这正是他们的立场，因为他们也不想"演出"。

于是，在七八天的行程中，我们彼此几乎就没谈过两句话，很像是个旅行团中互不认识的两方，一直到临别的最后一晚。

那晚，我约了他们两位，就他们的采访来做了回答。令我惊讶的是，他们对我资料阅读的用心与台湾常见的采访差别非常之大，问出的问题也不仅止于我在《谛观有情》中所呈现的对中国文化与中国音乐观照的部分，更直接对我的生命态度、文化角色以及禅修行提出了问题，当然也谈到七八天来他们的观察所得。

有了这个访谈，加以他们年纪还轻，途中我又看到他们对文化、对自然的观照及对某些现象的批判，因此，在他们身上我看到了台湾媒体界年轻人少见的一些特质。可以说，对记者印象的改观，首先来自你，再来就是他们了。至于电视媒体，刚才你提到的白岩松，他的采访给我的印象就很深。当时，我真没想到他提的第一个问题是："我从资料知道您在台湾是终年一袭布衣的文化人、禅者，但从禅的立场来看，永远一袭布衣，不也是一种执着吗？"真是单刀直入，直捣黄龙。而第二个问题则是你在"缘起"中提到的："您说在一个峡谷中偶然听到笛声，为其感动，开启了后来 30 年从事中国音乐的生涯之门。如果，您当年听到的是小提琴或其他悦耳的西方乐器，会不会今天所从事的正是西方音乐的工作？"这个问题颇具假设性，但却能将我与音乐的因缘，先天后天的，一并拉回台面检视。就这样，一连七八个问题。坦白说，在台湾我也常接受电视访问，但不得不承认这是准备最充分、问题最深入、对答最电光石火的一次采访。

第五章

何以谦卑？

——正信的宗教能带来什么

　　大陆的宗教缺憾有它历史的原因，但历史本可随时间而推移，对台湾同胞来说，大陆缺了这一环，乃使得他无法深切感受到两岸的"同文同种"。

一、宗教比艺术更本质

孙：当我们说到旅游、说到社会人心等诸多方面时，我知道有许多话题是跟宗教有关。而您之所以能洞察种种的不足，也跟您本人的宗教色彩有关。但我真的有些棘手，不知该怎么谈这个话题。一来我对宗教所知有限，虽有虔敬心，但目前涉猎的还都是些充满东方智慧的禅门公案，读弘一法师传记，也很钦佩他的人格魅力。二来我也知道，就两岸社会发展的不同轨迹来讲，宗教的现状又呈现着明显的差异。比如，在大陆，我们通常是到那些宗教名山或是禅门寺庙才会感到宗教的氛围。而不会像台湾，电视上有宗教频道，修行人走在大街上，也显得很日常。

从文化观察的角度，这的确是一个值得探究的现象。

林：就像你说的，虽然同是中国人的社会，但历经 50 年的不同发展，两岸在这方面的确存在着大的分野，而也因为这种差异，就造成了多数来过大陆的台湾同胞心中难以言喻的失落。因为无论是游于都会，或走入乡间，都会感到大陆的宗教活动存在着缺憾。这也使外面的观察者，尤其是华人世界来的，普遍感到不满足。因为这里看不到宗教在社会、在人生应起的正面作用。

孙：但在我许多朋友的观念里，整个华人文化系统中的宗教都不像西方的基督教与伊斯兰教那样，渗透到人们的生命观与日常生活里。我们常说许多人是临时抱佛脚，就是说他敬佛祖的功利性非常强，要发财、要生子，才会到庙里烧香。对于人为什么需要宗教，还是领会不深。所以即使像我这样的人，受您的影响，对于宗教有虔敬之心，但要说服身边一些朋友，仍旧很难。

林：近代，即使是一些大学者，对这问题也未必看得清楚。有些人在意识中，把宗教与艺术甚至于心理活动看成同类事情。像蔡元培先生说的"美育代替宗教"，已经是那个时代中对宗教最善意的解释了。但我可以告诉你，蔡元培先生可以这样讲，现在台湾没有人敢这样说，整个西方也一样，因为蔡先生有他的时代局限。的确，艺术和宗教关系是很密切的，但到底还是两回事，再进一步说，就从根柢角度，艺术并没有宗教那么重要。

孙：弘一法师论述人生有三种境界，的确也是把宗教置于艺术之上的。

林：对，我在《繁华落尽子规啼》那篇论述弘一为什么出家的文章中也提到了这一点。许多人总是把人的出家行为解释为对现实生活的无奈，但弘一怎么会是无奈？他恰恰是在人生最鼎盛与繁华之时走入了佛门，习的又是戒律最严的律宗。他那些出众的才华出家后都一一不做，即使用书法写佛经，晚年也在反省为什么还会有此执着。道理就在于，即使拥有了那样的才情，他仍然会心不得安，这就是典型的宗教人格。在他没有把那些根本事物如生命来去、终极价值等问题解决时，越繁华的情境反而越让他觉得空虚，所以最后他才有那样截然不同的选择。一个人浪子回头，觉今是而昨非，就会把过去认为好的东西割舍得干干净净。意思就是说：我要走的路必须是以前未走过的，如此才能够醒然。

孙：但是像蔡元培先生那样的论述，在大陆社会，也依旧是宗教存在的合理性所在，即更多是被艺术参考与运用。

林：也所以，大陆的那些寺庙塑像才会那么差嘛！因为没能观照到人对宗教的需要乃是一种根柢要求。人为什么需要宗教，这个问题其实可以扩展到人为什么需要历史、需要考古，泛泛的原因当然是求知，背后却是一连串的追问：我们怎么来的、为何而来？又怎么去的、为何而去？因为要对自己的来去了解，要对生命的本质追根究底。但这样一路追究下去，你就会发觉，人类无论怎样发展，都得面临生死这不自由的天堑。"9·11"是这样，台湾的"9·21"大地震也是这样。一瞬间就阴阳两隔，辉煌、财富、爱情、友情，统统都与你断开，你才一下子发现，生命就是有这种荒谬本质。无论你怎样努力追求自由，寻找长生不老丹也好，纵情声色扩展自己的自由也好，最终总无法逃避这最大的不自由。而这时，一般人就会依赖一些超自然的说法，来减少对这种不自由的恐惧。但也有一些人不止于此，他会追根究底，深刻的宗教就这么产生。

从这个角度讲，一个人可以宗教意识不鲜明，但不可能没有宗教的根，不然就变成了完全的行尸走肉。也因此，宗教就不只是一个精神寄托的位阶，更是对生命本质的探究，甚至比哲学更根柢。

孙：为什么那样说？

林：因为哲学是对生命态度、宇宙的诠释，宗教谈到的是存在的道理。存在先于本质，这是第一个原点。

孙：不是有谈存在的哲学吗？

林：存在主义。存在主义也是有它宗教内涵的。西西弗斯的神话难道不也是在探讨人类最终的自由吗？上帝可以命定什么时候石头掉下来，但我可以决定下次推还是不推，从这里寻找到我最终的自由。这是有宗教背景的，只是它在上帝之外寻求另一种答案。

孙：如果人不去追问这些根柢问题，会有什么不妥吗？

林：就不容易观照到生命的局限，就容易缺乏悲悯，人会自大张狂，不易谦卑。艺术家容易无限扩大艺术的作用，也就是这样。其实艺术再伟大，生命都不存在的话，艺术又有何用？

孙：但他们会说：艺术的生命会长久。就像范宽没了，他那个《溪山行旅图》不是还在？

林：《溪山行旅图》的寿命的确超过了一个人，但问题是它存在于历史中，是"不同的人"在看它。只有有人看它，它才显出价值，而也只有我们自己看它，它才对我们自己有价值。艺术的存在是因为与生命有对应，而不是客观有其存在的意义。想想，人类要是都灭绝了，一张名画与一根香蕉，哪个对猴子有意义？而也就是看到这层局限，宗教才会探讨人有没有超越局限的可能。不过，话说回来，我有时也把艺术称为拟宗教，因为它也谈到生命的超越与扩充，但那是在艺术品中情怀的扩充。宗教不是，它是想把生命自体做扩充。所以弘一最大的艺术品是弘一本身，哪种艺术品能比这更伟大？

孙：所以您一直最欣赏的就是在语默动静中显现深刻宗风的禅门巨匠，因为他们道艺一体，"艺术之全体即为生命之自身"。

林：台湾前些年纪念弘一，举办过他的作品音乐会，我听了一半就出来了，坦白说大部分作品都不怎么好。但我们为什么还敬仰他，因为他自己就是艺术。这就显示了宗教比艺术更本质的一面：艺术是在讲别人，讲我所想，我所要的，或我目前存在的状况；但宗教讲实践，讲超越，讲生命本身。

二、谈中国传统文化，儒释道三家不能割裂 地谈

孙：谈整体的宗教，这样的认知是可以接受的。但我还是觉得，回到中

国来谈宗教，还是有问题在。像我刚才说的，许多朋友就感到，中国人尤其是汉族人的宗教信仰，就没有西方人或者伊斯兰教信徒那么强烈。强烈到你碰到他们，首先就想到他们宗教的那一面。

林：中国的宗教从来都是人间性宗教，特别是汉文化里缺乏一种与世俗性系统相对的神圣性系统。这也是与世界上其他文明相比，中国文化体最大不同之所在。在西方，上帝的归上帝，恺撒的归恺撒，分界非常清楚，而世俗权力面对神圣世界则要有根柢的谦卑。从那些描写第二次世界大战的电影中，我们可以看到，即使是恶名昭著的德国盖世太保，对神父也表现出一定的谦抑。至于印度，生命的终极更就在契入"梵我合一"的神圣世界，神圣明显高于世俗。但在中国不然，神圣与世俗之间不仅没有西欧、印度般地清楚分野，且就像儒家标举的"未知生，焉知死"般，中国文化的人间性还往往浓于神圣性，所以连出自印度的佛家在中国都必须成为"人间佛教"。

不过，这样说并不表示中国的宗教活动不繁盛。传统主宰中国思想的是儒释道三家，其中的释家就是地地道道的宗教，将它抽离了，两千年来的中国文化必然是另一番面貌，想彻底解读中国人的心灵也很难。其实，"户户弥陀，家家观音"，正是传统中国社会的写照。而如莫高窟的例子，更印证了千百年来佛教对中国文化、心灵的影响。

至于儒家，从敬天法祖到宋明理学，乃至明代之后以伦理为教义基础的民间宗教，也都说明了它在文化中有其宗教的一面。道家与道教的关系就更不用谈了，它的内容还不只是一般人了解的天师道，更关联到一套性命双修的修行理论。

孙：从宗教的角度解读敦煌艺术的还是少。

林：因为知识分子没能看到这一面，也或许是低估了这一面。而宗教在中国为什么没能被标举出来，也有其历史渊源。有来自儒道两家义理的制约，更有来自中国士大夫以狭义中国本土为本位的文化观所致——想想，为什么佛教传入中国两千年后，许多知识分子迄今还常称佛教为"外来宗教"？

他们没有看到，佛教的影响并不只是在民间的"户户弥陀，家家观音"，它在精致文化或心灵精微处所发散的光辉，目前更有跨越文化藩篱而受到普世肯定的地方。

孙：比如呢？

林：艺术的层面显而易见。"天下名山僧占多"，如果没有那么多的佛寺建筑、那么精美的佛教造像，中国艺术史必将大大减辉；再以哲理而言，隋唐大乘佛学更足以抗衡世界的任一哲学体系。而就宗教本质的修行来说，历代高僧——尤其是禅门祖师的生命风光，在世界宗教史、人类生命史上更足以熠熠生辉，光耀万世。

也就因为如此，即使是在宗教被边缘化几十年的大陆，细心者仍会发觉这种因历史积累而成的深厚基础依然处处可见。

孙：宗教与中国文化不是两张皮的事，不能割裂地看。

林：那样就会出问题。大陆传统文化断层很厉害，所以听一些大陆学者谈见解，即使再深入典籍，逻辑再严密，让我佩服的总很少，就觉得他在离开本质谈文化，在面对一个文化系统时，不知道核心在哪里。

三、不能忽视宗教的淑世作用

孙：与大陆相比，台湾的宗教的确兴旺发达得多。那年在台湾，打开电视，这个频道在宣讲基督教，那个频道在说佛经。这方面的内容还真是丰富。印象深的还有，跟您去了一趟佛光山……

林：台湾有许多宗教的组织与道场，你去的佛光山还只是其中一个。这在你们未必能理解，台湾社会看起来要比大陆更现代化些，为什么宗教活动反而还这么兴盛？

孙：对此，我听过一种解释，是说：由于社会变迁过于迅速，人对未来无法准确掌握，从而导致心理焦虑，只好将解决之道托附于宗教。

林：这是原因之一，但在佛法，这是助缘，还不是主因。一个宗教存在的更根柢理由是：宗教所解决的领域，如生命来去与价值的问题，本来就非科学所能涵盖；甚至，科学愈昌明，这种对生命终极性探讨的需要还常更炽烈。也就是说，人固然会因物质环境不足或生活受到威胁来求诸宗教，但在这些都得到照应之后，人反而会对生命自由、生命永恒等本质性的追求更有余力且更加关心。台湾如此，一些发达的西方国家也如此。你可以看出，近几十年来，除了传统宗教依然活跃之外，新兴宗教也不断应世而生。

孙：那么宗教在台湾社会，究竟起着什么作用呢？

林：即使不谈宗教与生命来去、终极关怀的关联，只以现实的社会与心理功能来论，尽管存有诸多乱相，但它在当前台湾所发挥的作用却仍是正面远大于负面，我甚至可以说，去除掉宗教的影响，要理解台湾社会的积极面其实是不可能的。

孙：为什么这样说？

林：台湾这一二十年来，因伴随经济高度发展而导致的社会快速变迁，某种程度上已使台湾社会显露出贪婪、浅表、失序的一些特质，导致外国传媒甚至以"台湾——贪婪之岛"为名，直接形容这种异化。这种异化包含政治的斗争、经济的犯罪、生态的践踏、犯罪的失序等。大陆的传媒不是也常笔力集中于此吗？但其实可以这样反问，如果台湾真的像传媒报道的那样失序，那这个社会早该为其罪恶陆沉了。

可是，现实不是嘛！它的经济可能不像以前那么景气，在公平正义、民主自由上离理想仍有一段距离，但你还是能感受到台湾社会的温暖与文化。

孙：像当年白晓燕事件后，许多人为白冰冰而游行奔走。

林：这依然只是冰山一角。事实上，真实的台湾还有为数众多只求为自己生命负责的人，在默默奉献心力，支撑着这个社会，而他们的动力，来源于他们信仰的宗教。

孙：这就是您常说的"隐性的台湾"？

林：对，"隐性台湾"才是台湾社会最基本的力量。要能看到它与显性台湾的不同。显性台湾是政治的、浮面的，与大陆社会对抗的，而隐性台湾则对中国的种种有丰富的同理心。大陆看台湾，如果没在这一层着眼，恐怕就不该担心的猛担心，该积极了解的却不够了解。

孙：那宗教对这个社会最积极的影响是什么？

林：就是它会关怀弱势，维持公义。因为有宗教心，人会变得谦卑，看到人的有限，会相互扶持，终生学习。像慈济功德会证严法师，看到台湾少数民族医疗机构欠缺，就发动教徒缝鞋子、缝鞋垫，一块钱一个地卖，然后捐给台湾少数民族。而现在功德会已经发展成拥有四五百万会员的慈善机构，是台湾最大的社会救济团体。大陆的华东水灾、希望工程都看得到"慈济"的足迹。其他诸如土耳其大地震、印度尼西亚饥荒中"慈济"所施的援手也让外国人印象深刻。而以人间弘法为主要标举的佛光山，触角已遍及文化、教育、社会、学术等领域，出版事业如编纂《佛光大藏经》，文化事业如各类佛教研究等，都说明文化切入是这一道场勠力的目标。

孙：除此之外，我知道宗教也会影响到一个人的艺术观与行事风格，像弘一那样。

林：在台湾，我们看到许多艺术家从宗教求得皈依，行事风格也变得更踏实包融，宗教的主题与内涵，更成为他们艺术的泉源。像台湾知名的表演团体"优剧场"，就在击鼓训练中体现修行与呈现艺术，二者合一。而云门舞集的名作《流浪者之歌》，除了引自赫尔曼·黑塞作品外，也跟创办人林怀民的宗教经验有关。再有，这些年身心灵更已成为台湾现代舞蹈观照的主题，台湾许多造型艺术家也都以佛菩萨的造像知名。总之，宗教可以产生极致的艺术，像敦煌石窟那类；同时，也可产生极致的做事态度。

孙：就是认真？

林：就像日本人的认真，不能够离开它的禅宗及整个宗教去解释一样，那种精神使他们在每一刹那间都体现绝对，不会大而化之。

孙：这一点我听一位朋友讲过。张艺谋拍《大红灯笼高高挂》时，曾有一位日本音响师老跟着他，张艺谋当时也没意识到他的重要性。只是在拍影片最后，巩俐演的四姨太投井时，张艺谋随口说了一句：要是这时候来几声狗叫就好了。过不几天，那日本人找他，放了几百种狗叫供他选择，他一下子给震住了。也许正因为领略了日本人的认真劲儿，这次拍电影《英雄》，才会请日本的服装设计师。而看一部印度当代电影《阿育王》，已经非常好莱坞化，不过，里面仍在一次次追问：有没有一种东西是超越权力的？阿育王出身王室，因为不想卷入继位之争，离开王宫，与一个美丽的异国城邦的女子相恋。后来他接到召唤回国，成为一国之君，随之攻城略地，战绩辉煌，但在一次战后的疆场上，他意外地与自己的情人相遇，两个人突然成了仇敌。这给他极大震撼，最后终于皈依佛门。

林：阿育王是印度佛教的重要人物。不谈故事的虚构，这里就有宗教的观照，有观照就会产生权力的谦抑，就不是"强者为王，败者为寇"。

四、正教的发达才会抑制邪教的泛滥

孙：当我们强调宗教的正面意义的时候，有一些事实则是不能忽视的。那就是世界历史上数次的宗教战争。十字军东征、伊斯兰圣战。甚至"9·11"的悲剧，是不是也有宗教的因素呢？而且就日常的接触而言，宗教也会让人想到种种禁忌。

林：宗教的本质牵涉到一个生命对自己生死的最终诠释，所以会有神圣性。但神圣性也往往跟排他性连在一起，使宗教同时呈现封闭性的本质。在东方宗教中，西方人为什么特别喜欢禅，就因为它可以大破大立。唐代丹霞禅师天冷了烧佛像就是一个例子，所谓"魔来魔斩，佛来佛斩"。不要执着，但也不要被框住。一般宗教讲超凡入圣，它进一步讲超圣回凡，凡圣一体。这是中国宗教了不得的发展。其他宗教就多少有排他性，所以容易引起战争。除此以外，宗教界如果过度干预世俗界，也会有副作用。但任何事物都是利弊互见的，寻常话不是也经常讲不要因噎废食吗？也因为利弊互见，我们才要畅言宗教了解与交流，尊重它的禁忌，把它的副作用减至最少。

孙：但是不是每一种宗教都值得如此对待？像台湾宗教门派林立，会不会出现邪教扰乱正常秩序的事情？

林：一般来说，历史中一些比较传统的宗教，都经历过宗教的融合、教义的延伸，还有许多伟大宗教人格的诞生，是经过历史淘洗的。它解决生命本质的能力通常较强，衍生的副作用也比较少，是值得尊重的。

孙：但如果每一个宗教都以神圣性自居，那这个社会会不会剑拔弩张？

林：不会啦，你神圣我也神圣，问题反而没那么多。一个宗教多元的社会，包容力反而强。如果是无菌式的社会，反倒容易让邪教占尽便宜。真有宗教经验的对于新兴宗教也就较有检验的能力。过去禅门有句话说："徒访师三年，师访徒三年"，就是指这里面彼此要相互勘验。

孙：但是检验也得信徒去实践啊！万一入错了行，岂不贻害无穷？

林：试不必一定三年，"归元不二，方便多门"，你见多了，自然会有判断，也较容易找到与自己生命情性相应的。

　　新兴宗教常出的问题还有：把功效夸大到无限。好像它说的每一个字都有能量。我不是给你讲过我的事吗？我在道场讲法时，也有人说看到我身后有光。我说，光什么光，即使有，也是自然现象，回到家里还不照样被老婆骂？

孙：我们不知不觉就谈到了"邪教"这一议题上了。关于对新兴宗教的尊重，我们当然不会一开始就打压，但是怎么能鉴别出一些新兴宗教的邪教本质呢？

林：新兴宗教是应世而生的，我们前面都提过，西方在 20 世纪的后半阶段产生了大批的新兴宗教，亚洲来看，韩国有统一教，日本有它的创价学会，印度的奥修，等等。中国历史上也有啦，像白莲教、理教。它的特征在于：第一，跟传统宗教有关联，强调融会某几种宗教；第二，就是强调速效，而且是身心灵三合一的功效；第三就是非常推崇教主的作用。

　　新兴宗教要突出神圣性、功效性，许多地方必然会过度延伸，夸大其效。谈到这里，就要能分别大法与小法。大法关涉宇宙的诠释与生命本质，不是什么都可以称大法的；小法当然是一些对身心有利的功法，这是两个层次，不能随意混淆。另外，对教主的崇拜也容易陷于非理性，教主自己更容易因权力膨胀而异化；再有，有些新兴宗教为了要扩大地盘，会采取一些极端方式，用商业模式看，就有些像直销公司、老鼠会，太多的利益牵扯自然就影响了宗教的纯粹性。

孙：不可思议的是，新兴宗教问题多多，有的根本就是邪教。普通人从常识都能判断，但一些教授级的知识分子却会信得不能自拔？

林：宗教的信仰和你客观知识的多寡无关。爱因斯坦是大科学家，但一样信基督教。有人懂物理，但得癌症一样须面对死生。总之说到底，还是要让宗教成为人人可触及的领域，这样才能发挥出宗教在一个社会的正面力量，同时也具备对邪教的免疫力。

第六章

尊重先于融合
——多民族的相处之道

　　一个文化之所以能大，一个族群之所以能兴旺，前提就是不能遗世而独立，必得经由文化的碰撞融合，乃至血缘的基因交换，才能保证文化的活力及族群的兴旺。

一、在民族之间，强势民族先天应该有反省

孙：尽管专家们分析，冷战时期的战争是另一场无形的战争，但是到了冷战后，依然会看到"肉弹"，看到"9·11"，看到流离失所。追究许多世界的伤痛，其实都跟族群的冲突有关，跟民族主义有关。中国有56个民族，应该说目前相处得都挺好，但偶尔还有一些敏感神经被触动，潜在的不安定因素依然存在。这方面有没有一种文化上的解困之道？

林：在两岸，汉文化占主导，应该说，是历史发展的结果。而在这里，我们则不能不有这样的观照：一个文化之所以能大，一个族群之所以能兴旺，前提就是不能遗世而独立，必得经由文化的碰撞融合，乃至血缘的基因交换，才能保证文化的活力及族群的兴旺。

　　这一点，在我2000年走了一趟"丝绸之路"后感受更为深刻。本来，1988年第一次来大陆就想去敦煌，但因种种缘故只能缘悭一面。这趟行程坦白说，论景点的丰富变化并没他处多，却让我更感受到历史真实的一面，也体会到了族群文化交流对中国文化完成的贡献。

孙：有什么特别深的触动呢？

林：主要是在想，如果截断了这条丝绸之路，中国自东汉、六朝乃至隋唐许多令人津津乐道，甚至还一直出现在我们生活，流贯我们血脉

的文化，能在哪里找到呢？这样看的话，先秦乃至更早的时代，其实仍是一部族群文化互动与吸收的历史！

在过去的史书里，站在汉族本位的立场总将蚩尤描写成凶残之神，但在南方传说中，枫叶之所以为红，正是涿鹿战败后蚩尤被杀所流的鲜血染红的。所以说，层层枫红中原来只有远古的浪漫、美丽，而没有血腥、邪恶，但其实这正是南方民族对祖先的一种怀念！那么现在，我们到底是要站在北方民族的立场继续妖魔化蚩尤，还是尊重这则神话的情感呢？

再想想，唐代不就是接纳融合了许多民族的文化才如此璀璨的吗？而如果缺乏了南方的神话，只有齐鲁地方发展出来的儒家，中国人的浪漫不就少得可怜？同样，没有了西方秦晋，尤其是北方一次次胡人文化、血统的传入，中国又将何其娇弱。

孙：确实如此。但虽然中华文化因为融合进了多民族的元素而强大，但这强对弱的融合，又难免会让弱势消弭个性。

林：因为求同，就有一些危险，容易变成以汉族为中心，别人来依附。就是我们常说的汉族沙文主义。的确，族群优越的观念很不容易打破。主观心理上，这是人普遍存在的我执；客观功能上，它就如结构人类学者李维·史陀所认为的："一个族群以为自己的文化优于他人的心理是可以被谅解的，因为正是这种心理，文化的特质才能够传续。"但也就是这种心理的存在是如此自然与必要，因此当一个文化发展较周边要繁盛时，上述的反省就更不容易产生。

这一点，我们从汉字上就可看到。在中国古代，汉民族旁边的族群往往被称为"东夷、西戎、南蛮、北狄"，名字里还往往要加个"犬"字或"虫"字的偏旁。像你刚才所说，中国历史就是这样，尽管在文化或血缘上，中国从来就不乏少数民族的介入，但少数民族被公平对待的时候并不多。当然，我们也不能像某些人以为的，汉文化正是建立在一种霸权基础上的。因为，王霸之分毕竟是中国标举的价值之一，在政治上它虽难以如理想般地完全实践，但相较于许多大文明的征伐，以汉民族为主体的中国大体上仍是温和的，这恰与许多贬抑中国者的认知相反。其实，西方对殖民的反思也要到第二次世界大战后才开始，在此之前，其征伐杀戮之广、之长，中国恐怕难及其百分之一。

孙：历史的中国是这样，现实的中国呢？您来大陆，觉得大陆这方面做得怎样？

林：来大陆越多，越能体会到大陆民族政策的用心，相较于"民国"时代，行政区的划分就高明不少。

国民政府统治时的中国疆域包含外蒙古，计有 35 省、蒙藏两地方及一个海南特别行政区，这种划分只对蒙、藏的文化有特殊关照。而对台湾朋友来说，大陆当前的行政划分，自治区的设计就蛮吸引人的。此外，令人印象深刻的是：许多带有族群和谐意义的宣传或艺术都具体描写了 56 个民族的形象，虽然有些样板，但多少显示了大陆在此的着力，大家就容易感觉到各民族因其文化特色及特殊处境所受到的尊重。虽然深一层去看，这惯用的 56 族分类在学术上也仍有疑义。

孙: 除了这些呢？我知道您这些年也去过很多少数民族聚居地。

林: 以我较熟悉的内蒙古为例，初到之时就不是因为蒙古族同胞的装扮让我觉得身在内蒙古——因为都市里大家的穿着已差不多了，而是那些招牌、告示中必"先蒙文、后汉文"的排列让我意识到自己身在何方。这种特色在台湾过去是看不到的，不仅因为台湾少数民族没有文字，更因为当局与社会仍缺乏这样的认知。不过，这几年台湾有少数民族的"复名"运动，许多地方也恢复了少数民族过去对它的称呼，而台湾少数民族目前在要求自身权益上也显得非常积极。

当然，谈到大陆的少数民族政策，台湾同胞感受最强烈的是，少数民族可以多生一至两个小孩。

孙: 在我们求学阶段，少数民族学生考大学，也有特殊政策，分数线录取线也相较一般的低一些。

林: 台湾也一样。另外，我很喜欢大陆在名词统称上，对边疆、少数民族以感性的"兄弟民族"来称谓。我去内蒙古，在蒙古包中与蒙古族人喝酒，大家就这么一口一个兄弟，真的就像是一家人一般。尽管，感性的兄弟称呼有时也会模糊某些不平衡的真相。

孙: 是不是因为您是学人类学出身，所以到大陆来旅游，会把非汉族地区当成首要选择？

林：也不是。以我生命中更根本的禅与中国艺术而言，汉文化地区自是首选。会常到边疆，其实是有先从远地走起的旅游考虑，但从实际经验看，这样的旅程不仅充满色彩，还能使你对中国有更如实的印证。像在云南，我感觉旅游中最有意思的事物之一，就是每到一地导游就会告诉你这地方少年、少女、先生、女士要如何称呼，从阿诗玛、金花等称呼的变化里，你就容易意识到中国果真是由这么多族群构成的。不过和少数民族朋友深入交流后，我发现，即使是大陆这样看来如此用心做民族团结的地方，仍有一些认识上的疏漏与偏差，让人觉得反省性不够。

孙：如果说是民族间的事情，为什么您特别强调强势一边的反省呢？

林：因为你强，会无形间对别人有侵蚀。就好像政治人物，我们为什么希望他能认识到拥有权力反而更该谦卑，因为他若不反省到这一层的话，"绝对权力、绝对腐化"，就将贻害无穷，很多生命也许在一弹指间就被他决定了。生命之间有位差，强势与弱势民族之间也存在这点，所以要懂得反省。为什么大家会那么反感美国，会觉得近百年的历史就是被西方侵略的一页，也是因为他强你弱，而他没有反思到这些。

二、回到历史时空看待族群之争

孙：我们这个社会有时会反思，但有时给人的感觉又是矫枉过正。比如，有一条新闻，一度在网上讨论得很热烈，有关岳飞、文天祥是不是民族英雄的问题。起因当然是缘自媒体的报道，说国家教育部修改中小学历史教学大纲，岳飞、文天祥不再被称为民族英雄，只把郑成功、戚继光认为是民族英雄。对此教育部后来又出面澄清，说那只是在教育部编写的一本指导用书中提到的一句话，史学内部的争论并不会引入具体教学内容中。您对此有什么样看法？

林：这条消息我有看到。在我们这边的报纸占了两大方块，也不算小啦。如果就今天中华民族的观点来看，岳飞抗金、文天祥抗元当然还是中华民族内部的战争。从民族融合、体谅的角度，这样的提议也算是为彼此和谐才提出的。但仔细想想还是有问题：如果今天发生我们与蒙古的战争，那算对内还是对外？因为我们国内也有蒙古族嘛。所以，对这个问题，比较好的处理态度是不要一刀切。我举美国南北战争中白人领袖卡斯特的例子。在白人看来他当然是民族英雄。但因为20世纪60年代黑人的民权运动兴起，大家开始看到西部开拓中严酷的一面，所以对卡斯特就重新定位。既对他开拓西部的历史地位有所肯定，同时也对当时的局限有所保留。而坦白讲，卡斯特的历史地位，还比不上岳飞、文天祥。因为后者是失败的英雄，并没有向民众施行血腥的屠杀，按理说更应该举扬才对。另外，岳飞、文天祥即使不作为民族英雄看，他们个人的人格特质，也足以为历史传颂。现在大陆有人提出这样的修改，给人的感觉是，好像戚继光、郑成功更值得称颂。但我认为，以对后世的影响来说，他们两人的那种气节更应该被肯定。

再举一个美国南北战争的例子：美国当时有一个南军领袖李将军，他也是失败英雄。但现在的美国人依旧尊敬他，连当时北方的美国人都觉得他是英雄。

孙：我们小时候所知道的杨靖宇将军，在东北抗日，战死后，日军想要知道为什么这些中国人那么厉害，于是就残忍地把他的肠子挑破，最后发现里面全是未消化的草根树皮，便对他生出由衷的敬畏。

林：台湾也拍过抗战将领张自忠的故事片，也是拍到他困于峡谷自杀后，敌人对他的尸体敬礼，并没有再凌辱他。我觉得在历史中，是有一些亘古的人格价值敌我双方都会尊崇的。

孙：那对历史中一些现在看来是中华民族内部的战争，我们应该怎样看？

林：要回到当时的历史时空来看。像岳飞、文天祥他们那个时代，并没有一个今天这么广义的中华民族概念，他们那时就是宋朝的子民。所以他们用气节、生命做自己认为有价值的事，在当时是功德无量的。即使从现在看，也超越了一般民族英雄立功的层面，是在立德。这一点，最应该被肯定、标举出来。另外也要看到，任何时代都会有历史局限，我们现代人，尤其不能以今天的立场去否定古人，就像你不生在帝制时代，就不能说，那些在朝廷做官的古人都是专制政权的妥协者一样。那个时代有心人谈经世致用，你那么要求他，他就只有罢官

123

或归隐两条路走了。这样的要求不只是苛求，也照见不到历史的真实，同时看不到自身的局限。总之历史的存在主要不是让我们苛责历史中哪一个人的局限，而是透过它让我们现代人看到自己的局限。英雄，你要把他放在特定时空中看。台湾不是强调以经解经吗？就是回到经典那个时代的立场重现原典的精神。最后才能以今释古、托古改制。你把这个程序倒转的话，你的历史诠释就会显得跳跃太快，自己也会陷入为难境地。

孙：就有点搞不清。

林：对。因为从人类学这样以文化为基底而产生的民族立论来看，中华民族本身就是一个主观意愿大于客观事实的称呼。而在它的场域里，也一直是多民族融合一路下来。到底是内族或外族始终也随历史时空在变，所以是不是民族英雄，应该是拿到他所身处的那个时代来检验。

孙：那以您的理解，很多历史上的战争就变成了必然。这一点，少数民族会那么释然吗？

林：在那个时空是有这样的味道。更好的弥补方式，是将少数民族的英雄也让大家晓得，就像上面李将军的例子般。这样，视野就宽广，历史的局限与永恒的价值两个层面也就能够同时并举。

三、蒙古长调的解读

孙：谈起少数民族，我同时也发现，您对蒙古民族尤其情有独钟。读您为腾格尔赴台演唱会所写的《我从蒙古音乐听到的》那篇文章，还有听您 1998 年在北京青年宫讲解蒙古音乐，感觉很少有一颗心那么贴近草原深处的心灵脉动。台湾我记得诗人席慕蓉有蒙古族血统，所以她会一遍遍吟唱家乡以及自己抹不去的乡愁。想问一下，您是什么时候去的草原？

林：第一次是 1991 年，恰好是冬天，凛冽的 11 月底 12 月初。我记得那时有零下二十度，好冷，风又大。

孙：像您这样在海岛上生活的人估计够受的。

林：但蒙古人热情啊！我们在一位蒙古族歌者的老家，一边吃烤全羊，一边喝酒唱歌。你知道我是很少喝酒的，由于我是来这边城的第一个台湾人，为了照顾我，他们还给我提供了葡萄酒，自己喝的当然是二锅头。但即使这样，我也醉了。在沉醉中，我更体会到，正是蒙古族的歌声与热情，才能在这刺骨寒风、漫天大雪中，让生命一代代传衍下去。你知道我在零度以上都是冬夏一衲的，但零下二十度再刮大风，给人就是零下四十度的感觉。记得有一晚我跑到羊圈中"方便"，即使挨着暖融融的羊毛，那从破墙洞中刮来的寒风，也让我这刚刚将腰股露出一截的人一个劲儿哆嗦，赶紧将裤子拉了回去。不夸张说，真的是水寒风似刀，一下子就便意全消。因为有这样极致的反差，我那天的感受才特别深。

孙：但了解到此，还不足以让您写出《我从蒙古音乐听到的》那篇文章。因为豪爽热情还是大家对蒙古族人的普遍印象。

林：蒙古族的活动不在冬天，所以事隔两年，我又去了内蒙古，这次是夏天去的，是草原最美的季节。在东乌珠穆沁旗，天蓝草绿，那种色彩的感动真让人无法形容，令我想到日本京都那极致、只能用绝代风华来形容的枫红。面对这类至美，我们那一团的台湾人半数都掉下了眼泪。

孙：后来呢？

林：后来当然是被迎进蒙古包喝酒唱歌，不分昼夜。我最难忘的是第二天在绵延于草原的小丘上，听两位蒙古族音乐家用马头琴与歌声为我们演绎《嘎达梅林》。那种苍茫，那种追悼，令在场的人无不动容。

孙：原汁原味的长调才是他们灵魂的心声。从音乐的角度，您认为它出色在哪里？

林：蒙古族的长调是相对于"短调"而言。短调很像汉人浪漫的民歌，让你想起美好的生活与对爱情的憧憬，异地边疆的感觉并不浓厚。但"长调"不然，它像山歌，自由板、拖腔，不过比一般山歌有更多转折，显得更为绵延辽阔。此外，它有"假声唱法"，高音的假声使乐曲产生极大的纵深性；而它又喜欢"三度颤音"，不同于汉人或西方音乐的"二度颤音"，这种音型能产生幽咽的效果，令人想起历史中的胡笳。

孙：基本上是悲凉的情绪，对吗？

林：也有那种很形象化的。有次，蒙古族女歌手木兰在奔驰于草原的吉普车上唱《褐色的鹰》这首长调，我就看到一只鹰恰好被车声所惊，突地跃起，在草原上几个纵落后，才终于盘旋于天空。音型的变化与鹰的纵跃飞翔竟如此接近！

孙：是这次让您领悟了蒙古长调的魂魄了吗？

林：不，准确地说应该是第三次去内蒙古。

孙：啊，又去了一次？

林：因为有些感觉还要进一步印证。也许是对音乐的敏感吧，我总觉得蒙古长调在它表相的豪迈、悠扬、浪漫的背后，仍隐藏着一些东西。

孙：那么《我从蒙古音乐听到的》那篇文章真正的触发点在这儿。

林：对，这一次，当一位乌兰牧骑的女歌手为大家唱出长调时，我发现她就站在离我们约 20 米的地方唱，音量其实蛮大的，但我们听来总觉得好似由草原的彼岸飘来一般。

孙：虽近犹远，是这样吗？

林：是，所以我就在想，除了音乐的表现手法外有没有更深的原因。后来联想到我三次入草原的所见所闻：苍茫歌声中的《嘎达梅林》；谈起草原生活将逝、故作豪迈的友人笑声；在酷寒严冬，零下二十度，水寒风刀下过活的牧户；赶着一群羊，却只能孤单地与自己说话的牧羊小孩；一路赶车却仍看不到几户人家的辽阔大地……最终的感受是草原很美，但草原的生活也真的是严酷孤独。正因为有此两面，他们才可以有那种生命与生命之间的相依。

孙：于是就有了您文章中所说的沁人心髓的寂寞。也难怪您再去内蒙古，一位读过您那篇文章的市政府秘书长，会如遇知音般地感谢，说您真正道出了内蒙古人内心的感受。我想他说的是肺腑之言，因为我听许多汉族歌唱家演唱蒙古歌曲，也都在高亢、嘹亮上做文章，唱出的草原也只是喜气洋洋的。台湾《中国时报》刊载您的文章，改名为《深藏寂寞的草原》，您觉得不如原标题那么朴素平实，但也是点出了您对蒙古长调的独特领悟。

四、少数民族的图像出入

孙：那篇文章不仅有对音乐的独特领悟，同时也透着对他们文化的深入理解。我们不妨在这儿谈得更广泛一些。以前我们聊大陆旅游的时候，您多多少少说到了少数民族图像的不对劲。还有我们对一些历史遗迹的诠释，太以汉民族为本位的情况。

林：上次新疆那个例子不也如此吗？我有一位老朋友是蒙古族，带团在新疆时，眼睁睁看着新疆汉族导游直批蒙古当年的"侵略"，这位学识尚称渊博的汉族导游大概忘了新疆历史中也非汉人的主要活动区域。

其实，这里还有一个最根本的问题是，标榜无神论的意识形态，遇上宗教为文化之本的民族要如何处理？任何人当然有权从其他角度列举一个文化的偏失，但即使想改变它，也还得先尊重这个文化存在的天赋权利。否则，改变有时就等于消灭一个文化。文化不存，族群的尊严不在，民族间的关系就会紧张。在外界看来，大陆对回族信仰的处理就较为细腻，这样的处理方式为什么不同样运用到其他民族呢？

孙：那在您看来，还有哪些细节，处理得不够细腻？

林：大概是因为社会普遍的宗教意识薄弱，使得外人看到一些细节，总会觉得不尽如人意。比如，当我们为少数民族做雕塑时，是不是真正尊重了他们的图像？以我在云南所见，几乎没有一处是对的。

孙：如何不对？

林：就一个民族的图像色彩来讲，它们并不只是一些美术上的名词技法，而是有他们那个族群的文化含义与信仰意义，跟他们的宇宙观也有关系。就好像太极图，外国人看着只是图案而已，中国人则在其中看出能量，看出宇宙运行的道理。

孙：那您说的那个，怎么个不对法？

林：就是你看那些图像，总体还是个汉人的样子，只是穿了少数民族的服装。甚至你以为那些服装已经是那个民族的了，但人家看着还不对。还有那身体线条乃至手足肌肉常常显得既写实又样板，就好像蜡染布上的少女图案，个个都一个样子。

五、艺术改编，真的是不带走一片云彩吗？

林：以我所涉猎的领域来说，还有一点要特别强调，也觉得是大陆的一个误区所在，就是自以为自己的文化较少数民族更先进一些，因而各个兄弟民族的文化就被以较"进步"的形式诠释着，常出现少数民族艺术被轻率改编的现象。

孙：作曲家瞿小松在首都师范大学讲艺术课，称此类行为是"文明的暴力"。

林：我在新疆旅行时，就感觉新疆的少数民族，并不像我们想象的那样喜欢王洛宾。

孙：这有些出乎我意料。我同时的疑义在于，一个现代艺术家，拿少数民族的音乐素材做改编，是为了彰显自己的风格，就像朱哲琴、何训田一样，有什么不对呢？

林：那我要问：这样做的时候，你首先有没有警觉到我们刚才提到的那种位差。在当代社会，除了民族间天然存在的强弱，同时还有商业的强势与弱势，而它显然也处于商业的弱势。那么好，如果我们从直接的影响来检验，一个艺术家将少数民族的音乐素材运用到流行音乐的创作中，大家在传唱，但又有多少人，会因你歌中的少数民族元素，想去接近或进一步了解那个少数民族，而不是认为他们与大家无关？如果人们的态度是这样的淡漠，只能说明：这种消费的本身，就带有我可以轻蔑你的意味。

孙：现在很多人听着这类改编曲，基本上就认为，他们已经了解了这个民族的音乐。普通人常有这样的认知误区。

林：改编在当代的商业诉求中尤其会引起这样的副作用。商业的规律又常常如此：远的就是最近的，少的就是最多的。于是各种消费就以这样的方式在进行。

孙：这点我不太明白。

林：就是越远的东西越容易被大家接受。西藏离大家很远，但有关西藏的书籍反而会流行，唱西藏的歌也会引起注意。就像你提的朱哲琴。一首歌改编自河北民歌，你未必会注意它，但源于西藏，会觉得珍贵，就是这个道理。所以少数民族的艺术常被拿来改编，也有这方面的考虑。

孙：还是那句话：这样的改编有什么错呢？我去少数民族地区，感受到了我想要的东西，做了我想要的音乐。那是我的事情。

林：如果别人要了你的东西，你的态度会怎样？很简单，你首先要尊重那个地方的文化，一个人的作品还有著作权，难道一个民族就没有族群的版权？

孙：有这样的提法吗？

林：可以没有这个机制，但要有这样的意识。我再举例子，如果有人在他的艺术作品上画了长城，同时还画了色情图案，中国人觉得怎样？

孙：这个例子太极端，不足以说明问题。像朱哲琴、何训田的音乐，和西藏并没有那么大的反差。

林：你认为反差不大，西藏人也这么认为吗？我看未必。在流行音乐里唱六字真言，以我这样有宗教感的人来看，就有些费解。当然这种质问的权利并不在我们，而在西藏人。只是在做音乐之时，你有没有认真问过他们：这样做你们认为如何？会不会伤害到你们的文化？或是让别人更误会你们？你如果这样问，藏族人没准儿会大度地说：只要你信就好。但问不问，就有基本的尊重在里头。

孙：如果朱哲琴、何训田该问，那么许多做世界音乐的艺术家是不是也面临这样的问题，因为他们都不可避免地用到了一些民族的音乐。比如喜多郎。

林：喜多郎的音乐是创作的，他没有用什么特殊的素材。他作过敦煌，但那是他想象中的敦煌。

孙：那比如一个作曲家的音乐中用了爵士乐、黑人的灵歌。

林：文化里有一些神圣与非神圣的部分。非神圣的部分用了问题较少，但侵到神圣领域，问题较多。

孙：比如一个民族的宗教?

林：还有其他一些核心价值的东西。比如 MTV，如果设计每人的坐垫，都是白的，然后中间一个红太阳，日本人看了就会抗议。国家如此，一个民族亦然，都有其神圣不可侵犯的那一面。你要运用少数民族的艺术素材当然可以，但要对它核心价值的一面有所了解。即使不触及这一层，你用少数民族的艺术作为你灵感创发的来源时，能不能呈现一种敬意也很关键，比如用到西藏，你会不会说：虽然我深入西藏几次，但对它还是外行，我这里只用到皮毛，想听真正的西藏音乐，请到这片土地上来。

孙：这样就不会让人觉得你是这片土地的代言人。还好，我看到朱哲琴接受采访时，也表达过这样的敬意。还有另一位音乐人三宝。他做的电影音乐获得了电影金鸡奖最佳音乐奖，也有类似的表达。我想这主要还跟他是蒙古族人有关。

林：那就好。总之信息要更明确。要让听众感觉出艺术的原点在哪儿。所有的改编都要注意到这个前提，一是强势对弱势的权力谦抑，再就是原有文化能不能顺利保留。更积极的作用是：因为你的改编，带起大家去听蒙古长调、西藏音乐的冲动。这种追寻没准儿又会带起新的灵感也未可知。

六、改编的成功容易遮蔽原有文化的存在

孙：虽然您这么说，但我还是感到您对改编的良性作用并不抱乐观态度。因为我很少听您说哪个作品改编得真好。连大家公认的民歌大王王洛宾，您对他都颇有微词。

林：我不否认王洛宾在改编与传播西北民歌方面，起了很大的作用。即使在台湾，虽然前期因政治禁忌，文化的交流不那么顺畅，但经由他改编的那些歌曲，仍然构成了台湾人对西北少数民族音乐艺术的唯一印象。

尽管现在来看，王洛宾西北民歌的曲调改编，常只牵涉到一两个音的改变，但对当事者如维吾尔族、哈萨克族、塔吉克族等民族的人来说，也仍有许多方面需要厘清。

首先，歌词的本身往往不尊重原意，且更甚地，多音节、特殊的语言节奏、声调之美在被译为单音节、平上去入的汉语后，那种感觉常不见了。而这样的民歌广泛地流传着，对新疆来说，你以为这会导致什么？就是使原来的民歌随之不见。

孙：怎么会呢？原有的民歌应该是在那里存在着的。

林：凝固地看当然是这样。你唱你的，我唱我的。但是谁更流行？当然是王洛宾的。当大家都热衷唱王洛宾的歌时，谁会注意到塔吉克族

人、哈萨克族人甚至于维吾尔族人怎样唱？因为那种美感已经渗入了汉族的美感经验，你很容易用汉族的角度去想象这些族群，而不容易体察到他们美感的特殊性。如果观光发达，每一个观光客到了那里，都唱这样的歌，这些民族的年轻人也会依附着唱，因为弱势文化本身就容易以强势文化为参照点嘛！

孙：北京中山音乐堂曾做过一个《高原如歌》的文化项目。在蒙古音乐那一场，就出现类似问题：上半场，清一色的内蒙古歌手，唱起民歌全用汉语，甚至声音的处理上也是我们常常标榜的那类：民族与美声相结合，很多人都很失望。另一场山西左权民歌音乐会后，我就注意到一篇音乐评论，感慨民歌味的失去，也是从语言角度在说。因为现在很多歌手都不再用土语唱民歌了，老觉得不能登大雅之堂。其结果是，听着怎么都不对劲。

林：音乐如此，其他的艺术乃至文化演绎也常这样，汉族的、"进步"的观念，有意、无意地凌越了文化传承者的尊严，使得文化的多元性、丰富性渐渐被一元性、制式性所取代。

孙：但在一些人的认识里，这是给文化增添多元性。因为有变动，就有发展的可能。

林：但这恰恰就是文化发展的矛盾性所在。关于文化的多元性条件，法国一个人类学者李维·史陀就有著名论断："文明的多彩多姿，要感谢交通的不太发达。"就是文化的保存有它的格局性，也就是疆域性。因为这样，不同地方的人才会形成自己的特质。哪像现在资讯时代，一个台北人跟一个东北人想法都一样，多无聊！再就是它的长期性，也就是时间性。时间的累积会带来文化的稳固，样貌才有厚度可言，生命力才长久。很多改编搞不好有100个版本，但5年之后就不见，而民歌的存在却历经千年百载。

我们同时又得观照到，这样一个资讯时代，许多情况也已经改变。大家每天都在接受信息，同时也在遗忘。对改编看来不错的作品都这样，更何况那些久在深山人未识的艺术？你的态度中少了那份谦抑，原来文化的魅力又如何被大家感知到？久而久之，自然被遮蔽。

七、不能说保存原有文化只是文化传承者的事

孙：您的看法当然也有道理。但是会不会有艺术家说：我们改编，是做的艺术之事。要谈原有文化的保存，应该是那些文化传承者的事情。他们对民间文化搜集整理得不够，才会出现被遮蔽的现象。

林：这是强势逻辑。以此推论，西方列强也可以说：我之所以这样，是因为你自己的不争气。

孙：现在大陆官方与民间都在发起"抢救民间文化工程"，说明也意识

到这方面的工作做得不够。

林：这是两方面的问题。他们在做，艺术家也得做。这样说，并不是要给一个作曲家或是艺术的改编者多少压力，好像禁忌很多似的。其实不是这样，你可以有艺术创作者的主体能动性，但就是要有相应回报。并不是指钱这些，而是社会的广泛认知要被建立，就是让你的艺术创作与原有的文化呈现良性的互动。

在台湾很多年来我都在谈民乐的改编问题，我也知道大家这样做是为民乐的前途考虑，但我就是想提醒大家，不要发展出"因为你弱，所以我怎么改都是应该"的强势逻辑。

孙：台湾有过这样因改编引起的纷争吗？

林：当然有啦。前些年台湾演出过一出昆剧《思凡》。因为有些词未改，佛教界抗议。报纸做的很大，艺术家都纷纷强调创作自由。

孙：您站在哪一边？

林：当艺术家们把艺术的自由夸大到无限时，我就特别提到：艺术自由是有局限的。比如一个艺术家可以裸体，在家里裸奔都没人管，但就是不能肆无忌惮在街上这样。你说你有艺术的自由，我也可以说我有不被污染的自由。因为你侵犯的是大家的公共空间。

就《思凡》的艺术呈现而言，佛教界自然是反应过度，但我还是会劝艺术界为什么不帮别人想一想，那中间的两句台词真的那么重要，非演不可吗？其实也就是两三个字，改一改不就没事了？

孙：但我在台湾听您讲这个故事，您还批评了宗教界这边，说他们不够大。

林：对，我跟宗教界说，禅宗还有呵佛骂祖这一说呢！冬天里可以当院烧佛像，你大惊小怪我就再烧一块。能有这些才能显出你的强与宽广度。强者本来就是可以被弱者消遣的，而反过来就不能，因为那就变成了欺负。

孙：那么接下来的问题是：当族群的版权或者说一种尊重的机制还没有建立起来的时候，我们要怎样做，才能显示改编者对原有文化的尊重。

林：台湾现在也在探讨这样的问题。因为台湾有少数民族，所以也出现族群智慧财产权的讨论。你要怎样尊重它？我举一个台湾的例子。我们知道台湾的阿美人能歌善舞，但有些舞蹈是女人不能跳的，有的舞蹈是只能在某种仪式上跳的。不过有些编舞者就忽视了这种内涵，拿来就编。观光客到了阿美人那儿，也是不管不顾一通乱跳，结果把一个民族仪式的庄严感就给破坏了。

孙：我们通常只认为舞蹈就是娱乐。

林：其实将舞蹈只视为娱乐的观念是晚近才有的。尤其是汉族人会这么认为。少数民族并不那么看。跳舞有仪式的意义在，那是这个民族存在的基点，你怎能摧毁它？

　　还有一个例子：台湾有个少数民族，过去称为雅美人，现在叫达悟人。它孤处于台湾东部太平洋的一座小岛"兰屿"之上，房屋是半穴居式的，看起来很简陋，于是当局就"好意"为他们盖了钢筋水泥的住宅。但这些住宅最后都沦为养猪之用，因为四面都是水泥墙的住宅实在太热了。在亚热带的兰屿，半穴居的方式正是长久积累下来的智慧结晶，冬暖夏凉。结果当局的美意不仅没能达到，还为兰屿制造了破坏环境的景观，成为达悟人心中之痛。

孙：难道都是一些惨痛的例子吗？

林：有一些正面的例子。12 年前的台北"国家音乐厅"做了一个台湾少数民族乐舞系列。在选曲时，就注意到一些细节，比如哪些舞蹈是在仪式中使用的，哪些需要像山林这样特殊的氛围。不过，大家虽然尽量使舞台接近那种氛围，也区别开了可表演与不可表演的区块，但最后还是遇到了困难，就是面对布农这个和声民族时，你忽然发现他们的语汇里没有"跳舞"这个词汇。虽然他唱那个《祈祷小米丰收歌》时，身体会随音乐摆动。后来我就陪着制作人去请教一位人类学者，也是布农文化的专家，听他解释半天，大家还是觉得，无法感同身受地知道身体的摆动在布农人心中，究竟占有何种位置。而他们自己也没把它从音乐观念中分开来过。于是在这个节目中，制作人就先把这样的信息给了观众。

孙：就是不把它当布农人的舞蹈看。

林：你要那样看就是一种想当然了。文化的复杂性就在这里。

孙：碰到这种情况，我就在想，要是这个民族也出现一些杰出的学者，对外面的世界是了解的，同时对自己的文化也感同身受，对于彼此的沟通了解作用不就大了吗？一个入得其中出得其外的文化人，会对自己民族有价值的东西看得很清，也就能避免一些盲从与短视。其实您也在做这样的工作。在美国做茶禅花乐的演出，在日本做茶与乐的对话，都是在传达中国文化的美。

林：所以我们说任何的觉醒，都要回到族内的反省。但作为强势文化一边，要给予这些反省的外部条件。就像我看到迪庆的种种，会提醒他们不要效仿北京这样的大城市一样。同样说到中国与西方，我们也看到，大陆的民乐机制，一样缺乏这样的反省。相对于西方，我们弱，于是我们被告知唱歌要用美声唱，音乐的教育也如此。从学堂乐歌开始，整个体系都是往西化那儿走的，可是为什么不问一句，唱到现在，这种唱法为何还没有普及，没有变成全民唱法？一种表现形式透过最庄严的教育系统渗透了社会 100 年，多数人不听也不唱，到底谁出了问题？

孙：但是民乐也这样啊！

林：问题是民乐处于边缘，大家会说民乐落后要改进；而美声同样和者稀少，却被归为高雅音乐范畴。为什么它的位阶就这么高？是潜意识里觉得，西方音乐就是比中国音乐强嘛！大家总在提民乐交响化，仿佛那就是时代的进步。交响乐在西方也是古典音乐，为什么它就被看成现代？

八、改编：什么能变什么不能变？

孙：虽然在您的理念中，有对改编的最大忧心。但不是也有《梁祝》这样的成功例子吗？说到蒙古族民歌《嘎达梅林》，不是也被改编成交响诗了吗？

林：任何事都会有特例。但特例不能代表它的发展之路。同时，考虑它的改编成功，也有一个东西需要看到，它变的是什么，不变的东西是什么。《梁祝》真的很成功，但你听来听去发现什么？还是那个旋律在起作用。《嘎达梅林》也是，虽然改编的当时，大家认为民族与现代结合得好，连和弦都是五声音阶，不过对那些形式的东西我并没多大感受，还是曲子的旋律在感染我。虽然大提琴的音色很接近马头琴了，但还是马头琴拉出来更动人。

孙：那些创作的民歌呢？

林：创作的民歌我们就叫"准民歌"，概念会清楚一些。

孙：我还是分不太清。

林：准民歌就是有作者，但尽管你说了是谁作的，大家好像也不在乎，而虽有作者，但它还是有民歌的色彩和感染力。就像你们熟悉的《高山青》就是准民歌。

孙：我一直以为它是地道的台湾民歌。

林：而且我可以告诉你它的作者就是离世不久的张彻，那个武侠片导演。

孙：是他啊，没想到。

林：这在台湾也很少人晓得的。那是他在 1952 年拍《阿里山风云》时所写的。准民歌就是这样，我知道现在这样说了，过不多久你还是会忘记作者是谁。因为它真有民歌那种天籁之感：佳句本天成，妙手偶得之。所以看一个作曲家的涵养，就得看他对民歌的态度。有所尊敬，就表明他知道人还是有力所不能及之处。

孙：但二者有什么本质不同呢？

林：就是准民歌只有一个版本一个作者，但民歌会不同，一首民歌在内蒙古东部唱成这样，西部则会是那样。蒙古长调就是民歌，那是一个民族心灵历史的沉淀，有它的核心地位。但《敖包相会》就是准民歌，它也许只代表短暂年代一个民族的浪漫。

孙：这样的概念澄清会不会有利于减少有关改编的纷争，像您以前提到的王洛宾与罗大佑之争。

林：不止如此，我们还会知道对哪些歌，改编者的权利会大一些。从法律上讲，准民歌的作者权益应该得到保护。

孙：但是作为对一个民族的解读，民歌要比准民歌更有价值。

林：对，因为那是一个民族最核心的东西。用《草原上升起不落的太阳》来解读蒙古民族，就没有蒙古长调来得深远真切，这是肯定的。它甚至不像《敖包相会》那样融入一个民族的生活。

孙：也就是说，准民歌因为作者的存在，对它的改编要予以尊重，而对民歌的改编，看似自由度大一些，其实不然。因为只有对一个民族核心价值的领悟深，才会在改编之时不会造成对一个民族的负面作用。我多少有些理解为什么蒙古人会有感于您对他们音乐的解读。而我们通常接触到的民歌，能到类似《敖包相会》的层面就不错了。

林：我们知道大陆在编民歌集成，但有些音乐家也指出，如果这些问题没澄清，世纪工程没准儿就会变成世纪浩劫。

孙：什么问题这么严重？

林：就是把一个阶段的准民歌当民歌来搜集整理，而且有些歌词一看就晓得是应时代而变的，词曲不相合。

第七章

传统何在？
——文化的断层与迷失

　　如果真实的中国都已不管历史的中国，又如何让分隔半世纪的两岸找到可以彼此交会、可以由之接续时空的点？

一、尖端为常规之和

孙：其实我们就大陆的许多面向做讨论的时候，触及它不尽人意的地方，总会看到一个最深处的根源，即传统的断层。就"传统与现代"这个议题，知识分子讨论了那么多年，理论层面我们就不必再说了，切近到现代人的生活情境，传统真的那么重要吗？

林：人为什么需要传统，因为只有当生命建立起更宽的坐标时，他对现实环境才有应对的能量。更何况，传统，尤其在人文的传统中间，还沉淀了许多"断代"的智慧。

孙：断代的智慧？

林：佛教徒皈依的是 2500 年前的释尊，许多中国人仍是老庄孔孟的信徒，连西方，也还奉持基督的教训。其实，一个人对生命的体悟虽能借由别人的言教、身教而受益，但并不保证这种生命智慧的传递是必然有效的，它还得建基在"如人饮水，冷暖自知"的基础上。换言之，人对生命的领会是"及身而终"的，每个人总只有那数十寒暑可体验生命。因此，过去的人对生命的体会就不一定较现代人为低。假使我们否定了这些传统，所谓当代就只能"从头做起"，必然浅薄得很。

我们每个人的生命都是在对周遭事物见闻觉知的过程中成长起来的，传统就是过去整合的经验和轨迹，你有了它，就有了诠释坐标，不会紊乱失序。而这种诠释系统在历史中既已被很多人引用过、检验过，你借由它来面对现实的各种问题时，也就会比别人更坚强；把这个坐标加大，生命也将产生更多的可能性。

孙：我知道现代人已经把《孙子兵法》活学活用到商战上，甚至用到日常生活上，有一些畅销书就叫《新女子兵法》《办公室兵法》。但这样的连接总让人觉得很浅薄，传统和创意深处的关联是什么？

林：科学界常引用一种说法：尖端为常规之和。就是说创意不是空穴来风，而是一些材料的重新组合。材料不丰富，重新排列组合的可能性就少，就不可能有尖端，这跟讲人文底蕴、生命沉淀是一个道理。传统就是丰富了我们再组合时的基因库。

再放到严肃层面讲，人和禽兽有什么不同，就是人在现实之外有一种想象的可能嘛！你在屋子里挂一串香蕉，别的动物想吃，只能尽力够，但经过训练的猩猩就可以把屋子里的箱子垒起来拿到食物。人呢？不需看到具体的行为就也可以做这件事情，因为能通过想象。想象与材料有关，从这一点看，你就不可能没有过去的坐标。

但想象也不能尽是瞎掰，换句话说，你必须对材料有一定的了解。现在大陆会有许多浅薄的连接，除了商业获利的钻营外，也与过去的文化断层有关，这就让江湖术士有了瞎掰的空间。

孙：现在是一个资讯社会，新鲜事物层出不穷，像电脑、电玩游戏、多媒体，我看到许多真的只有小孩儿玩得转。而这些创意，又跟传统有什么关联？

林：在台湾，孩子们手中的电玩大多是从日本舶来的，我不知道大陆是不是也这样。

孙：应该是，还包括卡通，如《蜡笔小新》之类，连我都喜欢看。

林：电玩的硬体当然是新的，但你看日本电玩的软体，也就是它的内容部分，不是很有日本文化吗？它会把日本战国时代的人物做进游戏中，中间还有忍者的形象。

孙：我跟一个年轻的孩子谈您送我的吉川英治那套武侠小说《宫本武藏》，大陆还没有引进，但他谈起书中人物头头是道，他就是玩游戏知道的。

林：这不证明最新近的东西常常需要最古老的东西支撑吗？讲严重一点，我们的孩子玩他们的游戏就是在受他们的文化侵略，因为你会觉得他那种东西那么好、那么有趣，对日本人产生钦慕，然后两国的小孩子在一块玩你就会自觉矮了一截。

孙：还会受到一些黄色东西的侵害。日本人就这样，严肃的一面和非常商业的一面都在做。

林：所以卡拉OK就是日本人发明的，还有什么都不是的电子琴。但你还是要看到他们尊崇传统的一面。日本的年轻人，可以一晚上喝酒唱卡拉OK，但是他们还是知道要懂得插花，要尊敬书画大师。他们觉得，知道这个东西，才叫日本人。

说到传统与创意，我举一个旅游的例子。有一次台湾观光协会会长严长寿问我：除了美猴王戏，我们还能给外国人演什么？我说：《林冲夜奔》就可以呀。那个唱词不看字幕我未必就字字清楚，但我会告诉台下，这个人在台上三十几分钟，主要就围绕着一句话：老子不爽，老子要上梁山，你看看他怎样演。全世界我看也没这样淋漓尽致的表演形态。

孙：于是大家就会关注演员的每一个动作与情态。

林：对，兴趣点就来了。

孙：怪不得看您每次主持的古典音乐会，都觉得满台创意。听说您还是第一个在两厅院①舞台上生火的人。

林：因为做的是茶与乐的对话，要烧茶嘛！因此也有人对我说：谁说林老师古典，其实蛮现代的！

---

① 指台北音乐厅、戏剧院的简称，建于1987年，是台湾最具代表性的表演场所，外形是宫殿式建筑。它的出现标志着台湾表演艺术发展又进入了另一阶段。——编者注

二、有了传统，生命才不会惶惑不安

孙：年轻人喜欢追新逐异，这是天性。虽然他玩电玩，也因此获得了一些历史知识，但他不会那么强烈地意识到这是传统的能量，而是觉得电玩就是好玩。您也有两个孩子雨菴、见菴，也正是玩游戏乐此不疲的年龄，您如何对他们说，你们需要传统。

林：人的个性、才情都是透过成长过程中更多的文化洗礼形成的。你要被人家认知，就要独一无二，这时环境形塑特质就非常重要。年轻人为什么会追流行，会有偶像崇拜，因为他要自我认同嘛！在他们看起来好像无所谓的外表下，其实有强烈的心理需要，就是认同感。所以十几年前台湾孩子一个班中，就会形成"不入于刘（刘德华）就入于郭（郭富城）"的局面。但是认同感会因时间而改变，到一定阶段，他就会被人家追问，不仅是你崇拜谁，而更是你是谁，这时候他就需要更厚的坐标。

过去人类学以三十年为一个世代，后来社会快速变迁，科技又层出不穷，世代间距就从二十年变为十年五年，年轻人其实很快就发觉自己追时代是越来越吃力，这时你告诉他接触点儿有深度、传统的东西其实并没想象的难。而我自己的儿子主要因环境关系，看过太多的传统艺术，也接触了这方面的许多人，与传统的连接基本就自然形成。

孙：电脑两三年就一代！我的电脑使了五年才换，大家都在嘲笑我用得太老。但具体到人，他会说，我年岁在长，但我可以活得像年轻人，始终保持一颗年轻的心。

林：能这样努力最好，禅不就讲要活得鲜烈吗？！但你不一定要到街头跳街舞，跳到最后还是跳不过年轻人嘛！而且你跟年轻人在一起，就只谈他们熟知的话题吗？那些流行的东西他比你还熟，要你在中间干什么。你活得比他们久，却不能给他提供更多的信息与生命经验，这说明什么：白活了嘛！结果是年轻人没有坐标，老年人继续失落。

　　在台湾，就有许多文化人为显示自己不被时代抛弃，特别趋附于年轻人。其实就因为世代间距缩短，有些人年纪很轻就觉得自己已不是最当头的年轻人了，而你真上了年纪还一径向年轻人认同，不是让自己更显得滑稽吗？

孙：您不追流行，但年轻人却追您，原因估计就在此。因为您让他们觉得年轻有年轻的风采，老有老的风光。您的白发、布衣，都构成您的风格。想问的是，您一直就活得这么清朗明白吗？

林：我其实在 40 岁的那年，也有活得不自然的时光。因为岁月过半嘛！禅者的核心观照是了生死，所以尽管当时的文化工作还做得蛮好，但总会问自己：下面的路怎么走。不过，到了现在，我觉得自己真是在享受老年的乐趣。年轻时讲话，讲半天别人还怀疑，现在你讲三句，大家就说林老师讲的。说到穿衣，近十五年来，我总冬夏一衲。年轻人冬天见我，就会问：林老师你不冷吗？我说不冷，而我也确实不冷。

他问为什么；我说因为习禅。他说那一定是很深的学问啊！先就惊讶，然后愧然，说：林老师啊，我觉得自己真没用，年纪轻还穿那么多……

孙：40 岁之后据说是一个男人最危险的年龄，因为青春即将逝去，所以抓住青春尾巴的心情极迫切。

林：准确地讲，是 45 岁到 55 岁，乃至 60 岁之前，许多男人的婚外情就在这时发生。通常会找一些不谙世事的小女孩。我们外人觉得不可思议，他自己则觉得春花烂漫无限之好，这说明生命开始面对印证了。

孙：那您呢？虽然我们知道您是爱家典范，但此类惶惑会有吗？

林：习禅之人，总要对自己的生命有观照。以前我很傲气，现在当然有变化。演讲时常提到，当年自己少负才情，睥睨人间，总视天下女人为庸俗脂粉，及至年过半百，却发觉街上无一不是美女，方知自己老矣，这时当然要提醒自己随时戒之慎之，以免晚节不保。的确，年轻时许多人说哪个女生漂亮，我说哪儿漂亮？

孙：我上次去台湾，看到跟您学琴的女生都漂亮，我这么对您说，您却表情疑惑地说了句：是吗？

林：以前我那些朋友都喜欢看我教琴，后来才知道哪是看我，是看那些漂亮女生，这也包含一些来学琴的学生。

孙：您是禅者，当然会比别的男人要活得清朗。我还读过您那本《性是生命中一大公案》①。以禅者的智慧，应该怎样面对这类事情。

林：禅者并不讲禁欲，而是要讲化开，讲观照。看自主性在不在。在了，谈恋爱也对；不在，没恋爱也错。

孙：您自己呢？

林：感受了就感受了，生命要学习接纳句点，时候到了，要对自己说：就让青春慢慢消逝吧！其实，这消逝的过程也有一种非世间的悲剧美感。那感觉真的不是惶恐，而是有一份凄清中的冷然，但更多的是庄严。

三、坦白讲，我们要对恐龙谦卑

孙：从文化层面讲传统，我们这边会很顺畅地提到传统的现代化。它使我们觉得，传统只有现代化后，才具有当代的意义。

林：对这个问题不能一概而论。我讲民歌有民歌、准民歌、民歌风等几个层次，传统也有。有一种传统叫凝固的传统，它无法再生，也无法变，存在本身就是意义，就像日本的能剧，你并不需再创作一个新

---

① 商务印书馆版名为《一个禅者眼中的男女》。——编者注

的，但它就是彰显了日本人的生命观。还有一种意义没那么大，但仍有不可复制性。比如博物馆为什么会挂蓑衣，因为下雨不会再穿了，但如果不知道它是什么样子，就会对"青箬笠，绿蓑衣，斜风细雨不须归"的美感体会不出来。再来，就是活体的传统。

孙：是不是昆曲之类口头与非物质文化遗产？

林：对，像京剧也是。这种传统来自古老，但可以注入新质，你可以说现在的京剧和两百年前不同，但基本精神总清晰存在。第三就是被运用的传统。比如今天我们演一出戏，我可以告诉你虽然剧情很复杂，但舞台上只是一桌二椅，是中国人的写意、象征手法。

孙：就是传统的精神被运用？

林：对，一定要把三个层次分清楚，才可谈传统的现代化。
现代化是指后面的那两个。可以自由创新，只要不朱紫不分就好。

孙：怎么讲？

林：就是你用了京剧的材料，但不能告诉别人这就是京剧，说你看我做的，就是比旧的好。

孙：在这个时候，我总是能听出您的有所保留。

林：因为总要强调那个原点，就是说，第一个坐标在哪里。许多人常忽视这点，然后就用自己只实验了 15 年的作品去评说 300 年的传统，真是狂妄自大。真就是你说它不好的地方，就不好吗？搞不好再过 15 年，你不见了，它还立在那里。

孙：在台湾您就这样讲，有没有人反对您呢？

林：当然有。我曾经写过批评国乐交响化的美学文章，认为交响化的建构形式并不符合传统美学，特质也会不见，很多国乐界以为我是国粹派，还有人为此写文章故意导向这冬烘守旧的印象。我回应他说：你们这种人对待现代国乐和传统音乐的态度，让我想起了人类对恐龙的态度。恐龙主宰地球一亿五千万年，而人类跟猩猩族分家，也只不过八百万年，在这四百多万年以来才分化为猿人，到这几万年才真正成为智人，什么时候灭亡自己还不知道。未来虽在未定之天，但离一亿五千万年是何等之远！而竟敢如此猖狂，轻蔑、嘲笑恐龙，真的只能说明自己的无知。那时，我真只想到这个故事。

孙：现实的人容易看到眼前啊，所以就会仓促下结论。

林：怎么能轻率地用短暂的思潮来批判那些陪伴非常多生命，并丰富他们宇宙观、生命观以及日常生活的传统？坦白讲，我们真要对恐龙谦卑，因为它们的确有非常好的适应机制，才能活得这样久。

四、对传统的态度可以显现真实的文化骄傲

孙：大陆知识分子对传统的态度，一方面是现实的迫切性，因为社会要前行，"发展是硬道理"，所以从舆论上讲，都会倾向于将之现代化。另外就是"五四"的影响。台湾您不是以前也提到，一度也在传统与现代之间摆荡吗？

林：我知道对一个刚刚从封闭中走出来的人谈传统，他会将之视为魔咒，因为那正是他急于挣脱的所在。因此，传统在这里是被污名化的，意味着禁锢、保守。从历史上看，"五四"之中的知识分子作为，也是有别于以往历史轨迹的。以前社会动荡，知识分子都是刹车者，在维护传统。但"五四"不是，知识分子率先丢弃传统。

孙：那是情势使然，救亡图存。

林：但救亡图存喊了一百年，真发挥了多少作用并不知道，倒是许多传统却因之断了层。不过，"五四"的文化断层还只是儒释道的断层，到了"文革"，就是整个传统人际网络、行为模式的断层。

孙：台湾历史说来也复杂，难道传统一直就没有断层吗？

林：台湾早期文化界也经历过儒释道的断层，但因为知识分子一直在

争论，一定程度才又给拉了回来。所以台湾具有人文气息的茶艺馆都是 20 世纪 70 年代发展起来的。另外，台湾的教育内容都还带有浓郁的中国文化色彩，这使饱读诗书的台湾人对传统并不陌生，许多人也在传统／现代这组对应坐标中选择了对传统更有机、更肯定的态度。因为有这一以贯之的传统氛围在，你会发现台湾的知识分子有跟"五四"时期知识分子类似的特质，批评文字可以写得很厉害，但许多人为人却又有很谦和的一面。

孙："五四"那批知识分子批评传统，但他们身上饱浸着传统。而我们已没有了传统，却在轻贱传统。

林：所以来大陆，除了那些大刺刺的古迹，就……一点不中国了。大陆的水墨，即使一些公认的画家，也看不到多少传统的质素。传统不是讲风流蕴藉吗？讲自然与飘逸吗？但在他们的笔墨之间这些何止是变形，还常不见。于是留下什么？留下"表现"——我要告诉你我是谁。这就匠气了。

孙：但大陆很多画家都在做实验水墨，还有人说我不仅可以表现山水，还可以画这个画那个……

林：你是可以画，就是画得不好。水墨可以有现代形式，但绝对不是别人画的你也能画。没有一个艺术可以统包，就像一个人既要风流又要保守，还要狂放……这种人就不是人。

158

大陆在往前走，台湾不是。台湾近年一个有趣的现象是：一些以前非常前卫现代的艺术家，现在开始迷京戏、昆曲。我经常在那种场合碰到他们，一听说我一辈子都浸在里头，羡慕得要死。

孙：在大陆，我也注意到，一些海外归来的艺术家说起传统之美来，一往情深。我读陈丹青的《纽约琐记》，讲董其昌的画，讲那种卷轴徐徐打开的美感，都很动人，文字也出奇的古雅。只是我不明白写这样文字的人，为什么创作的画那么现代。

林：这些人，我是这么看的。第一，我感觉很多现代派艺术家，生命情性其实是很贴近古典氛围的。人朴素、温和，也有历史感。之所以现代，也许是潮流所驱，或是异乡异地生存的考虑，又或许现代对他来讲是一种新的刺激与平衡。再者，人本来就是可以有很多面的，他在某一面的调子会跟另一面不同，但看着还挺和谐的。因为太固守一端，生命也会闷。第三，又说到生命的沉淀。许多现代派艺术家到了一定年纪，会发现所从事的艺术的速朽性，因为现代派本来就是讲颠覆的嘛！当生命没有什么东西沉淀下来时，他自然慌，想要寻找那些沉淀的东西。

孙：所以很多现代派将来会成为传统的赞美者。"五四"时代的辜鸿铭就是一例。

林：他是留洋回来，你能说那些现代的东西他不知吗？当然对传统我们不要做到他那样的绝对化，死硬派，而是当一个社会只提传统现代化时，我们告诉大家，哪些是可以现代的，哪些则要尽可能地保留着。大陆常常把传统绝对化、片面化，于是就很难看到真实的文化骄傲，别人怎么会给你文化尊重呢？

孙：两岸的年轻人您接触多吗？在传统的认知上反差大吗？

林：这几年反差小，因为全球一体化嘛！过去还看得出来：台湾年轻人较温文有礼一些，对儒释道即使不接受但也熟悉。在大陆，不说年轻人，就是一些知识分子，某些地方很精微，但有的地方就一片空白。

孙：但到了资讯化与全球化时代，这些问题更不容易显现出来。因为年轻人的资讯优势，会让整个社会呈现年轻化的样态。

林：所以为老年人设的电视频道就少，娱乐设施也少。台湾也到了老龄化社会，这一问题很让人忧心。社会需要思考这样的问题：资讯与全球化时代，年轻人看来活在地球村中，你与美国孩子都可以谈《哈利·波特》《星球大战》，但接下来要谈什么？再谈也会发觉自己并不美国化、全球化。台湾以前"来来来，来台大；去去去，去美国"，之后怎样，还是发觉自己是二等的。因为人家最后还是要问你对中国懂多少，你不懂，人家干吗要跟你交往。谈《星球大战》，他和邻居小孩子谈就好了，干吗要找你？

孙：这跟老年人与年轻人交往像是一个道理。你有传统的坐标，有丰富的过来人的经验，他会尊重你、向你讨教。而你要跟他比流行、比追女孩，或许会让他觉得可笑。说是老黄瓜刷绿漆，我们就常这样说一些人。

林：其实我们都是因为自己的属性才被认识的，即使是谈艺术，也是以偏见圆嘛！印度音乐、日本音乐西方人为什么觉得神奇，就是它的系统和西方完全不同，西方人完全不理解，反而看得很高。中国音乐就有些吃亏，因为某些结构西方人仍能理解。但关键问题还不在这儿，是中国人自己先瞧不起自己。

五、我们认为的现代就一定是现代吗？

孙：因为去参加法兰克福书展，我一个朋友还去法国及周边国家看了看，回来很感慨，说我们的文化也很悠久，就是显不出来。欧美这些国家，发达也发达，但传统却随处可见。

林：大陆这些年的改革开放，带来了许多生机，但就发展而言，有一些误区。北京是我最不习惯的地方，因为它处处求新求大，大到许多传统不见了。欧洲城市马路也宽，可它中间会有公园，有绿荫，所以还有人性在，而我在北京，就觉得它是为坐车人考虑得多，为行人考虑得少。

　　用一元性的思维解释现代的意涵，城市就必然是马路宽、楼房高。信息的影响看似无远弗届，却使多元发展的现代社会面临了前所未有、全面同质化的危机。现代就落入了一种同构型的一元。这时，如果能从传统中学习，就会发现，它可以提供我们多种选择，让现代人不一定受制于科技而物化地活着。现代就会成为一个很丰富的概念，它可以是多元、包容、人性化、保护生态、人与自然和谐……

孙：但我们常常对自己提出，要做一个现代人，就必须怎样怎样。为此活得都紧张不安，知识充电、拼命学英语、拿各种证。

林：在台湾演讲，我只要说台湾有两个教授不会英文，一个是谈文学的龚鹏程，一个是谈文化的林谷芳，底下就鼓掌。我不会英文一是不喜欢美国，这跟我个人小时候看过美军驻台的种种有关。另外，更主要的是，我觉得我的思维很早就触到一些文化或生命的精微处，转换成另一种语言来思考几乎不太可能。就是我那部谈中国音乐的《谛观有情》，有译者想把它转成英文、日文，后来也告诉我很难翻。大陆集体的英语热在外界看是不可思议的事情，它有那么重要吗？许多旅游者英语只到会看英文地图的程度，但出国却走得好极了。

孙：但我们主要反思的是英语教育，学了半天，日常用语都不会。

林：我就是不会，但听他们谈宗教，我会听出有误译。日常生活，你不到那个具体情境中，永远无法学会。你靠你学会的餐厅英语点菜，搞不好没一样是对的。

孙：那英语就不重要吗？

林：它重要，但也是许多重要之一。对于专业谈判、翻译人才，你大可精益求精，但对大部分人，洋泾浜就洋泾浜。有什么要紧。

孙：那您去美国大使馆也不会被拒签？

林：一次没有。我就说中文嘛！第一次填那个收入表，我就填一万块（指台币）。20 年前，这样的收入在台湾是很少的，他就问我，你这样的钱到美国怎么够？我答他：我祖先还留下呢！够不够干你何事？他一听反而让我过了。

孙：用中文，他反而觉得你没有移民倾向，就好过。经常拒签的其实是那些有备而来的人。我听朋友讲过很多这样的笑话。不过，说 21 世纪的现代人需要具备几项技能，的确是被我们这边一位大学者提出来的。

林：他其实不晓得世界的变迁。要看你从事的是哪一项。宗教界没有听说大师要会英文的。

孙：那习禅学佛，梵文总该懂吧？

林：为什么要懂？禅就是悟道，讲直入如来地，一下子契入的，这跟梵文没有关系。

孙：您不讲现代，但很多人又觉得您特别现代。

林：其实传统和现代的关系很吊诡。大家现在都在提 EQ，好像是多新鲜现代的心理名词，我说中国人也跟着谈就是荒谬。东方人哪个不是 EQ 大师，打坐、调息、养生，还有瑜伽，哪一项不是 EQ？

像我在台湾这么多年，不懂英文也不懂电脑，开始好像也会边缘。但这些年过去了，过了那个临界点，大家反倒觉得我是反叛、现代，有传奇性。

孙：看来所有自守传统的人都要扛过那个临界点，挨不过去就只好埋头学英文了。

林：说到传统与现代的吊诡，还有一个例子是由"9·11"引发的。那天之后，我一个学生打电话给我，说：林老师，本·拉登这一下子把所有行为艺术都颠覆了，我们还能玩出什么，现在该是回头画素描了。

孙：您说什么？

林：我说好在本·拉登不会画画。

第八章

——繁简之间的文化失落

苍茫不见

　　山川虽好，但除非是到杳无人烟的荒原极地；历史虽美，但除非是做已逝文明的探索，否则，生活于斯时斯地的人究竟如何，就永远是生命观察的焦点。而由此，历史山川也才能真正成为有情世间，人才不会因溺于自己的历史与自然情思而失掉了生命最基底的关怀与观照。

一、繁简之间：不仅是字体之别

孙：在两岸的文化比较之间，还有一处是字体的差异。比我小的年轻人，不一定认识繁体字，我看那边的情形也类似。年轻人未必识得几个简体字。还好，您两边都认得。

林：因为接触资料，看简体字其实已看了 30 年，所以不成问题。但要我欣赏，坦白讲还是繁体字好，有汉字的美感。

孙：我父亲那一辈，大概还经历过繁体字到简字体的转变，到我们这一代的大陆人，直接接触的就是简体字。但有一点我仍记得清楚，就是在我上学的时候，现有的简体字还曾经有过进一步的转化，这种字体，在大陆各地的乡野之处，仍会看到残存遗迹。比如"宣传"的"宣"写成"宀"，但实行不久就又取消了。大概已经可以看出，国家还是有这方面的考虑。

林：其实，简体字对台湾人来说并不陌生，许多人为了方便也喜欢写简体字或俗体字，但那种简体字符合中国字历史的演化法则，是逐渐演化而成的，因此仍可清楚看出依六书原则转化的痕迹，无论是在认知或美感上并不让人觉得突兀。例如：将"種"写成"种"，或将"園"写成"园"。但大陆许多的简体字就不然，它是在短时间内透过非文字力量导致的全面改变，斧凿痕迹太过明显，为求简便，就牺牲了文化的传承及美感的领略，例如将"産"写成"产"，"嚴"写成"严"。毕竟，汉字既称方块字，基本造型就得有其稳定性，也只有在这个基底上变化才容易保有美感，因此即使如"广"、如"厂"者，虽在字典中有此字，仍不宜放在平常使用，用于正式文书及标题更属大忌，平衡感与美感既荡然无存，正式文书中该具有的仪式性功能也就被颠覆。

孙：这种仪式感已很少人能体会。现在的大陆人，能看懂繁体字就已不错，自己去写，真的是难上加难了。还有另一种看法，认为文字不过是具有一种认识的功能，要速效、要简洁，就书写的难易来说，简体字反而要略胜一筹。

林：但现在毕竟是在用电脑了。同样用电脑敲汉字，操作层面的事就可以不用去考虑。字体的转换在大陆当然是特定历史时期的考虑，要再趋繁也难。但该补救的还是要补救，所谓"仓廪实而后知礼节，衣食足而后知荣辱"，文化自简而繁，繁盛才有丰盈。也就是说在基本的生理或现实需要外，还有更多属于美感、性灵层次的追求。汉字字形构成民族坚实的美感特质，这种美感正是"文"的重要基础，失掉这种美感，无文就容易产生。

孙：也有人说，现在可是简约之美流行的时代啊。

林：但这种简约之美往往也须经历繁盛的阶段，或至少是因对繁盛的反省而来。我不是说旧时文人的穷也可以穷出意境吗？但那一定不是对穷不在乎而能产生出来的。戏剧舞台上的一桌二椅，也同样是生活高度的抽象，中国文化的韵味并没有流失。

但简体字，从直观看，它就没有繁体字美嘛！字体由繁变简像是小事，但深层的文化流失就在其中发生，更无法直接深入典籍。

孙：大陆各地的古籍出版社，在做古籍的"翻译"工作。

林：但所有的翻译都会流失水分，就像外国人译中国诗歌。而且并不直接。再说，翻成的还是有限，读者就不能自然地悠游于历史学海中，要将它直接运用在日常生活中就更难。气脉不畅，文化难免断层。所以当大陆人强调以今释古的时候，台湾人总是问：古在哪里？没有经过以经解经的阶段，释的时候就会失真，甚至会恣意而为。

谈到繁体字对文化的影响，我这儿还有一个例子。就是我在1988年遇到前辈筝家曹正，他是个有趣的老人，家里摆满各式各样自己做的埙，有像玩具的，有似水果的，极具巧思，而他讲话尤让我惊奇，易经八卦，一点都不像我们当时想象中的大陆老人，似乎40年来的变化对他都没影响。问他何以如此，他说了一句话：自己一辈子没写过一个简体字。

二、无文让语言成为赤裸裸的力量展示

孙：从文字到语言，再到思维，的确有一些微妙的互相影响的关系。那在您看来，大陆由简体字一路下来的语言思维，在您还有哪些不适应？

林：坦白说，我在大陆，看到很多制式的口号与语言，一定程度显出粗陋无文的一面。很不习惯。

孙：您说的是标语口号吧？有人认为这是大陆一大特色。我个人并不都反感。因为常常是在乡村小镇，看到"计划生育，丈夫有责"之类的口号，会会心一笑。百姓宣传政策，常常有他们最实在又最诙谐的方式。另外，有一些也是历史的轨迹。像在江西流坑这样的状元村，人家里的影壁上，既有不同朝代的祖宗遗训，也有红军留下的标语，以及"文革"时期的口号，一个影壁就折射出这么多的历史信息，不也挺好的吗？

林：有历史价值的当然可以保留，但我所看到的大多数，都显示一种权力的声音，而且不容置疑。一个社会在观念建构初期，用标语来达到一定目的，这是可以理解的。但相对地，标语多寡也是观察社会发展的一个指针。你会发现，当社会的共识愈多，处理问题的机制愈有效，或民智愈开放，传播管道愈多元，标语就会愈少。台湾过去标语很多，现在几乎快看不到，尤其是政治性的标语更如此。所以看到大陆这些标语，会觉得硬邦邦的。

孙：我能理解您的感受。以前的标语听来的确是硬邦邦的，就像"文革"时的口号，"文化大革命就是好，就是好"。所有的东西都是一锤定音，不容置疑。现在我倒是注意到了，许多同样带有宣传意味的东西已经变

得人性化了，多用"请"字少用"禁止"二字，用现在的话说，已经很
注重传播功效了。

林：这些改变我也感受得到。坦白说，改革开放后，大陆人文地貌的
巨变，很少有比得上标语的减少来得意义深刻的。当然有些带有历史
烙印的标语口号，现在看，就像一个黑色幽默。正如现在台湾人看见
"三民主义统一中国"也要笑，因为已经不可能了嘛！

孙：口号当然制式的居多，语言呢？是不是您常嘲笑的开会介绍，都是
这个著名那个著名的一路过去，千篇一律？有很多领奖会上，大家的发
言都是老一套，不像好莱坞奥斯卡颁奖现场上的获奖感言，每个人都可
看出真性情。

林：还有一些用词。比如开会时，大家习惯说你是搞什么的。"搞"在
台湾不仅是俚语，还带有一定贬义，所谓"胡搞乱搞"。当然，语言是
约定俗成的，"搞"用久了，大家也可能忘记了它原有的贬义，大陆这
个习惯用语有它的历史背景，我也能谅解。但即使排除了视"搞"为
低俗的"偏见"，这种大家都用一个词语的现实仍显现了社会一定程度
的"无文"。

孙："搞"这个词说出来的确暧昧，但意识到暧昧再把它说出来，则又
成了幽默。所以聊天时听人故意强调一个"搞"字，周围就会有笑场。
不过您的意思我还是理解的，"无文"不只是这个字眼的频频使用。知

识分子在历史运动中被改造，不仅是"文艺为大众服务"，而且得要求他们从穿衣吃饭到遣词造句、行事做派，都向最普通的老百姓看齐。

林："无文"的根本是什么，就是藐视学问、修养，它存在的原因其实不只因为现实困厄，更在于只将言语作为一种赤裸裸的力量展示。

孙：说到"无文"，是不是要区别对待？因为对普通老百姓，这就是一种苛求。

林："无文"当然主要是针对知识与权力阶层。民众的"无文"，有时候反而是一种真实、无伪，有一种不假修饰的美。不过，粗糙一点无妨，就是不能粗鲁。而其实，发生在社会精英、知识阶层身上的"无文"，往往内里透着一种"输不起"、"没自信"，否则干吗如此粗声大气地表达意见。

三、文化人的传统美感断裂

孙：说到制式语言，我又想到您通常主持音乐会时的语言风格。我第一次在台湾看您主持音乐会时，心中就大大感慨了一番。您讲乐曲的历史背景、表现形式及曲意，中间穿插一些人文轶事。原来一场音乐会，同样可以是一种文化美学的陈述。它固然仍在开场、收尾、乐曲贯穿间起串场作用，但已构成一个生命与一场音乐会这两个完整有机体间的对话，每次都让人受益匪浅。而且我还高兴地看到，您在大陆举办的"《谛观有情》音乐会"，也延续了这种风格。相比之下，大陆那种连站姿都规定好了、仅拿一张节目单就上场的音乐会主持，顶多算一个报幕员。

林：音乐会解说我向来是即兴的，这是禅家的风格。禅讲"应机"，没稿子，上台见到场景、见到观众再来对应，是活生生的当下。当然，也得厚积薄发，临场锻炼而来。有意思的是，就在我主持完北京两场音乐会后，出版我那《谛观有情》书的出版社一位主任问了我一个问题："为什么林先生你所用的日常语言就是书面语言？"

孙：我第一次跟您接触也有这种感觉。我在采访后做文字整理时发现，那是我写得最顺的谈民乐问题的稿子。但我同时也深有体会，如果是在一个制式化的社会氛围中，即使文人，也会刻意将日常用语和书面语言分开，因为大家觉得，这样才显得亲切随意，不装。

林：但问题是：过度两极性的拉扯，就让生命的表现显得矫情不实，一个平时粗陋的人在文字世界里显现极度的瑰丽细致，那文字的真实就令人怀疑，也让人困惑于艺术文化与生命间该有何种的关系。

当时我告诉这位朋友，台北并不乏我这种人。这句话当然不尽是实情，但作为对两岸文化人——尤其是对中国还具有情怀的文化人之间的分野陈述，基本上还是恰当的。

孙：我也发现，台湾文化人，如此遣词造句的也不在少数。像您带我去的佛光大学那儿，晚上朋友聚会，龚鹏程校长、还有学校的几位老师，让我感觉像身处《围城》小说的氛围里。还有港台的武侠剧，不知为什么，一般都比大陆来得对劲。金庸的作品《笑傲江湖》《射雕英雄传》后来都有了大陆改编版。但播出时，大家怀念的仍然是港版，有黄霑的《沧海一声笑》，那歌词才有江湖感嘛！

林：我有个弟子跟黄霑很熟，他的生活基本上就那样子，琴棋书画诗酒茶，所以写起来就不隔。大陆不是，传统不见，艺术家得用想象塑造，和生命就有距离。像我，我讲我就是禅，别人信，因为里里外外的生命风光。你讲，就是狂妄，不被骂也难。

孙：港台文人有那种天然的名士风流。香港作家蔡澜来大陆，白色的西装一条绿领带，领带上画美女，大家看着直乐。他就说，是我画的，这样的领带我有 500 条，你要吗？别人这样，大家会觉庸俗，但他这样，自然天成，反而可爱。

林：香港文人的风流比较接近清代文人，公子哥气。什么都懂，什么都能玩。台湾文人的风流则是明式的，唯美、精致，会有感伤。无可奈何所以纵情诗酒，精神中又带点六朝气。像你见过的龚鹏程，仔细瞧，得意之中也能看到生命的怅惘与萧索。

孙：相对来说港台文人那儿，更能看到传统的美感。像您冬夏一衲的布衣，既可以在台上演出，还可以在路上行走。

林：蹲在街边摊上吃东西都不会觉得奇怪，是不是？这要有一种将内外打成一片的生活态度，许多朋友都坦言，这是模仿不来的。正因如此，你并不能如有些人般，称我为美学家，因为美学谈概念，艺术是直扣本体，而禅呢？现象就是本体！

孙：有时候觉得您就应该生在古代。

林：如真是古代，那我就选三个朝代来活，一个是春秋，那时百家争鸣，真的是生命超越时代；再就是六朝，风流蕴藉，各种生命情性的抒发；还有唐代，我喜欢那种大破大立的格局。

孙：但台湾文人也有喜欢宋的，像艺术家蒋勋，上次来就讲了几节课的宋画。

林：我跟他的诠释不同。蒋勋会把宋谈得很大。当然谈绘画，北宋是个标杆，但让我解释，我会说，宋是唐的延续，因为艺术的成熟与社会氛围会有时差。比如你 40 岁的时候说不定才画好 20 岁生命给你的东西，所以艺术的圆熟往往不是当下的反映。看北宋的画也应该注意到这一点。

四、知识分子的苍茫感不见了

孙：您在讲演中，经常提到一种苍茫感。甚至您还说，在一个中国知识分子身上，要是看不到那种苍茫感，就不对劲。为什么要强调"苍茫"这个词？

林：中国人是经由历史时空的起落来照见自己生命定位的。所以，考察一个知识分子的生命格局，必须放在这种历史坐标里，是不是能在其中看到物起物落、缘生缘灭，是不是因此产生谛观、悲悯。而要这样，基本的生命情绪就是苍茫。没有这种苍茫，就只是一般的同情感叹，不大可能产生谛观、悲悯。

孙：所以您会给您的音乐经典起名叫《谛观有情》。

林：因为有荷担在。在历史浮沉之中之所以会涌起苍茫之感，是因为看到了生命的无奈。在无奈中体得人间的多情、生命的荷担。

孙：很多中国民乐里是不是充满了这样的东西？

林：悲悯、荷担，一唱三叹，是《二泉映月》最动人之处。《月儿高》则有更多的时空感。

孙：这是您最喜欢的中国乐曲。

林：许多朋友就从此曲照见我世间的生命情性。高一初听，就深深触动，直入内心，以迄于今。乐曲意蕴有非常典型的"史的观照，诗的感叹"。在合奏中极目苍茫，独奏中则在娓娓道来中起历史情思。从结构形态来看，中国大曲基本是套曲，《月儿高》由七首小曲连套而成，但却无套曲的痕迹，特别吻合中国人线性展开的思维，如水银泻地，浑然一体，有几段旋律更如天成。它是张若虚《春江花月夜》的音乐版，江楼望月，思绪满怀，让人兴起"江畔何人初见月，江月何年初照人"的感慨。

孙：不是也有首曲子叫《春江花月夜》吗？

林：那是隋炀帝的《春江花月夜》："暮江平不动，春花满正开。流波将月去，潮水带星来。"诗中的境界，和这不同。这个有置身历史时空的感受，隋炀帝的《春江花月夜》是春日暮江的景致。

孙：一想到月夜，就觉得中国情境就有了。

林：事实上能代表中国的自然物也就是月。想到日本会想到樱花，想到中国就会想到月。月照古今，是历史浮沉的见证，中国人特别会就此抒发。我自己也难免在此学步。

176

孙：什么时候开始的？

林：高一题一个同学的水墨画作，我的《谛观有情》还把其中最后一句用为分段标题："孤舟送君洞庭临，寒风拂衣秋意侵。举头但见君山叶，一轮明月九州心。"而这"一轮明月九州心"还曾引得不少朋友问我，到底出自哪个唐人之手。之后又作了一些，例如"寒山猿哀月，苍穹一轮孤"，"空斋飘落叶，孤月映江湖"，等等。

孙：是有些唐的韵味。回到大陆知识分子身上，为什么您说看不到那种苍茫感？

林：因为坐标不够大，刚才我们一直在谈繁简之间的文化失落，最主要的就是使那个宽广的坐标不见了，于是谈任何事，只好以新中国为起点。艺术的诠释也是，只是光明的新中国而不是历史浮沉中的中国，就显现不出跨越时空的大气。

孙：再加上"文革"，又加剧了这历史的断裂感。

林："文革"是让知识分子多了一份沉痛，但这份沉痛只有接于历史长河，乃至生命的根柢局限，那苍茫感才会涌现。

五、民间文化失掉了醇厚

孙：文化的繁简失落，因为"文革"更加剧。因为那时还要"打倒一切牛鬼蛇神"，直接将士大夫与"工农兵"间，以阶级对立的角度来相互排斥。

林：当大家把"工农兵"送上台面后，来自民间的纯朴以及来自土地的醇厚就因某种素朴的"改良"而消失了。

孙：我懂您的意思，就是有一些原生态的东西也失去了本真的魅力。

林：是这样。因为在单线文化进化论的观点中，"工农兵"仍是要依循一定法则来进化的，于是，就需要以西方发展出来的理论与方式来为它妆点。

举例来说：我们现在所听到的民歌，绝大多数都经过改编，许多民歌的原样已不清。

这在台湾情形也一样。原汁原味的东西消失殆尽了，那是无可弥补的损失。其实民间文化是其他文化的泉源，它来自大地的能量是不可被取代的。对民间文化，所谓艺术的整编一不小心就可能成为对它的扭曲。而在这之上，若又加上某些政治意识，变化的本身就常是个噩梦。例如：大陆在传统文化上有所谓"六大集成"的汇编，这是项了不起的历史工程，但许多时候却发现其中所收录的音乐不乏那些因

"政治正确"而存在的东西，不只乐曲被"美化"，词更是应和政治运动才有的。于是，这些东西虽取自民间，但民间的原型却已不见，民间感人的能量也不复存在。而在其他民间艺术的呈现上，也都有其过度表演的痕迹。

孙：民乐的表演也包括在内吗？

林：民乐最明显。大陆民乐有一套"你看"的演绎方式，强调身体的姿态，你看我多悲？这么用力，艺术就不自然。

孙：所以您会很欣赏上海的笛家俞逊发。

林：他那种风格可以让欣赏者在人文中安顿。他当然可以吹昂扬，也可以吹悲伤，但在这些情绪中仍透出生命可以深刻涵受的东西。中国人为什么讲"乐而不淫，哀而不伤"，也是讲这样的内涵。

孙：但大陆这边明显闵惠芬名气大一些。

林：她拉《江河水》自然功力一等，是哭腔的极致表现，但那种悲愤情绪你就不会一直听下去。你总还要问：悲愤之后又如何。闵惠芬这几年也拉《寒鸭戏水》，非常俏皮，可以看出她化开的一面。对她这种曲风的音乐家，这点真是不容易。

第九章

文化主权

　　文化主权有了，中国人的尊严就有了，两岸之间因应于现实主权而有的自我局限自然也就被映照出来了。而当两岸在这文化主权的拥有上相互依持并骄傲时，彼此还怕不站在一起吗？！

一、艺术要透过学习才会无国界

孙：谈到文化问题，听您说的最多的词就是文化主权。这里的文化主权到底是什么样的概念？

林：谈主权就在强调主体的神圣性，国家主权不就是要强调它的神圣不可侵犯吗？文化主权也有同样的意味。当然，准确地说，这里指的是文化诠释权。一个文化系统里有些东西是习焉不察的，有一些是既有理论系统又与实际行为吻合的，还有一些理论系统，是行为的合理说辞。这些都应该得到一定的尊重。因为正是它们才构成了文化的有机性。对文化做诠释时，就不能将它们分割开来谈。有许多行为现象，只有放在既有的文化脉络里，我们才晓得它的原有意义。而文化诠释权就是基于这个事实来谈的。

孙：这让我想到您曾经谈过的布农人。在他们那里，没有"舞蹈"这一词汇，也就是说，不认为那种在唱歌时身体摆动的行为是舞蹈。

林：一样的道理。它其实是在提醒我们，在对一个东西做解释时，要放在它原有的文化系统中做整体观照。相对地，我们也要求别人在解释我们的文化时，不要那么想当然耳。正如以前，在好莱坞电影中出现个陈查理、李满洲，便就以他为中国符号了，不是这样。这在全球一体化的当今，尤其要被标举出来。

孙：过去的好莱坞电影会经常这样，现在好多了。为什么您要特别强调这一点？

林：因为一旦文化主权没能得到充分尊重，文化诠释就会变成强者的游戏。强者恣意地解释弱者的文化，去评定你的文化有没有价值。

孙：但您提到好莱坞时，很多普通人会认为它并没有刻意标举什么文化解释权。他会说，我的东西好看，你看着爽，目的就达到了。

林：但你有没有接受他的美国文化观点？还是有嘛！文化的诠释权并非用一个赤裸裸的方式显现，它借助庞大发行网、雄厚的经济实力，等等。其实不只是在说你快乐嘛！还在说我的观点是正确的，包括商业的法则，艺术的观点，都是对的。所以当西方强时，我们会觉得中乐是不能听的，因为没和声，可西方的交响乐却是先进的。强调文化的主权，就是想强调一个文化传承者的权利与观点，要晓得自己文化的诠释原点是在自己的文化体内的。所以你不能用中国的忠孝观点去衡量美国家庭中的现象，也不能像有些西方人那样，率意地判定中国文化的好与坏。

孙：电影《刮痧》就触及了美国人对传统中医的误解，并且看起来误解很深，让人感觉那个华人父亲在那样的氛围下百口莫辩。

林：强者的反省是必要的，而对弱者，这文化主体的拈提更为重要，否则我们会更内化强势文化的价值，作为改变的唯一方向。

孙：谈民族间的尊重与融合时，您也提到了这点。但是在我们过分强调一个文化的特质时，是不是会被误解为太民族主义？不是还有一种说法叫艺术无国界吗？

林：这是个似是而非的说法。艺术哪里会无国界？！贝多芬的《命运交响曲》大家都懂吧，但最开始那四个音出来，澳洲的土著听了恐怕会昏倒，因为除了被雷击中，一个人在当地可从来没听过那么大的声响！艺术可以无国界，但前提是，必须透过学习。电视科普节目讲婴儿大脑发展，也是说7到9个月之前，他是世界公民，之后就进入某个文化系统了。

孙：那我们所说的世界主义呢？

林：世界主义有它的虚相与实相。一个人道主义者可以是世界主义者，像为麻风病人服务的特蕾莎修女，像你们熟悉的白求恩大夫。其他恐怕多的是虚相。每一个人都是文化熏陶出来的，你的语言系统就决定了你的思考。世界主义往往容易被强势文化所利用，来说明我这个东西是有世界性的，而你那个东西只有民族性。其实他的这个世界性，也是要通过学习才能得到的。

孙：中国社会普遍都有诺贝尔情结，每次看到别人获奖，大家就在找自己的原因。比如怎么就出不了一个诺贝尔文学奖得主。也有人分析说，是因为没有表达出普遍的人性，所以人家不能理解。

林：你以为《哈姆雷特》每个人都理解吗？你要是不了解希腊神话的悲剧精神，看到这么个人寻愁觅恨的，会说：干吗这么较劲地活着，追问生还是死？从人类学调查来看，太多民族的思维都是很不一样的。布农人唱《祈祷小米丰收歌》，你真的不知道那些我们听来差不多的和声，为什么他们可以从中判定是否今年丰收。这点人心的幽微、文化的复杂总要被我们观照到。更何况艺术本身也要透过特殊事物来彰显普遍真理。为什么需要特殊事物，因为这样才能聚焦，产生效果，正所谓"以事成理"。总不会有一个家庭叫普遍家庭，也没有哪一个人可以叫世界人。

二、中国文化：你的诠释权在谁手里？

孙：跟您交谈一些对文化的看法，都会觉得您对中国文化的自信。但有如此自信的现代人已不太多，有的也在讲，但其表述还不能让人信服。我不知道两岸是不是都如此。面对全球化的阵阵浪潮，中国文化何以自处，真的需要细细思量。

林：文化的尊严与自我认同有关。有主体的认同，人才有自我的尊严，没这个，想要别人尊重你也难。世界上许多经济并不发达的国家所以能赢得世人尊重，就跟它具备文化主体有关。大陆在走向改革开放之时，也要时时注意到这一点，否则容易被别人视为暴发户或成为供别人开发的市场。

其实传统的中国原就喜欢谈文化，"入中国则中国之"，表现的就是一种文化的民族主义。在清朝末年以前，国人对自己文化总有一定的骄傲。但遭遇西方的强势文化后，内部则呈现出对自己文化的两种态度，一种仍坚持国故，一种主张彻底西化。很长一段时期我们就在这两者间争论摆荡，再加以外在的政经情势，也就有了这些年，两岸对自己文化的态度与面貌。但尽管有其不同，从深处说，却也都面临自己文化可能沦为附庸地位的处境。

孙：台湾在我们看来，算得上这些年保持国故比较好的，为什么您还这样说呢？

林：因为总体来说，我们对自己的文化其实仍缺乏从主体而发的肯定。民族音乐、水墨处境、戏剧表达，都是例子。说到水墨时，只将它视为材质，忘记它还有深层的历史内涵。因此就会一直追问：水墨能不能现代化？

孙：作为艺术实践，不能这样问吗？

林：那我们为什么不想想：现代指的是什么，只是西方意义上的那些吗？还就是要画那些飞机、大炮、电线杆？音乐也是，讲民乐交响化，却不知道那也是在学西方的古典。我们以西方的古典为永恒，以我们的古典为过时，这就是诠释权出了问题。在台湾还有个例子，台北故宫博物院的国宝出访美国，都是美国汉学家在写文字说明，而不是浸淫其中很久的台湾书画家。最后，我们就只成为一个文物的托管者而已，多么悲哀！

音乐也一样，台湾民乐家的地位远远不能与西乐家相比，就教学科目讲，台湾的艺术学院中教西乐的科系叫"音乐系"，教民乐的叫"国乐系"或"中国音乐系"。乐器教学也是，分管乐组、声乐组、钢琴组，到了民乐，就只有民乐组一类。家长送孩子学音乐，学的通常是西乐，两者的地位以台湾流行的两句俗语来形容最恰当，学民乐台语有句话叫"第一衰（倒霉），剃头吹鼓吹（唢呐）"，学西乐则是"学琴的孩子不会变坏"。印象最深的是，我就读的中学校庆时，我们"国乐社"上台演奏江南丝竹《欢乐歌》，一首曲子长四分多钟，台下竟就整整嘘了四分多钟。

美术界还曾发生这样一件事：台北市立美术馆，主要功能在典藏展览现代美术，台北"市议会"因此就曾经决议馆内不准收藏水墨。而针对这件事的荒谬，许多人的批判也只放在政治上，认为民意机关不该干涉专业典藏，但除此之外，却没有警觉到，许多人在潜意识中就将水墨轻视为过时与落伍。

孙：您说到的民乐界现象在这边也同样存在。这些年许多年轻的民乐界人士都纷纷转行入流行，可能也跟民乐自身不景气有关。

林：按说民乐转流行，在心态、美学上是很难的，但台湾也有，而且转得没有负担。

孙：大陆对民乐做推广，经常会过分强调外界的评论，尤其是金色大厅的演出如何为外国人喜欢，等等。

林：还有说闵惠芬的《江河水》如何让小泽征尔感动，认为她拉出了人间至悲的音乐。

孙：这是媒体习惯的思维定势。

林："以洋非中"的心理显现。当然，用它作为闵惠芬音乐深具穿透性的证明自无不可，但明显地，它强调的是小泽征尔的评定。我们刚才说"艺术无国界"需经由学习达成，那么在小泽征尔之前，我们更应看重什么？当然是近代文化研究所强调的"族内观"，只有族内人，才能在精致之处有真实的辨别力，外人顶多作为印证，作为使文化系统不致陷入自卖自夸的境地之用而已。

所以，小泽征尔的悲痛与闵惠芬音乐的艺术定位之间的关系其实薄弱得很！什么时候呈现我们自己的文化骄傲时无须借助于别人？我那诠释中国音乐的《谛观有情》，你可以看出，里头并没借用什么西方的音乐概念。

孙：我听说有台湾的西乐理论界人士这样解释您：林谷芳是谁，就是不用西方音乐体系也能将中国音乐讲得明明白白、清清楚楚的那个人。可惜现在文化艺术领域的许多学者，你要让他绕开西方术语，等于夺了他的饭碗。

林：还是对自己的文化没吃透。台湾曾经一度盛行比较文学，在那风潮中竟有许多人认为中国从来就没有文学评论，而在史学上则直斥中国史观毫无价值。

孙：说到中国文化的呈现与解释，您对戏曲界少有批评。

林：因为它到目前还好，因为里外皆具浓厚的特质，还比较纯粹，比较不会动不动用西方的东西来改变它。但演给外国人看时，也有问题，总是选美猴王这样的武戏。

孙：这出戏热闹啊，有动作戏，外国人容易理解，也看着轻松。

林：轻松之后呢？就是觉得你的艺术没有什么，起不了尊敬之心。日本的能剧你看过没有，多闷，憋得外国人要死，但就是不敢说不尊敬。为什么会这样？这说明了我们还是有问题。

孙：这让我又想到了《林冲夜奔》的例子。我明白，如果对传统切入不深的话，一个旅游节目单都会没有创意，因为说不出"一个戏只有一个人在台上演，而且只围绕着'老子不爽，老子要上梁山'一句话，大家看他怎么演"这类充满悬念的话。也就是说，你对自己文化的魅力，要知道它的精要在哪里。否则，拍一个《嘎达梅林》，就只会宣传"这是中国的罗宾汉"，或者是中国的《勇敢的心》。

林：大陆拍了他的电影了？嘎达梅林，我在台湾每次讲《嘎达梅林》这首曲子，底下都会动容。我说，讲了它，你就知道民歌是怎样来的。我们自以为了解蒙古族，但蒙古族真正的英雄也就这两位排前头，一是成吉思汗，再就是嘎达梅林。他是张作霖时代的人，为了政府废牧改田，带领牧民起义。他牺牲后，内蒙古出现这样一首歌，娓娓道来，从大雁南飞说到这位英雄，不管是否有作者，作者是谁，整个草原都开始传唱，这就叫民歌，记录的是一个伟大民族逝去的苍茫。

孙：说得我都想再找这首曲子来听了。总体来说，我们对自己的文化体认得不够，所以才不知原点所在。

林：所以会显得手忙脚乱。香港中乐团到台湾演出，说自己"五光十色，不拘一格"。媒体访问我，我说那叫没有风格。哪有艺术家是因为全能而伟大的，张大千绘画功力深，但我们也知道他的泼墨山水比仕女画好上许多。水墨也在标榜自己可以画飞机大炮，谁要你画，我看漫画上的飞机大炮都比你过瘾。

三、艺术改良中的主体失落

孙：在大陆，因为注重发展，所以在艺术形式上，也特别重视推陈出新。在您看来，是不是就有些文化的主体不在？

林：不是不能改，而是要分清哪些可变哪些不可变，又以什么样的观点支撑你的变。大陆在我看来，经常是用单线进化的观点来一统文化，认为民族文化虽该保有民族风格，但必得"改良"才能登大雅之堂。以音乐而言，乐器要改良，演奏法要改良，乐队要改良，把民族音乐的风格就局限在单纯的曲调上，其他部分就全以西方为依归。在这里，很少人会去想到有些传统即使只是凝固的形式，也可发挥无穷的生命力与价值，而改变传统更必须从自己文化主体的价值与美学理念这个基点出发。例如：笛子加了键，看来多了几个音，却牺牲了更多样并富含民族风格的弹性表达；二胡加指板，许多的唱腔表情就不见了；交响化民乐，有了和声音响，却不见了更多民族音乐的弹性音及特殊唱奏法。这些，结果都可能因丧失主体而得不偿失。

孙：但我跟一些出色的导演或音乐家探讨"推陈出新"这个议题时，也觉得他们自有道理。虽然推出的是一出话剧，但各种艺术形式无所不用其极。但让人看了，也不觉得是乱来。

林：一个戏如果触动你，一定是有它的原点在，也就是内在的完整性。

这和装置不装置不太有关联。就像有些关于艺术家的新闻，是说他用什么样的名琴演奏曲子，但对他的艺术来说这并不是关键，媒体只是把力用在这儿。

小提琴拉《梁祝》，也是一个改良。改得好不好？的确好。但好是好在原有主体并没有被耗损。乐曲动人的能量仍在于旋律与变奏，还有那富含民族风格的滑音。

文化演化的道理就像生物学谈的一样，我们可以为了特别彰显某种观念而做实验，但其实大部分的骤变都会活不下来，要一点点演变。

孙：但是也有艺术家即使是做民乐演出，强调的也是自己的个性表达。他们认为，当代的民乐家就应该彰显个人色彩，否则就是被动的参与者，反而调动不起积极性。

林：民乐一向彰显个性。我不是给你讲过台湾一个老琴家的例子吗？他在台上演，台下一些达官贵人在听，弹了一半，他看着不爽，心想我为什么要给你们这些猪头猪脑的人演？于是就把琴停了下来，坐到台边抽了根烟。台下不知发生什么事，只能面面相觑，连大气都不敢喘。他一看，还算有救，才又拿起琴演了起来。

这固然是个跟政治有关的例子，但我想在此说明的是：民乐有那种形式的自由。它的风格、版本原就非常丰富，一百个人弹《十面埋伏》，就一百种样。

孙：只是大家觉得，大陆的民乐都一样。

林：那是教育的问题。其实还受西方音乐思维的影响，定谱定式的。

孙：交响乐也有不同指挥的版本差异啊？

林：但那种差异常只有专业的耳朵才辨得出。而民乐，几乎连谱子都可以不一样。民乐是有弹性的，目前学院的教学却使它特质不见。如果远离这个原点，即使在彰显个性，也会彰显得不对劲。

孙：您指的是新民乐？

林：你可以摇滚，当然可以，但只追求这外在的层次最后就马上被消灭。

孙：一定会如此吗？

林：作为个人，也许能获得一些现实的名声，但对艺术，则绝对如此，因为特质不存。艺术要不要发展？当然要，但问题是怎样发展？要不要风格？当然要，但什么样的风格可以持久？把这个想透，盲动就少，文化的主体也就清晰。

四、《卧虎藏龙》的文化主权效应

孙：2000 年，华人世界出现了一件风光的事，或者是在一般人看来风光的事。李安的《卧虎藏龙》在美国获奥斯卡外语片等多项大奖。当时国内出现意见分歧，有人觉得这是华人世界的胜利，有人觉得那部电影在表现中国的武侠方面并不算最优秀，不能以美国的标准来衡定。我记得那时我打电话给您，原以为您会说出后面的意见，但好像不是这样。

林：李安获奖，我们可以看出他与过去中国电影在西方的效应不同。我肯定他的一点是，当中国人的传奇美国人开始看得懂时，表明他已经开始接纳我们的文化了。

孙：真的看懂了吗？美国的影评家可是在说力比多、性压抑呢。

林：那是影评人，普通美国人哪管这些，他就是看着好玩嘛！以前，李小龙的电影告诉西方人我们有神奇的武术，不是东亚病夫；而成龙电影则是逗趣、杂耍化；李安不同，他带给你一个神奇的东方世界，你接受了它的虚幻，就能接受它的实在；接受了它的美感，有一天就会承认水墨和油画一样了不起。谈这部电影洋人说好，不是说他们说好就是好，而是在文化主权的不平等之中，我们看到它渐渐走向合理的位置。而这，除了大环境的改变外，影片也必然影响了许多美国人的观点。

要不，以我禅修行的眼光来看，李慕白是学不好剑的。

孙：这个说法还第一次听说。

林：我在禅修课上提到，许多的武侠是文人的想象，跟练武修行的人不是一回事。练武的人讲求一击必杀，哪会那样优柔寡断？要这样，早就被干掉了。再说修行的人，许多都要"幽栖林居，胁不至席"，佛教叫不倒丹，就是从来都不躺下去的，没有放逸的空间，所谓"两刃相交，无所躲闪"。这样的人怎么跟常人的情感一样，看着李慕白，都会觉得无聊死了，因为不具有禅者的气概嘛！

孙：那我们到底应该怎样看待这件事情，为它欢呼还是悲哀？

林：看成在美国的突破是可以的，但不能沾沾自喜，因为好坏还是在别人手上。别人的影展当然会有别人的立场观点，不代表你真就如何。文学奖也是，别人不理你，难道就代表你不存在？小泽征尔要是不说闵惠芬好呢？是不是就意味着得从头干起，那不显得你更弱吗？

孙：但已经弱势了，若不再从外界争取一些反响，恐怕就会自生自灭。就像戏曲。

林：但仍要特质鲜明地呈现，让别人觉得无以替代。强弱之间就怕雷同，你雷同了他，他就吃掉了你。音乐演出时，以民乐器演奏西方名曲，当成茶余饭后的交谊可以，但作为正式节目，结果给人"中国乐器还算不错，竟也能演奏我们的乐曲"的品评，就值得反思。日本人到欧美展示日本文化，是能剧，是茶道，是日本禅的"枯山水"，日本文化受的是中国的影响，但是谈到禅、茶道、花道乃至汉学，西方想到的常就是日本。

孙：不过，对于民乐、水墨，我可以同意您的文化主体的诠释，但对电影，我则有疑问。因为电影不是我们发明的，所谓西洋镜，就已在表明，它是从外传来的。那么它又如何彰显文化的主权性？

林：电影确有它的特殊性，一是它就是个载体，内容可是要你去填。而它这载体因为是复合形式，所以不像宣纸之于水墨，画布之于油彩般，载体与表现的连接性那么高，所以就有更多主体发挥的空间。印度人拍电影会跟好莱坞不同，同样，日本人、韩国人都会拍得很特质化，欧美的电影人还说：全盘的好莱坞化将很可怕。

孙：但在国产片不景气时，大家反思电影学院的教育，恰恰是不好莱坞化。都是欧美艺术电影的趣味，面对残酷市场竞争，存活的可能都没有。台湾我喜欢的侯孝贤、蔡明亮，不是也面临这样的问题吗？

林：电影有它的产业本质，不能从纯粹的艺术层面来谈，这是它很特殊的一点。你不可能只彰显自己的风格，因为输一次你就没权玩下一次。但仍然可回头想想如黑泽明的电影为什么有魅力？为什么叫好又叫座，既富日本特质，国际又推崇。

好莱坞电影是不错，但公认的电影大师，欧洲的居多，对不对？电影也有它的美学位阶。中国的电影大师又在哪里呢？

孙：在我心中，费穆算一个。他的《小城之春》现在被田壮壮翻拍，我就觉得他那种中国感觉现代人做不出来。

林：所以中国电影人还是要追寻那个原点。

孙：那我们再换一种思维谈这个问题。海外还有一些艺术家，像画坛的赵无极、音乐界的旅法作曲家陈其钢，他们都是因为作品的东方色彩被认知，包括李安也是。但他们用的艺术形式则是西方的油画，或者交响乐，却都非常成功。像陈其钢的音乐会在中国首演，还有不少外国朋友来看。对此，我们的态度又应该是怎样的？

林：他们在异乡异地以一个东方色彩被肯定，是可以较中性地来看。关键是看他自己如何诠释自己，如何面对族人。在文化的碰撞中，因为个人的才情而被承认，而自己也止于此的话，我们应该恭喜李安；但如果他自己就觉得自己是东方的美学大师时，副作用就会来。

孙：自我膨胀就有问题。

林：对，因为每个人都有在各种文化中悠游的自主权，文化也可透过融合碰撞产生新的艺术元素和样态，这种开放的心胸本来就应该存在。但要看你怎样用，才能把自己的文化更大范围地彰显出来。

孙：能否举例来谈。

林：例如，台湾有一个竹笛演奏者叫叶红旗，从大陆来的，在各地演出时，都称自己是中国竹笛第一人，因为有日本报纸如此说。他和上海的俞逊发比起来其实差很多，但这样讲，别人就会说：噢，中国竹笛是这样，于是就成了误导。

孙：好在李安很好，他在媒体前的表现非常适度，也谦逊。

林：如果李安能再进一步说，对东方文化，我只表现了一点皮毛，要看真正的东方，请到中国来，中国文化不是也给抬起来了吗？

孙：其实有时只是某个场合的片言只语，都会起到这种作用。在北京，我曾听过一场陈其钢的"《蝶恋花》专场音乐会"，他介绍《蝶恋花》，最初是为大提琴与管弦乐而做，后来改编成二胡版了。为什么不一开始就做二胡版的，他说他不敢，因为二胡的精微他把握不好。这样的态度实在是难得的。

林：这种人多了，文化主体就有了，而这其实不妨碍他们的改编、实验嘛!

第十章

去特质化

——城市更新中的风格遗失

　　城市的更新，最后要达到的目的应该是：城市的传统如何可以被我们

不着意地寻到……

一、做官的有福了，坐车的有福了，伟大的祖国有福了，行人不见了

孙：来大陆，您习惯在边缘行走。虽然在您，也有更深入了解的用意，同时也可能跟您不喜欢大城市有关。您常感叹北京之大。上次我们吃饭，您还跟儿子雨菴说：好好记住北京，北京就是你父亲过马路要过半小时的城市。改革的活力恰恰先是在大城市中体现，而您的不喜欢，是否也包含着对其走向的忧虑？

林：城市是门面及火车头，所以透过它的变化与更新，绝对可以看出大陆的发展，从这个角度看，这几年当然是不错的！但也看到让我们这些外来观察者产生忧虑的地方。

当然在批判前，我要说一些前提，那就是改革的确在一定程度上具体改善了城市环境，视野不那么脏乱了，人的住房条件改善了许多，建筑也漂亮了。生活品质的提高，使人有了基本尊严。这都是值得肯定也必须肯定的。但是接下来，我们就要问：如果城市是总体国力的集中投射，它还呈现了什么？城市要发展，真就是这样发展的吗？

大陆的许多大城市，就透露着社会基底思维上的一些可能问题：比如是不是"经济优先，城市先富"，比如"要致富，先修路"，再比如，即使是为了方便行车，是不是城城都建立交桥……

孙：有什么不对吗？

林：绝对化就有问题。先说前者，"经济优先，城市先富"，社会上就会出现竞逐精英的局面。大陆都市的精英化远远超过其他一些国家，于是就常有比拼生活的品位、夸富以及奢侈浪费的现象……

孙：夸富以及奢侈浪费的，其实都是我们这里常说的暴发户……

林：每个社会都有暴发户，问题是怎么看暴发户？暴发户不只指一朝致富，更关键还在除了富，其他条件都不具备。

孙：可是"要致富，先修路"是各地的实践真知，有什么不对呢？

林：路修到乡村，当然会致富，因为流通嘛！但目前在城市修路，就容易"纸上作业"。

孙：那是什么概念？

林：就是画直线。因为觉得流通可以产生效益，就把它看成绝对观念。但城市是有历史的，城市的路也是人走出来的。从哪儿到哪儿，都有一些人际网络、文化内涵、历史背景附着在上面。你以为两点之间直线最短，却不料这样去拆除一些建筑物的时候，城市的特质就不见了。此外，面貌一致的立交桥，也让城市的整体形貌被切割，城市人的生活脉络被截断。

孙：可是以大陆一些城市之大，像北京这样的，现在已无法想象没有立交桥应该怎么办。

林：美国也有这样的大城市，它的立交桥就只建在环城地带，像纽约中心，是没有这类东西的。台北城市小一些，它的立交桥也是建在环城公路上。建不建立交桥、在哪儿建，就反映出社会的基底思维。例如台北，人人有车，所要考量的是时间短而非距离短，他想要从 A 到 B 时，中间有立交桥固然距离短，但穿过外围的 C，可能时间上还更快捷。

孙：北京现在的车辆前一阵子公布已突破 200 万辆，但即使这样，也非人人有车。

林：所以你可看到建设中的思维矛盾。这时就要有更多的选择考量，立交桥看起来像是方便交通了，却限制了城中居民的活动。你可以发现，北京很大，被区隔之后，这一块居民就和那一块没关联，虽然看起来只是隔了一座立交桥。

孙：我们已经很习惯这样的没关联。像我，每次的大学同学聚会，都是因外地来了同学，北京城里的几位才相聚一下，要不，谁也觉得麻烦。我另外一个朋友还开玩笑说，你看谁谁谁大清早就出门，深更半夜才回家，像是很忙，仔细一算，也就办了两件事。

林：年轻人开开玩笑也就过去了，中年以上人的心理感受恐怕就没法

如此轻松。台北立交桥不多，但现在已经拆了好几座。前一阵马英九
就告诉我，和平西路立交桥被拆之时，附近的居民还办了个感恩餐会，
高兴地说：我这边终于可以看到对面的邻居了，大家可以互相往来了。
这一下做小买卖的也高兴，因为商店复活了。所以，我们总应该再问：
如果城市要发展，还有没有更好的方式？解决交通便利，真的只有立
交桥一条路可走，还是因为立交桥模式便利、省事，可以不用花太多
的脑筋？

孙：您触及了一个巨变中的社会最敏感的神经。就我居住的北京，我现
在常常觉得是一个大工地。处处都在建，处处又都在拆。到外地旅游，
也有类似感觉。以至于大陆人自己就有了形象说法，说中国的英文不是
叫作"CHINA"吗？那就是"拆呐"的谐音。有良知的知识分子会以此为忧，
我也在数次的城建会上，听到建筑专家们对盲目的拆与建的批评质疑。

林：我之所以不喜欢北京的城市建设，因为就只觉得它大，但不多元，
城就那么方方正正，各条马路也那么直直的，一个样。好的都市设计，
连马路上的植栽都会有不同，还包括马路中间的安全岛。

孙：但方正应该是它历史的轨迹，因为皇城嘛！

林：皇城是可以方正，但不能把皇城无限扩大。它是政治中心，但对
政治的意涵绝对应该更符合民主时代的意义，而不是一味地求大。大
就会产生美学方面的问题：在北京，单一地看一座建筑，会觉得它有

想法和追求。但放到一起，就不好看。因为那个大，就把大家吃掉了。

再说到实际生活。城市是一个复合体，大城市尤其是，它是在多元的基础上建立自己的风格，来满足不同层次人的需要。行人的、有车族的，都要兼顾，但大陆的一些大城市，让我感觉只是满足某一类型的需要。

孙：就是您开玩笑常说的："做官的有福了，坐车的有福了，伟大的祖国有福了，行人不见了。"

林：就变成这样了嘛！

二、能否尊重一个地方真实的生活色彩

孙：城市不仅有您上面所说的问题，还有一个不断发展变迁的问题，身居大城市的人，时时能感到自己的城市日新月异，但是又变得让人感到不安，因为历史的记忆一点点在减少。

林：确实存在一个传统延续的问题。包含客观的历史轨迹、软体的生活脉络等，这些在更新时都不能忽视。

孙：尤其是像北京、西安这样的历史文化名城。

林：目前的大陆城市更新，我感觉只有那些大到不能拆的古迹，还是安全的、被重视的，其他基本就在发展声中给牺牲了。

在这方面，台湾走过的弯路绝对不要再走。台湾社会从传统的平房民居走上现代的高楼大厦是 20 世纪 60 年代经济起飞时的事，70 年代起尤其大兴土木。以台北为例，60 年代前四五层楼高的房子就已被称为大厦了，但到 80 年代，短短 20 年间，这种房子就已是矮得不能再矮的房子，代表的是那无力更新的老旧社区。二三十年来，一条条大马路被开辟，一栋栋房子被铲平，拿起以前台北的老照片，有太多地方已无法被辨识，这正是以前台北人希冀的新台北。但付出的代价却是：历史感的消逝及城市魅力的丧失。

孙：台北也犯过类似的错误，后来又是怎样修正的？

林：台北有一条国际级的大道叫敦化南北路，当时道路要穿过一座名为"林安泰古厝"的四合院，这地方从大陆许多城市的历史来看，时间并不久，也不够大，但却是台北盆地历史发展、建筑艺术的一个活见证。在当时，是否要直接穿过这古厝，各方意见对立，最后则妥协地采取了古迹移地重建的折中方案。坦白地说，这样的方案在 30 年前，已算很进步了，但现在台北人提起此事都非常后悔。因为移地重建后，这幢建筑物被孤零零地放在公园里，已无法激起人们的历史感，台北市因此失去了一个历史时期重要的见证。

90 年代初期，台湾人在都市更新后，想回头看看什么是自己文明的积淀，什么是可为教育孩子的历史教材，什么是我们面对外人可有的尊荣时，才发觉就为了这急速大力的更新，许多东西已不见了，而这不见的东西却又是用何种方法都唤不回的。活体保存是我们在城市历史积淀上最迫切的保存观念，但台湾觉醒却已是大力更新了的二三十年后，付出的代价已无法挽回。

孙：您刚才说到北京之大。可能就跟北京没有城墙有关。有了城墙，城市可以扩建到四环五环，但当年皇城的感觉还可感可触，也不是无限扩张。只是当年的北京城墙，著名建筑学家梁思成先生多次呼吁过，还是免不了被拆除的命运。我想，这是梁思成先生生前最怅恨不已的事情，也是北京之痛。现在许多的人文学者都在纪念梁思成，大家的用意是在于，别让历史的教训重演。

林：那件事当然跟过去的政治环境有关，但目前的改革开放也常只是在速度上着力，这在外人看来仍是问题所在。快、猛当然牵涉到决心，因为中国非改革开放不行；快、猛也是种心理的补偿，封闭近三十年，让大陆一切落后，非得迎头赶上不可；当然，快、猛还有客观的因素，当土地国有，许多建筑物是政府财产，要拆要建，在地图上画个线就行，和台湾事事牵涉到补偿费的争议、民众为了自身权益还常与公权力抗争的情形完全不同。不过，这样的快、猛，在外人看来，最初可能眼睛一亮，进一步却常会遗憾不已。

孙：是啊，我所住的京城城南，有很多历史上可说道的地方，但是你真想按图索骥，可能只留了个名字在那里，或者连旧时的名称都被改掉。

慢慢地大家都觉得像是住在一个失忆的城市里……

林：都市并不仅是个人消费、生产的场所，人在这里生活，就一定会牵涉生命记忆与历史积淀。一旦没有了，就失去了历史的纵深感，而没有了文化感，城市就只能成为水泥丛林，人们的生活也将如同蚂蚁营生，并无真正的尊荣可言，更无从谈到吸引人的特质与魅力。在这里，特质不只指的是有形的古迹，还包括无形的东西，包括真实的人际网络、一个地方的真实色彩。

你看世界上著名的城市哪有不注重这种历史积淀的？日本的京都、法国的巴黎、意大利的罗马，乃至只有极短历史的美国旧金山、纽约……其实，过去的中国也一样，唐代的长安，明之后的北京不说，其他如南京、苏州、杭州、洛阳等，每个城市不就是一段中国历史的缩影？

孙：北京这几年也在注意营造自己的京味文化。王府井大街的改造，就是在恢复往日的市井氛围。您应该去过了吧？感觉怎样？

林：在我看来，它只是一个典型国际思维的商店街。卖的东西并不特质化，只像是把十年前的王府井扩大了一点。虽然也挂老字号的招牌，但店员并不像过去那么有味道。真要恢复，就要回到20世纪三四十年代老北京那种氛围，各路杂陈、沿街叫卖，就像台北迪化街，卖南北干货，很特质化，也热闹，每到年节，外面还摆摊，挤到不用自己走，还可以到处尝鲜。

孙：这样的场面我们只是在电影中看见过，还有过年逛庙会时。可惜现在都被"规划"成这样了。

林：王府井的建设，政府可能有它的考量。但我们真的可以设想一下，一个城市宽阔、马路齐整的大城市，突然有一个像台北迪化街那样的地方，路那么窄，货品那么丰富，而且看不到麦当劳、肯德基之类的，这个地方活的色彩感就跳出来了，历史感也有了。你会想到，要找这城市的过去，就是这个样子。本来，城市相较乡村的优势就是能量集中、多元生存。你若可以在其中看到五行六业的人，它的多元魅力就出现了。台北有一本流行书，叫《在台北生活的一百个理由》，每个城市都要让人找出多种生活的理由才对。

孙：这本书我知道，有一期《乐》周刊封面就打出《在北京生存的 99 个理由》，显然是追着这本的方式在做。让您设想一下，如果要在北京生存，第一个理由应该是什么？

林：那就是能看到故都忆往中的北京。北京的天桥若能恢复起来，那种活的色彩感会增加很多，"天桥把式"不是出在这里吗？现在这样，实在可惜了。城市整齐划一时，会显出现代都市的冰冷，像台北人，现在已经在怀念传统市场的温暖。大城市不是都超级市场化了吗？台北现在却在探讨传统市场的清洁化问题。

孙：也就是要恢复传统市场？

林：有这个建议。因为大家渐渐发觉，超市虽然快捷简便，但就是冰冷，没有传统菜市的人际网络，而这对妇女和老年生活却很重要。说得夸张点，冰冷的采购，回来做的饭也常是冰冷的。那种看似斤斤计较的菜市场，一来二去，卖主和买主都彼此相熟，每天去，生活也就活起来了。

孙：最近看到一本畅销书叫《鱼》，讲的是美国最著名的派克街鱼市的故事。那儿的人卖鱼，常常是呼叫着将鱼抛来抛去，营造出一种快乐亲切的鱼市氛围，常将买鱼人的情绪感染，因而那儿成为谁也无法取代的鱼市，同时也成为许多经营者要学习的地方。

林：目前台湾的鱼货市场、鲜花市场，也都还保持这种形态。一个城市从暗夜里苏醒过来的第一幕就是它们。通常在凌晨三四点就开始叫卖，也常吸引人参观。总之，都市的人气不只是在熙来攘往，更重要的是人与人的呼应。否则，人多导致的反而是彼此之间的更冷漠。

三、历史古迹的厚度要被彰显

孙：您刚才说到城市的古迹。我的感觉是：在大家的呼吁下，一些公认的、年代久远的古迹，保护已不太成问题。众人忧心也同时常有争议的倒是那些未被公认的古迹。或者不说古迹，而是一些有历史纪念价值的地方。

林：这在台湾叫历史建筑。像张大千的故居"摩耶精舍"，是张大千20世纪70年代回到台湾定居才择址兴建的，但因为主人的艺术成就及在美术史的地位，现在也作为历史建筑被保护。台湾有文化资产保存方面的规定总体规范这方面的事。不过，有时候你也会觉得它矫枉过正，保护过头，想想台北一地就有三百多处的古迹与历史建筑，事实上可以不必那么多，因为有时就反而把可能的意义给稀释掉了。

孙：常常是历史浅的地方，容易把自己的东西当宝贝。像北京有个袁崇焕故居，是袁崇焕手下一个将领的后代隐姓埋名在守护，到今天也有二百多年了。美国人去看，就感慨：美国的历史也只有二百多年，而你们竟然守了二百多年。但其实，那些守护者现在也是默默无闻，因为这样的地方，与中国文明史比起来，实在不算什么。还有一个四合院，是当年翻译惠特曼诗作的译者故居，但是现在给拆了，据说因为定不下来它是不是文物建筑。

林：历史建筑与古迹位阶虽有差别，但是在拆与不拆之间，都要做人文内涵的考量。古迹我们说它珍贵，是因为它年代久远，不可复制，就像老普洱茶，喝一片就少一片，所以对它的保护可以是一砖一瓦都要原材料化。历史建筑的意义在于人文内涵，一些生命印记在此体现。二者同时要被兼顾，绝不可以说，8世纪的东西就一定比9世纪的珍贵，如果9世纪的东西资料现在恰好是模糊的，我们反而要好好待它。

孙：就是所有古迹都要考虑到它的人文厚度，而不仅仅是年代的久远？

林：从这个意义上说，"文革"的一些场所，也应该适度保留一些。因为它就是历史的见证。就像台湾的绿岛，那是曾经关政治犯的所在，牢房也是被保留的，当年，作家陈映真就被关在这里。就是《绿岛小夜曲》唱的绿岛。

孙：有一年我和朋友去了奉化，蒋介石的家乡，我觉得它呈现历史的方式很让人舒服，自自然然，不夸大也不丑化。甚至各个店铺在做蒋师傅千层饼，也让人觉得合情合理。

林：一个乡里的人发达了，成了历史人物，家乡人用用他的名气做做生意，情理之常。

孙：人在那儿还会想到许多历史的事儿，比如这么一个乡里走出的人，最后走到了那一层，他最初的人生轨迹是什么？过去几房太太，又是怎么相处的？还可以想想旧时女人的命运。

林：能与历史牵连起来就好。怕的就是这其中历史痕迹不见。像西安是我前期大陆最熟的城市，还曾骑着自行车在那里到处逛。但 1996 年再去，不少地方就已完全不认识了。2000 年再去，许多从过去资料认识西安的同行者更忍不住要问我：这就是西安吗？

后来发现不只西安，许多大陆城市都过度反映这个时代的主流美学，忽视了各个城市独有的性格，最后大家看起来就都一模一样。

孙：相较北京，西安还有它值得庆幸的地方，城墙还在。

林：对，有城墙就有轨迹，还可以内外有别，城墙外怎么新都可以，这种区隔反而有利于发展。但西安还是没有显出内外有别。

孙：为什么这样说？

林：就是在内城，你仍可以看到立交桥、地下通道。所以西安作为古都的风貌，整体感并没有出来。你看那些博物馆，虽然都是仿唐建筑，但是搁在这座城中，仍显得突兀。对于西安这样的古城，居民当然有自我形塑的权利，但是外界想到西安，只会想到大唐。看看，日本人多羡慕西安，它那个《敦煌》要拿到你这儿拍，就因为你独特嘛！但问题是你究竟出得来几分盛唐感觉？真让你重塑，它又会变成什么？这些都应该坐下来好好仔细想一想。

孙：就西安这座古城的城市更新，您能想到的典范是哪儿？

林：日本奈良。西安人真应该去那儿看一看。那儿有座法隆寺，前面有一条很宽的马路，铺着细细的黄沙，两边是矮矮的土围墙，单单那土墙的色彩，就让美术界人士赞叹不已。尤其是夕阳西下的时候，那种大气、优雅与从容，就呈现出一种很浓的历史氛围和积淀。让你感觉，这就是大唐。坦白讲，在整个大陆，我还没有看到过哪个地方有这么强的历史氛围。

孙：日本人在这些地方做得就是让人服气。

林：礼失而求诸野，你做得不好，就变成这样。

孙：但我跟西安的朋友聊天，他们关心的已不是怎样恢复旧日氛围，而是想着陕西为什么落后，那座城墙，是不是也建在陕西人的脑子里，禁锢了人的创发力。

林：一些抽象的观点说来总是有道理，但经不起推敲。台北20世纪80年代曾经有一位建筑学家反对无谓地建高楼大厦，我也反对，但他讲出的理由我真不能苟同。他讲台北之所以要建高楼，是因为性压抑。我笑都要笑死了，这跟说《卧虎藏龙》中李慕白的剑是男性生殖器的象征有什么两样？

你在谈城墙带来的禁锢意识，但有没有问你为什么会被禁锢。西安如果像苏州那样，内城与外城分开来建，城墙怎么会阻碍发展？你的外围发展尽可以现代化，城内就是大家发思古幽情的地方。两不耽误，最后也许你还会发现，西安内城才是你最后的骄傲。

孙：但是不是所有的古城更新都要进到这种模式中去呢？

林：也不尽然。像咱们前面提到的奈良、京都，就基本上是原样保存。所谓的更新也只是衣食住行上的现代化。在那里你同样可以坐到地铁，同样可以买到时髦服装，家里也能享受冷暖气，但基本的生活氛围与步调，仍是历史的、美感的。精神的层面没变，古城的主轴还在。在京都，那种视觉的美感、生活的步调以及古迹的涵泳，是一体通透的。

巴黎又是另一种，它新旧杂陈，新的甚至会非常前卫，但它一定会把旧的历史遗址当成一个基本前提，也就是它再怎么发展，也不会破坏卢浮宫、凯旋门，不会把塞纳河改道。所以巴黎就让你感觉到是那么有文化。

孙：因为有文化，一些知识分子总是对法国情有独钟。媒体还将喜爱巴黎的这批人叫"哈法族"。我最喜欢的一本书叫《带一本书去巴黎》，作家林达在其中勾勒了巴黎这座城市的演变。我注意到，原来巴黎也经历过一次大的更新，是 1852 年到 1870 年期间由一位叫奥斯曼的警察局长实施的，正好跟雨果同时期，所以雨果很不满意，也在其中呼吁过对历史古迹的保护。但我觉得林达书中观点很独特，是说，奥斯曼其实是从另外一种意义上拯救了巴黎这座城市，因为作为第一批首当其冲开始遭遇近现代化冲击的都市，谁又有足够的智慧安然度过一个古城到现代都市的转换。而且，在他那个时代，至少建筑师还能放弃自我表现的强烈愿望，做一个合于城市风格的东西，就是做一个织补匠。

一扯到法国就话题不断了，言归正传，还有什么城市模式？

林：前面说到苏州模式，是把新城旧城分城考虑，这里还有一种台北的模式，就是把一些区域区隔开来。划区之后，有几区就不能动，因为对台北历史很重要。所以迪化街，就这样被留了下来。那条窄街绝对不能拓宽，立面也要维持住。现在大家还在考虑西门町是不是要这样，维持几个点，使昔日电影城的样貌能出来一些。

孙：不过现在大家对待历史古迹的时候，已经很注意修旧如旧。

林：对，必须要这样。但更进一步，就要能兼顾两个面相：一是它的立面如旧，这是视觉要求；另外就是功能如旧，原来卖南北干货的，要设法让它继续，原来卖布匹的，也要如此。即便不然，也要关系相近，二者若不能统一，就变假，看来看去就是电影城。

第十一章

资源互补或生态恶化
——以文化交流为例

　　两岸的交流不同于一般两地间的交流，更不同于不同文化体之间的交流，它有着同源的基础，更因历史因素有着长短互见的一面，但台湾是否能不以先进骄人，大陆是否能不以大视小，则是互相能否取长补短的关键。

一、"大陆热"潮起又潮落

孙：说到两岸文化交流这个命题，我自己觉得轻松一些。因为在我的感觉里，以文化项目进行交流往来，受阻最少。文化的背景相同，观点也容易达成统一。而且就我所知，您这些年的主要工作之一，就是在促成两岸的文化交流。比如十几年来六十多次的往返两岸，比如写作《谛观有情——中国音乐里的人文世界》，让读者从音乐角度深入中国文化，比如做两岸的音乐演出交流，等等。1997 年我能到台湾，也正是借了您的"中国器乐名家音乐会"的演出机会。对于两岸文化交流，您肯定有话要说。

林：两岸文化交流的公开化，始于 1988 年两岸的开放，而且很快就形成了 1988 年到 1993 年的台湾大陆热。以文化交流为重心，最可开启两岸共荣的心理与共利的机制，所以交流初期，大家对它都有很深的期待。而当时，由于两岸的文化界在个人经济力上有一定差距，因此所谓的台湾大陆热一定意义下也就是邀大陆文化界"来台湾"的一股热潮。

孙：您说的公开化是 1988 年，这以前就是完全彼此隔绝的吗？

林：那倒不完全是。两岸隔绝的时代里，透过香港等地，台湾一些有心人早已拥有一定程度的大陆文化学术资料。在那政治环境严峻的时代里，这种行为原是要冒坐牢风险的，不过因为兴趣，或因事业所需，再加上愈得不到愈珍惜的心理，大陆的资料依然在台湾的特定人群里默默流传着，而且当时一些人还利用这些让自己成为那一行的台湾"权威"。

　　以我个人熟悉的中乐或民乐为例，学笛子的人对前辈笛家——当时其实还蛮年轻的陆春龄就甚熟悉；弹古琴的人更是人人都有管平湖这一代琴人所弹的《流水》，其他如琵琶家李廷松、胡琴家刘明源、筝家曹正都是内行人熟知的名字。而即使是作曲家刘文金第一次以钢琴伴奏写作的胡琴曲《豫北叙事曲》《三门峡畅想曲》，也都在发表后的三四年内就在台湾同好间流传。甚至连《黄河大合唱》及带有浓厚政治意味的《白毛女》《红色娘子军》等，有心人也不难拿到。

孙：难怪您谈起样板戏也头头是道呢！那这些秘密流传的大陆音乐，对台湾有什么样的影响？

林：当时，香港是两岸来往的中介，台湾有心人常托亲友从这儿带回大陆资料，中乐录音多来自"香港艺声公司"这家老公司，"艺声"的中乐、戏曲带子经由台湾的"女王"唱片翻版，成为当时许多同好的精神食粮。当然，这些东西要在台湾流传，名字就必须更改，例如：《东海渔歌》变成《东海龙宫》，《豫北叙事曲》变成《河北叙曲》，《红军哥哥回来了》变成《哥哥回来了》。音乐作品如此，其他著作也一样，杨荫浏的《中国古代音乐史稿》被改成杨隐的《中国音乐史》，这个"隐"字正透露了当时环境的特殊。

　　不过，上述的种种都还算改得有良心的，没良心的，有些书干脆就说成自己编、自己著，甚至还以此当教授升等论文呢！两岸开放后，这类事被揭发的就有好几起，隐在下面的更不知有多少，只是因牵连甚广，每个人的状况又不一，因此，这种事的还原与追究只在交流初期受到重视，后来也就没有人再继续下去了。

　　至于说到这些资料对接触者的影响，最主要当然是视野因之开阔了，对大陆的看法也就跟一般人不一样。

孙：被禁锢的东西总有一种格外的吸引力，最初的大陆热在台湾，起到什么影响？

林：这可能得分阶段说。最初的 1988 年到 1989 年，算是两岸交流的试探期。因为那时大陆人想办证来台很难，两岸交通与通讯也都不发达——我不是告诉过你吗，在大陆要接回一个台北电话得花一二个小时。所以台湾人来大陆，大多都不是目的明确说我就是要找谁谁谁的，而是这儿看看那儿瞧瞧，探探路。要等到 1991 年，像闵惠芬、俞逊发这些人才得以来台湾演出。那时候一对比，就觉得大陆的基本功要比台湾艺术界好很多。我自己在大陆甚至遇到中央美术学院的学生以轻蔑的口吻批评台湾画家："连基本功都没扎好，就要谈创作？"

　　大陆的中乐演奏家也是。当台湾的学院胡琴教学还在为音准烦恼不休时，大家发现大陆的某些精准训练甚至已让学西乐者瞠目结舌；而即使讲求清微淡远的文人乐器古琴，大陆琴家也不像台湾许多琴人般夸夸其言于意境却下指无力、按音不准，他们在技术上都能应付自如。

另外，大陆的舞蹈家一个动作就是一个动作，从他们的角度来看：奇怪，台湾的舞者许多地方怎么都只跳到"一半"？而这肢体的伸展也出现在武术上，80 年代初期大陆武术纪录片刚传到台湾，就曾让许多人气馁地想放弃武功。

戏曲更不用说了，京剧有太多的老牌演员都留在大陆嘛。

孙：是不是也掀起一股渡海求师热？

林：1991 年以后是这样。而前期来大陆还都是老师辈的，我就晓得在台湾有一个胡琴还拉得不错的老师，怕丢面子，偷偷跑到上海拜师。后来学生也去，才发现那家伙原来一年前就在此待了一个月。说唱艺术更是如此，许多人来大陆求过师，彼此熟得不得了。

孙：第五届曲艺节在京召开的时候，我还碰到跟您相熟的林文彬，台北曲艺团的。我们见面也不容易，因为大陆曲艺界人士跟他们太熟，一拨一拨地请他们吃饭，忙得不亦乐乎。

林：马季来台北也是，我的学生叶怡均，这些年已经远离这一行了，马季来还邀她去开研讨会，都是那时候认识的。戏曲界更多了，台北国光剧团的魏海敏，大家都晓得她是拜梅葆玖为师的。

孙：舞蹈界呢？我记得您说过，台湾从林怀民创云门舞集起，就是现代舞一统天下了。

林：舞蹈是有些特殊，因为台湾 20 世纪五六十年代的舞蹈都是民族舞，这种民族舞蹈大体来自两方面，一种当然是透过香港渠道，从影带拷贝大陆民族舞，编一些边疆联欢之类的舞码。再就是改编台湾少数民族歌舞的舞蹈。但到云门舞集创建之后，民族舞蹈就逐渐走向边陲，顶多只是在比赛或是才艺班跳一跳。只有一两个例外，比如台北民族舞团，它存在，走的是另一种路线，用一些民俗素材与动作，但比诸大陆，多少还有着较多现代舞的影子。又比如，另一类的无垢舞团，用了南音，节奏做得很慢，一看就是东方色彩，追求身心灵统一，但基本上仍是个现代舞团。而它们之所以不同于大陆民族舞，是不像大陆舞蹈那样过分强调肢体美、形象美，还有那种可以让普通大众接受的舞剧形式。它们更看重个人风格的抒发。所以大陆舞团过来，大家只是好奇。中芭来也是如此，评价都没有戏曲那么轰动。倒是大陆唯一的现代舞团广东实验舞团来，评语好很多，编舞透着一些想法，肢体语言更是没得说。我记得有一个小伙子穿着和尚的练功服，做一个四分钟的独舞《想飞》，台湾观众口哨声不断，认为那简直是人类的极限动作，尤其是一些舞蹈系学生，更是感叹一个动作怎么可以做到这样。

孙：如此热络的文化交流，为什么只持续到 1993 年呢？

林：前期的大陆热是种全面的大陆热。就是文化艺术的每一行，都想在大陆的同行那儿得到印证，而也确实印证出一些真伪。比如交流多了以后，台湾人才发觉，好多根据片面资料得出的结论是多么可笑。

前30年，到底有没有个乐种叫"江南丝竹"，台湾乐界还有人提出来讨论，而最初"把乌"这个乐器因为唱片误植，还一直是以"把乌"被认知的。舞蹈也是，台湾用了一些二手资料与想象，编出了许多少数民族舞蹈，到交流后才发觉误谬得可笑。

而说到这种全面交流热的退烧，就得谈因文化位差所导致的一种特殊生态与片面交流。首先，两岸开放，对大陆与台湾的文化界来说是多了个活动空间，多了个市场，由于诱因大，自然吸引大量人士投入这种关系的搭建，但也因此就常发生信用上的问题。这主要是由于交流初期，渠道有限，两岸都只能从有限窗口看对方，反而给予一些人可乘之机，多的就是"坏人碰坏人"的情形。

而除了有意的哄抬蒙骗，太过看好将来的一味引进，也使台湾的大陆文化市场大坏，大陆画就是典型的例子。初被引进时，因为价格较台湾画家低上许多，加上风格迥异，于是台北处处就都可见到卖大陆画的画廊。结果供过于求，大家只好削价以争，最后也就一一不见了。

孙：是一些操作层面的问题？

林：还牵涉到"强龙与地头蛇"之间的微妙关系。从求知的角度来看，两岸开放固提供了台湾同好另一个了解中国文化的渠道，但彼此能力既有位差，交流其实就意味着面临更多的竞争。

以中乐这个无论在作曲、演奏、学术研究上两岸都存在位差的艺术为例，大量大陆演奏家来台演出就意味着本土演奏家优势位置的丧失，由于在教学上，渡海拜师当时已形成一股风潮，而教学又是音乐家日常生计的主要来源，这股大陆热就实际影响了台湾音乐家的生活，自然容易产生排外心理。

孙：我理解，就是外来的和尚抢了本地人的饭碗。

林：是啊，再加上大陆热已成气候，乐团没有大陆名家撑住场面，演奏会就难卖座，于是，供需、迎拒间有意无意地就形成了一种特殊的交流文化。

孙：特殊在哪儿？

林：首先是让交流就局限在空中飞人、蜻蜓点水的模式，让演奏家来了就演奏，演奏完就走，仅止于此，可以拉抬票房，却不能在此影响深远、落地生根。
　　这种做法符合阶段性的要求，符合台湾同行的现实利益。而强龙不压地头蛇，少数敏感的大陆音乐家其实也注意到了这个问题。

孙：是不是还有别的因素？

林：生态是一方面，当然还有因大陆艺术的美学异化产生的种种问题。

孙：就是大陆文化的断层以及繁简之间的失落。

林：对，也因此，大陆艺术尽管有它扎实的基本功，但接触久了之后，台湾朋友会发觉这种过度的技巧锻炼所形成的表现惯性，让艺术缺乏了感人的能量。譬如，中国音乐本来是充满弹性表达的，一首琵琶曲以闺怨弹名为《思春》，而不同风格的人也可以将它弹成怀乡去国的《塞上》，但我在 1995 年到北京担任民族器乐国际赛的评委，也就是你初访我的那一次，竟发觉比赛者所弹的著名武套《十面埋伏》，人人都是一个模子。这种风格的统一在水墨画里也经常看得到，本来较之于音乐，绘画因为完成者止于个人，更容易强调风格，但经过大陆美学的"制式"，就让再深厚的基本功也只能停留于"匠"的层次。

孙：那么两岸的政治因素有没有影响到文化交流？

林："千岛湖事件"应该说是大陆热退烧的直接转捩点。因为大陆地方单位在处理这件事上，还没有充分考虑到当事人的感受，问到事情的前因后果也表现得一问三不知，让台湾人觉得个人的基本权利没有得到充分尊重。台湾在经历了世界上最久的政治戒严令解除之后，对这类事情最容易产生反弹，因此也在这时一起将两岸交流中的种种挫折感宣泄出来，加上李登辉在任已经四五年，更在这里起了催化作用，除开观念导引外，更把与大陆有关的交流项目经费迅速降低，于是大陆热就这么退了烧。

二、台湾引入严肃，大陆输入流行？反向的交流可不可以？

孙：那这之后的交流又是怎样的呢？

林：反而更好，大浪淘沙，大家因此更知道什么是自己所需要的。于是就有几个部分被沉淀了下来。比如戏曲、中乐乃至民间工艺。

　　最热的是戏曲。可以说从 1993 年到现在 10 年间，戏曲的交流从没有中断过，有的甚至是整团整团地过来。大陆的昆剧在台湾引起的热烈反应，使他们自己也说，在这里找到了最高水平的观众。

孙：这些年昆剧地位在这边也有提高，因为它被联合国评为"口头和非物质文化遗产"。

林：但前些年昆剧在大陆，日子并不太好过。有一个真实的例子，是演员自己说的。就是有一个地方的昆剧团一直被考虑与另一剧种的剧团合并，因为节省经费嘛！但因为他们在台湾的轰动演出，影响到了政府的作为，就被当作重要文化保留了下来。

孙：这也算两岸文化交流的良性推动吧。民乐呢？我常常听您说，大陆的民乐演奏家在台湾找到了他们艺术的自信。

林：是有。不过，民乐界的交流不像戏曲那样整团而来，戏曲界是一个文化生态与另一个文化生态的交流。民乐只是一两个演奏家被邀约过来，而且还得看有能力邀请的单位一两个领导的好恶，所以良性的推动作用差一些。但台湾民乐水平的提高，是与大陆民乐家的来台密切相关。

孙：水墨交流呢？

林：差很多，这中间有前面提到的那些因素，也跟台湾水墨有像张大千这样活的传承有关。所以在大陆水墨过来一阵之后，大家会发觉，这方面台湾反而更有批判力与鉴赏力。也因此虽有一定的交流，但放在台面公开讨论的就少。

孙：这样几个面相的文化交流，您觉得到了今天，最终的效果是什么样的？

林：台湾引进的大多是大陆民族文化的部分，也都是严肃的一类，最后大家发觉，即便是舞蹈这样看来两岸文化生态差异很多的艺术门类，最终也在认识中达到交流、认同的目的。比如上海歌舞团的黄豆豆过来，表演那样的《醉鼓》，大家就觉得原来民族的艺术也不止于是民俗的，它还有内在的完整性，是应该得到尊重的。

孙：您刚才说台湾比较看重大陆严肃文化的部分，而在近些年的大陆，引进最多的台湾文化则是流行，连出版界也是，今天一个刘墉，明天一个吴淡如，还有写《蛋白质女孩》的王文华。我有时想，是不是台湾文化严肃的部分也在这种风潮中被遮蔽了。我有一个音乐圈的忘年朋友，当我跟他提起您这样的文化人时，他说，他当年看台湾一个音乐演出，也是令他想到了"大雅久不作"之类的话。

林：台湾这样的团体当然少来大陆，但有些介于中间的，例如绿光剧团到大陆演《领带与高跟鞋》，也是获得好评的。以至于有观察家认为，台湾的严肃文化部分，其实也有可供大陆学习之处。因为它可以把严肃的东西轻松地演，不板着一张面孔示人。

当然，台湾严肃文化还有一种特质，更是大陆欠缺的，就是可以依稀照见那"如实的"传统。《谛观有情》在大陆出版，我感觉是，大陆人固然听我的演讲、看我的音乐会主持，但对我这个人本身恐怕更感兴趣。因为他们心中有那个传统，现实中却找不到对应，而我出来，有人就说，就是该这个样子。

孙：这也是我心中一直的感叹。其实如果没有台湾之行，我依然判断不出，这个典范是否真的存在。因为大陆学问高深、深入传统的人不在少数，但接触到人时，总会让人觉得他有些地方要么是做过了，要么是不到位。不过，要是真跟大陆文化人谈这些，他们又会表现出另外一种不屑，觉得台湾的文化人是可以照见传统的精微，但又太精致，失之于大气。

林：这样的批评是有道理，但也不必然如此。在台湾我也扮演这种批评角色，比如我会说台湾文化人过度雕琢，难免酸气。而当我这样说时，是具体有所指的，指的是那些以明代文人为本的台湾文化人，他们唯美、听昆曲、品茶、喜欢明式家具。白先勇就是这样。但有没有另外一类？我常开玩笑说去看昆曲，观众都认识我，不是因为我常去，而是观众中我看来最野。也因为我为戏曲做了一些事，许多人看到我，脸上就浮现出一种谅解的表情，说：我们就容忍这种粗鲁人吧！坦白说，在台湾，能有你所说的这种警觉的人的确不多。台湾有一个写佛教文学很好的作家叫梁寒衣，她年纪不大却已过着半隐居生活，一般人请她不一定出来，但只要是我的活动就会参加，理由是：为什么别人谈中国文化那么酸，林老师就不这样。

孙：我跟她有同感。

林：我对她说，因为我谈的是不同时代的中国文化。要切入中国文化的精微，有三个朝代你必须进入：百家争鸣的春秋，风流蕴藉的魏晋，再有就是繁盛开放的大唐。这三个时代的文人怎么会精雕细琢、缺乏生命力呢？即使说到书面语言，也一样可以生动活泼。

孙：大陆文化因为要去酸，所以会拼命地民间化。

林：不要忘了，民间也照样可以精致。那些传统戏曲，都是出自民间，不是也趋向精致？因为美感实践在沉淀，不被扭曲的话，自然就会有其精微。戏曲会迷人，就因为它又活脱脱又精致。台湾文人因为偏重儒释道，所以民间的部分会较缺乏。但理想的文化应该是这样，从民间到文人层面，形成连绵不绝的光谱，互相映射，才不会使文人的走向僵化、民间的走向粗鲁。

孙：您似乎是在两边游走，所以即使早上歌仔戏，下午古琴，在您身上也可以是风格的统一。

林：对我来讲，就只是重点不一样，本来就可以自由来去。当然，你仍然会觉察，我虽然跟乡野俚俗的人事在一起，毕竟也还是跟他们不一样。这里有禅门所说"见山是山"与"见山只是山"的分野。

三、如果这是你的需要，有没有更适合的?

孙：有时候觉得，如果大陆鲜活的民间与台湾的文人层次结合一起，也许就是中国文化浑然天成的一个圆。有没有这种可能?

林：两岸交流互补，到今天的确已是优势互见。从台湾来讲，文化界确实已经先看到了自己文化发展值得骄傲的地方。比如就台湾官方对传统文化的标举，以及在日常生活中人伦道德的体现乃至实际人情味的浓郁。如果我们将文化传承中与历史核心价值有关的称为大传统，将各地的特质称为小传统，台湾在这里反而显出虽小犹大的范式。所以很多台湾文化人会认为，在民族文化、美学传承方面，台湾有比大陆更中国的地方。

孙：许多大陆知识分子也开始认识到这一点。

林：而我觉得更重要的还在：就文化的诠释演绎而言，台湾文化界并没有受到怎样的外在限制，整体来说，一方面既容许了较多元的解释，另方面也更能回到自身文化主体的立场来做阐扬。所谓"以经解经"的能力就比较强。

此外，台湾 40 年来与西方的往来一向畅通，在这里，先不谈西方文化的输入，就以民族文化而言，它也有较多接受检验的机会。所以在台湾，一手谈大陆文化、一手谈西方文化的人大有人在，这与大陆前期的专业、制式，甚至闭锁有相当的区别。

孙：这是台湾知识分子的优势，那么身居其中，有没有局限？

林：有，而且很明显。最主要的局限，是缺乏印证。理论、思想讲了一大堆，真要拿出实物，往往就辞穷。许多学问如此，表演艺术更由于是一翻两瞪眼之事，因此，即使形而上讲得多妙，但要与西方艺术同台相比，台湾的民族艺术就面临窘境。这种情形，我们只要看在台湾做中国文化研究的人的著作就可一目了然。

另外，台湾文化人所常有的缺点是深刻扎实的工夫下得少。台湾小，成名容易，社会较开放，外务也容易多，这都使台湾学术界、文化界功名来得容易。而大陆则因地大人多，再加上历经种种运动，许多人穷究一物以为寄托，因此就更见务实功夫。在台湾，有许多美术出版的策划编辑是由台湾朋友策划，但内容则求助于大陆同行的硬功夫，出来的产品就很迷人。

孙：互见短长之后还要有一个很好的心态，就是为对方的文化发展着想。只是以我所见，以前大陆热的乍起乍落有利益作用，现在仍可看到这种东西。文化交流离不开商业操作，但一味地商业操作，就会有更多的文化生态被破坏。

林：是啊，以前就出现过台湾邀约大陆歌舞表演，原该有乐队伴奏，却改用录好的音乐带来替代，以节省经费的例子。最后艺术的展现被牺牲了，彼此还结下了心结。

利益挂帅的结果是导致市场崩盘，有了眼前就没有了未来，对彼此都不利。

市场之外，破坏更大的是美学乃至整体文化秩序的倒错，隔着海峡，小丑称大师，以紫夺朱的情形多了，不仅自砸招牌，也让许多人因此就看轻了中国文化。

孙：其实在两岸，都有在对方市场上被翻炒得不亦乐乎的人与作品，但互通信息之后，会成为彼此的笑谈。

林：一个社会接受另一个社会的东西，总有它被需要的地方。无论是流行，还是严肃，这点都应该被尊重。所以一个在台湾不红的人在这边大红特红，并不代表大陆比台湾差，这点首先要被提出来。此外，因为渠道与生态，都还有些问题，因此即使大陆这边想要更好的，也未必能拿到。

不过，尽管实际交流的渠道有限，信息却可以让它丰富，哪些东西更好、更是你需要的，也就清楚。

比如大陆 20 世纪 80 年代的时候流行费翔，台湾这边就有些不理解，他在台湾并没有红过，觉得就二流嘛！

孙：我那时就迷过他，因为那时长得那么帅的艺人还很少见。

林：年轻人会有那种青春浪漫情怀，这种情感应该被尊重。费翔在当时，被年轻人喜欢，有它的必然。但若再深入一层谈，如果真要青春浪漫，有没有更好的代表？更有个性的歌手？

孙：当然渐渐就发现，还有齐秦、赵传、罗大佑……

林：对，如果再追问一层，问题就会更明白，台湾只有流行音乐吗？别的门类是不是也有值得参考引见的。

孙：就出版来言，大陆曾掀起过龙应台热、李敖热，还有柏杨热，他们倒还不属于浅流行层次，以至于直到现在，这些人的一举一动，还在大家的关注中。

林：这里也有落差。比如李敖，现在台湾除了爱看电视节目骂人的，除了很特殊的政治倾向的，已很少人理他，尽管他的谈话节目收视率还不差。

孙：从什么时候开始？

林：在台湾社会经历变迁的 70 年代末期开始，他的影响力就变了。以前当然是我们那个时代的反叛标杆，多少人受他影响，但他出狱之后的许多作为，让许多人失望。有个吴祥辉就写过一本书叫《李敖死了》，他说他在李身上再也看不到那种批判精神了，反而是用自己的历史知识到处揭人伤疤。

孙：但在我们这边，近两年大陆电视还有对李敖的采访，还说他在台湾电视上很活跃，四处骂人。

林：他骂人也有人喜欢看，但并不表明一定受他影响。台湾人喜欢看人谈政治，李敖骂人真有一套，大家像看综艺节目，因此也不去辩正，一方面是怕惹他，另一方面，说明没人将他当真。

孙：如果我们把李敖当作一个社会的镜子，这里头折射着什么样的信息？

林：那就是某一个阶段台湾需要李敖，而另一阶段并不需要了。他虽然仍在台面上，但意义完全不同了。当台湾的计程车司机骂国民党都可以骂得比知识分子好的时候，台湾也就不太需要李敖了。这点大陆社会可以好好想一想。

孙：柏杨呢？好久没他的信息了。

林：柏杨在台湾，还有一定的清望地位，是跟他后来做的白话本《资治通鉴》有关。这种地位要比以前的受难重要。用我以前的讲法，那种社会内在的位阶，柏杨还有，李敖目前就缺乏。

孙：龙应台您怎么看？您跟她相熟。她的《百年思索》也被大陆引进了。

林：龙应台在台湾不是那种文化价值标杆性的人物，但她有她的天地，也是知名度很高的公共知识分子。书都卖得不错，但《百年思索》在台湾没怎么轰动。因为台湾谈这类问题谈太多了。

孙：但她的优势也许在于她在德国待过，有国际视野，虽然坦率讲，她那个国际范儿我并不喜欢，好像退到台湾就可以说大陆，退到德国就可批中国。

林：台湾这边也有这样的反弹，比如她在德国写《何必曰台湾》时，批评她的人就说，你住在台湾要这么写，是理性的反省，但住在德国这样写，就有点买办之嫌。不过，她这个人做事喜欢铺陈一种浪漫劲儿，常常也就这样写了。我所知道的她，倒还是蛮在意文化主体的。

孙：她从台北文化局长任上退下来后，为《南方周末》写的几篇文章，的确如此。不过，她以前的一些文章给人的感觉可不这样。比如她写过一篇《拯救大兵瑞恩》的观后感叫《感动，谁的商品》，就有人写文章表示质疑，表示忍受不了她和德国朋友那么轻轻一笑。好像是说美国人命值得救，德国大兵就不值得救吗？

林：在我看来，德国人也可以拍拯救德国大兵的片子，战争的荒谬就出来了。龙应台身上有这两种特质，她以世界主义自豪，但其本人又那么喜欢中国。关键在她调和或表达得好不好。

　　而在这部电影上，她以一种很情感、很正义的文学笔调定位别人的作品，就忽略了人家拍这部片子，其实也是经过深入思考的。

　　我记得斯皮尔伯格制作片子时，有人问他为什么不剪掉那些血淋淋的战争场面，他说，战争就是这个样子。好莱坞作品当然会有声光效果的堆叠，我也不喜欢，但这类电影作品基本上再怎么拍也得是现实的浓缩聚焦——何况战争中的抢滩攻击，的确如此残酷。斯皮尔伯格拍这部片子，并不是在强调要抢救谁，而是为了突显袍泽的情谊、抢救的艰辛与战争的残酷。当然，片中也强调了美国社会存在或不存在的理想性，人物难免过度单一化，但若说只为了突显伟大的美国而来拍这部片子，我想也不至于。而龙应台在文中批评《辛德勒名单》，说片中纳粹杀犹太人也是制作出来的精致效果，这就太像小说家在说故事了。不小心就会将生命面对的血淋淋境遇一笔带过。相对于书中她对日本帝国主义的批判，显然对德国有较宽厚的标准，也许与她住德国有关。

作为一个文学家，这种情感的偏重，其实是可以谅解的，但作为文化评论者，就难免招致非议。斯皮尔伯格的这部片子当然可以批评，里面所显现的美国爱国主义显得过于扁平单一，胜利者的反省也常常弱了一些。可是，对这样的作品应该用更宽广的眼光来谈它，要不然也就落于另外的一偏之见。

孙：那您觉得就台湾严肃文化的部分，还有哪些人是应该被引介到大陆的？

林：严肃界的还是有一些，有些名字讲出来大家也还不一定晓得。若以你最关心的文学界为例，像朱天文、朱天心、张大春、杨照、平路都比你们现在引进的大多数作家强。当然，严肃文化不止于一般意义下的文学，宗教书写的梁寒衣、画界的倪再沁，笔下关心的是修行与美术，文字也有特定的情性或魅力。而更甚地，还不应只限于文字书写者，像做历史空间保存与活化的喻肇青。当然，表演艺术界有一些人也还可以让大家更熟悉，如赖声川、李国修等。

孙：平路、张大春的作品您的学生来这边，有时会带给我一些。文化评论呢？

林：台湾的文化评论与时事评论距离太近，反而不容易有真正深刻的东西，文化研究则又常太学院，出入雅俗者就少。

孙：的确，说严肃，也不能就只是象牙塔里的事。另一问题，罗大佑您较熟，他是流行界的，您认为他怎样？

林：说是流行界的，但知识分子认为他的歌多有对时代的反省，所以在这边也常被归为文化界。

孙：他在大陆已经变成青春的纪念了，30岁以上的年轻人都受过他的影响。

林：其实在台湾，即使是流行界，也把他看作不好逾越的前辈。从他这种人身上，你依然可以解读出许多台湾的文化信息。

第十二章

是遗忘还是调适？
——期待当代的史诗

　　谈到交流，其载体一个是人，一个是制度，而人尤其重要。是人在诠释历史，有了恢弘的历史观，人就大气，交流就不只看对方之短。然而，恢弘的历史观只有在对自己的境遇有深刻反省后才能产生，就此，面对中国历史前所未有的大悲剧，两岸似乎都还未能交出深刻的成绩。

一、两岸大格局的作品还没有产生

孙：听您谈了这么多两岸文化的思考，但还没有具体落实到对两岸艺术作品的看法上。您经常说，希望有人能写出大的作品，面向整个华人世界的。但我似乎有一个直觉，两岸目前还没有什么作品达到您的期许。

林：两岸文化交流在增多，也互相知晓对方的大家，但确实，堪称大的历史作品却仍然没有产生。

孙：这个您指的是……

林：就是两岸文化人还没有跳脱出自己的格局，因而就没有一种大格局的当代史诗产生。比如没有人写一个家族 40 年分隔两岸的变迁，碰触到中国人共有的文化基底、生命的本质处境……

孙：都没有吗？两岸可都不缺有功力的作家啊。不过说到写史诗，我是发现，大陆作家喜欢写古代题材，觉得自由度大一些。当代史诗，普遍觉得不太好写。而且，一说史诗，总有人觉得这样的题材沉重。现在整个社会已不是 80 年代的文学社会了，都说进入世俗的狂欢，写那么长，那么厚重，到底有多少人看。估计写作者都有这样的暗自发问。

林：史诗谈的是时空中的人性，不一定就负载沉重，也不一定直指崇高。我只是觉得这是个该产生史诗的时代，没有史诗多少有些荒谬。试想有哪一时代如我们这样，中国被分隔？又有哪个时代，有这么多的政治移民？同文同种的文化，被分隔开来，形成自己的轨迹？没有，所以总该有人记录！这个时代最特殊的境遇竟然就这么空白着，那知识分子起着什么作用？！写史诗就沉重吗？我个人倒以为，笔力雄健且有历史观瞻者，可以把它写得牵动人心，同时纾解真正的沉重。

孙：纾解？

林：举"9·11"的例子，灾难发生之后，美国人心灵受到了重创，他们就让那些亲历者一直诉说"9·11"，最终大家反因之得以摆脱此事的阴影。还有台湾"9·21"大地震，两千多人丧生，最先，大家不希望他们再去谈这些伤心事，免得碰触伤痕，许多人却因此得了忧郁症。后来大家鼓励当事者诉说，他们才由此获得救赎。卢梭写《忏悔录》就是告解嘛！而我们这时代的救赎在哪里？

孙：我们时代的救赎与诉说者都变成了那些美女作家，呵呵……大家都力图避免沉重，以免不合时宜。而且，从客观环境来说，能从这么深的层面去写历史小说，对两岸作家来说，都是难点。大陆当然不乏有历史感的作家，但毕竟有地域时代之限，涉及海峡两岸，经验不允许。台湾早期的作家白先勇倒是两个地方都生活过的，但他生活的阶层又始终有些特殊……

林：是，他毕竟是世家，且因为个人的生命气质，写出的东西美则美矣，要作为历史小说来看，总还少些大气。只能体现那个时代那样一些人的生活。而我们所要求的作品的"大"，是不仅要求作家的生活体验，更要富于同情心。人有同情心才会大。什么叫同情？那就是将大家放在最基底的生命处境中同其情缘，对生命有一种深切的关怀和深刻的触动，这样才能大。在两岸之间，找到一个感人的故事并不难，40年的分隔，中间有多少流离失所？故事不知精彩多少，何况台湾大陆，始终还藕断丝连。

孙：但您说的当代史诗就一定是关于两岸的吗？

林：不全然。看你将"当代"一词如何定义。两岸所以分隔，往前延伸还有抗战、民国时期的种种原因，而这段历史，在大陆，更可以上溯到鸦片战争的屈辱，在台湾，甲午战争则是个关键。但即便不说得那么远，就从抗战或民国写起，生命在那大时代的转折取舍，无论是个人、家族、党派，其可以予人深思喟叹者正多矣！而写，也不一定须在两岸间穿梭，即便就只写大陆或台湾，也仍然可以映照出大时代，也仍然可以让我们更清晰、更同理心地看待大时代下的生命。

没有历史的回溯，人都活得太现实、太当下，失去了参考坐标。你就会觉得前一代人的牺牲是应该的，后一代人的享福也是应该的。

生命一旦什么都是应该的时候，就缺乏反省性、深刻性。

孙：不只局限于文学吧？影视算不算？

林：当然，准确说，有叙述就可以书写当代史诗。

孙：说到影视，我想到了台湾侯孝贤的《悲情城市》与《好男好女》。写到了"2·28"，还写到了台湾历史的变迁，也应该算当代的史诗了吧？

林：《好男好女》触及台湾人的认同问题，代表了一定时代的情绪！看《悲情城市》我也感动，尤其他用印刷体打出 × × 年 × × 月时，很白描的方式，冷冷的，我很喜欢。但后来他的作品毕竟太个人化，例如那么喜欢长镜头……

孙：大家觉得那就是他的风格。大师都是自有风格。

林：是大师，但形式风格太强，有时也就凌越了内容的呈现，不过，这话题复杂。回到他拍的内容，他诉说"2·28"，但比这更大的呢？

孙：是说他的格局还不够大？

林：《悲情城市》是很好，它可能更牵动台湾人的心，而作品的确也与创作者的生命经验息息相关，但我更想问，牵动两岸人心的作品在哪儿？

二、衣食足，我们才更要谈史诗

孙：说到和两岸有关的当代作品，我记得很小的时候，看过一个电影，叫《保密局的枪声》。当然是歌颂地下党出生入死的片子。最后一个镜头至今记忆犹新，就是这位地下党为了全中国的解放事业，将随着国民党去台湾继续从事地下工作。它留给观众一个悬念，那位英俊的地下党后来的命运如何。还有一部 20 世纪 90 年代的电视剧叫《无悔追踪》，讲的则是国民党特务潜伏大陆 40 年所亲历的风雨沧桑。后一部电视剧拍得相当有戏剧冲突，且都让人对他们后来的命运浮想联翩。如果两岸够开放，编剧能在不同时空再续他们的命运，倒也是一部值得期待的史诗。

林：台湾也有一些例子。20 世纪五六十年代，新竹空军基地旁的眷村，外人称为"寡妇村"。丈夫天天要驾飞机到大陆内地（台湾当时叫"敌后"）空投人员与物资，这是危险的任务，一不小心就会被打下来，想想那些母亲、妻子的感受……

台湾还有个拍《搭错车》有名的导演虞堪平，拍过一个台湾老兵返乡的故事，也还动人。这老兵在台湾娶了太太，但大陆太太还在等着他。返乡回去探亲，台湾太太一起跟去会吃醋，电影就在趣味与辛酸中让台湾太太一点点地接纳原太太。结局蛮好，台湾太太要走时，一把鼻涕一把眼泪，大陆太太还用手绢包了鸡蛋给台湾太太带回，人性之淳朴……不知为什么后来就没人拍这个了。[①]

孙：后来当然是普遍地拒绝沉重，当然还有现实考虑。大陆电影界的第五代，最初都是拍有历史感的片子，像吴子牛的《晚钟》是反思战争的，像张艺谋的《活着》，还有田壮壮的《蓝风筝》，都是与"文革"有关。但到了20世纪90年代后半期，可以看出他们集体转向，现在都是拍娱乐、亲情等片子，像陈凯歌的《和你在一起》，还有张艺谋的《英雄》……

林：个人的转向是旨趣问题，但若是一个社会的集体转向，就有问题。也许你可以说这一页早翻过去了，何必说它，大家都无忧无虑的多好。但是恰恰衣食足了我们才要说。第一是认识足，我们有能力说；第二是我们需要谈。如果不把这个时代对你的真实书写出来，那这个时代对你我就很难存留什么意义。

孙：但就像报纸娱乐化一样，拒绝沉重、躲避崇高已经是时代的问题。现在图书界都开始做浅阅读的出版物了。

林：都这样那就虚无了。客观说，如果沉重与崇高是社会外加的，说拒绝我赞成，有一些处境要获得谅解，因为有时娱乐会是对外加崇高

---

① 2018年春晚小品中开始有了这方面内容。——编者注

的反讽。但还是要有一个隐然的存在，不要心里竖白旗。我担心的是这个，如此，社会就会回到丛林时代。

孙：丛林时代？

林：就是没有典范，社会变成力与力的游戏，反而不安全，反而更沉重。

孙：但这些拒绝沉重的人现在都是大家眼中的世俗英雄，而且拥者众。

林：这就不符合比例原则。你要虚无，就有短暂的快乐，就不要希冀尊崇。而你从虚无处获得崇高，却又从虚无处推卸责任，这就不对。

在这里，我还是要强调，谈史诗并不等于谈沉重。同性恋题材沉重不沉重，李安的《喜宴》不是也可以处理得那么明朗嘛，真正好的史诗，反而不会把每个人压得喘不过气来，你可以看到含泪带笑，或是会心一笑。像我当年在金门当兵，在军队服兵役，我所在的驻防地就在前线，与大陆近在咫尺，我又是机动营搜索排的排长。当时两军对峙，随时像有战事要爆发，就一个紧张。但如果现在也有同样经历的大陆人和我谈起来，不也就是"相逢一笑泯恩仇"嘛。

历史坐标愈宽广，生命反而愈不容易沉重。当特蕾莎修女赤脚走向麻风病院时，她是不会觉得沉重的，逃避反而会使事情变得沉重。

三、癌为什么找到我?

孙：说到反思"文革"，著名导演陈凯歌的自传《少年凯歌》中有一段惹人深思的话："无论什么样的社会或政治灾难过后，总是有太多原来跪着的人站起来说：我控诉！太少的人跪下去说：我忏悔。当灾难重来时，总是有太多的人跪下去说：我忏悔。而太少的人站起来说：我控诉！——'文革'以后也正是如此。打开地狱，找到的只是受难的群佛，那么，灾难是从哪儿来的呢？——打碎了神灯的和尚诅咒庙宇，因为他就是从那儿来的。当所有的人都是无辜者，真正的无辜者就永远沉沦了。"

林：所以说，梦魇不可能因你不面对它而自然消除，只是由显而隐罢了。这一代的人也许有更多理由可以不面对，个人的经历价值不同，这事也不一定要成为你生命必然的负载。但艺术家、文化人、知识分子面对这些，若似集体失忆，就有问题。更何况，不谈它，那十年的时光就真是空白，直接面对也许还能让生命有其更积极的意义。

孙：更积极的意义?

林：就举一位日本禅僧对待生命的故事做例子吧。有一本书叫《禅僧与癌共生》，是真人实事的纪录。主人翁是位禅僧，在一次身体检查中被查出患有肺癌，而且已达末期。虽然是修行人，乍闻噩耗，他的表现其实与常人并无两样，一直问自己：为什么偏偏是我？不过，修行人毕竟是修行人，很快，他就采取了面对的态度，还不只是接受这份事实，接受治疗，他甚至以佛教因缘法的立场"积极"地来体会这件事的意义。

"癌为什么会找上我？不会没有理由吧？也许正因为它以为我可以与它共处？那么就让我接受它吧！而且既然找上了我，总要让事情显得更有意义才是。"禅僧这样决定后，医生告诉他，治疗这种癌症有两种方法：一种较无副作用，较不痛苦，但也较无精神；另一种则副作用较大，较痛苦，不过却能保持生命的一定活力。禅僧于是决定选择后面的疗法。

这样做的初衷是想有精神来办好一件事：为青少年建一座禅修中心。为什么会选定此事呢？这就与他年少时的经验有关：年少在僧院里做沙弥的禅僧，曾经因为调皮，给禅院一幅达摩像加了耳环，他自己当时还很得意，因为达摩通常为胡像，都有耳环，且坦白说，禅僧自小就具画画天分，这一加其实并不难看。但没得意多久，待他知道这是名人之画、镇寺之宝时，后悔却已来不及了，无限的懊恼与恐慌，等待的只能是住持回来后的严厉责骂。不过，出乎意料地，事情却在微笑中结束，住持以一种智慧的包容赞许小和尚的笔力，但也提醒他下次再犯错可能就无法挽回，这种做法让当时的禅僧铭记于心。

这之后，他虽然还俗，但人过中年，也许与年少的出家经历有关，也许更核心的驱策力是帮达摩添耳环这件事，后来他又出家了。而如今既然罹癌，想着住持过去的一切，他决定为青少年盖一座禅院，因为将心比心，这可能对许多青少年产生一辈子的影响。于是，为了禅院的募款，他开始演讲、著书、上电视，三年内做了千场演讲，其他活动更不胜枚举，就在筹得了足够的经费将禅寺落成后，自己也无憾地离开人间。

孙：这真的是一个动人的故事。可能一般人面对这突来劫难，都只问到"为什么偏偏是我？"这一步而不会进一步追问："癌不会无缘无故选上我吧！"

四、戏说不要变成游戏之说

孙：前面也说了，大陆现在对历史的热情都集中在过去。拍过《康熙大帝》，也拍过《雍正王朝》。比起港台来，大陆的历史正剧都拍得很厚重，而且好的都会折射到现实。但是港台的戏说风也在影响大陆的电视人，现在我们接触的历史剧，大多都变成了戏说。这不，《还珠格格Ⅲ》又播了。

林：中国戏曲一向风格如此，讲究戏不只反映人生，也在补足人生。现实找不到就在戏里补，这也蛮符合看戏人的心理。何况中国社会一向借古讽今、托古改制。所以我不反对戏说，甚至还有期许。但有一点要注意，戏说不能变成游戏之说。

孙：游戏之说又怎样？

林：就会讨好，轻薄化嘛。

孙：但戏说的确是这样做的，就是迎合观众，所以会有那么多反映宫廷秘史的清宫戏。

林：戏说变成这样就局限了自己。其实戏说也可以是关于升斗小民的，那样更丰富绚烂。不过，谈电视剧和谈电影一样，比较要看到它产业的一面，不必太苛求有没有史诗的产生。我不会认为轻松就一定不好，而是整个社会为什么独缺沉重，这反而成了我这观察者的最大沉重。

孙：大陆可能还会在一段时间是这个样子，因为从时潮来讲，从王朔当年的"痞子文学"到现在周星驰的无厘头电影，都在一浪一浪地推进这种东西，而远离崇高与沉重。我是说，这种社会情绪会影响一个人沉潜下来构建那种大格局的东西。

林：说到无厘头，那是香港社会特定历史时期压力下的产物。现在香港电影还无厘头吗？我就晓得跟周星驰拍电影的吴孟达已经回台湾了。周星驰后来拍的那个《少林足球》也不是百分百的无厘头。

孙：但它恰恰是在这个时候被大陆接受了。它风靡的程度，使得谁要说自己不喜欢周星驰就会显得不合时宜，北大学生还能集体背诵那段台词：爱你一万年之类。总之知识分子也极力表现出对它的热爱，甚至从中看出许多意义。

林：如果知识分子借无厘头反映出当代某些不合理，或者处境的无奈，那绝对是有正面意义的。但不能因此就说，严肃的东西就没意义，就该丢弃。知识分子当然可以喜欢无厘头，放松嘛！我那个画家朋友倪再沁，台湾当代水墨画家，也是画坛的一支健笔啦，那个《月光宝盒》他可以坐下来看五遍，47 岁的男人和 5 岁的孩子一样开心，但是回到美术评论，他还是照样严肃，一板一眼。他不会说，哇，这样的东西好开心，我们的学问都白做了。那就是堕落嘛！你念了 30 年书，最后说书白读了的时候，是跟从不读书的人说学问无用这话意义不同的。

孙：那您个人喜欢无厘头吗？

林：我不喜欢，你不觉得他来来去去就那一套吗？看多了就觉得啰唆无聊。那东西就像喝汽水，夏天来了，大家一起喝，50 岁的人喝，4 岁的小孩子也喝，喝完了也就没什么了。

孙：您觉得没什么，可大陆知识分子还写过文章分析其中的意义呢！

林：台湾也是，我们做传统艺术，评论家就会赋予民间艺人无限意义。我常开玩笑说他们是国宝，那我是谁？

孙：大陆知识分子会提到后现代、解构。

林：知识分子喜欢在这些边缘议题上打转，还是回到本质上，他们真的就一味开心于此吗？还是在为自己的某些行为寻找合理的说辞？

五、台湾也在远离史诗

孙：说了大陆的情形，台湾怎样，有没有可能产生史诗作品？

林：台湾有它的历史伤痛。先是因甲午战争割地，过了一段被殖民的日子。这让台湾人多少有被遗弃的感觉；光复后，又发觉自己箪食壶浆所迎的王师与原先想象的有很大差距；再后来是"2·28"事件的发生，先不管原因如何，这个事件毕竟演变成了族群的冲突；而后，两岸对抗，除开人伦分隔、政治逃难外，国民党政府也采取了紧缩人民权利的一些措施以备战。

按理说，这般周折的历程都应让许多人记忆犹新才是，不过20世纪80年代后的台湾，社会似乎已逐渐忘掉过去这一连串展痕斑斑的历史。而这种遗忘，有些人所选择的，还并非忘掉其中某段的不快，而是干脆舍掉自己所从出之地，让自己远离中国，或让自己成为"没有包袱"的地球村公民。

孙：这是一种决绝。

林：说决绝，太美化了，这哪像禅者两刃相交的截然，或侠者义无反顾地远去？说是为了追求所谓自主的空间而倡议分离，不如说是不想面对历史，就采取了放弃过去的简单做法。

孙：两岸都走在遗忘的路上。

林：虽然处理的对象与大陆不同，但方式却有着惊人的相似，是如此的"现实"，比较看不到其他一些文化中所强调的，对终极的追求与坚持。其实，即使不谈这些史诗的承担，就故事来看，近代中国也是值得大书特书的时代。首先，这百年来正是中国面对外国最挫败的一个时期。其次，这百年来的战乱频仍，也属历史少见。有推翻封建的革命，有军阀派系的战争，有异族侵略的十四年抗战，最后还有国共战争，处在这种大时代的生命，能感受到的有多丰厚？当然，也没有哪个时代，是以意识形态为基础，将中国人分成完全不同的两群来实验的，除了造成无数的社会悲剧及生命扭曲外，也使两岸彻底隔绝了40年。而在这件事上，作为台湾艺术家，还应当有别样的感受——当时的台湾人，真的是"退此一步，即无死所"。此外，隔绝40年后的再相逢，这中间又会有多少故事？台湾人写这些故事可以从前清、日据写到现在，宽广的线让你有无限取材的空间。台湾人看了会动容，所有华人看了也将"心有戚戚焉"，因为这里面不只是哪家人的故事。

孙：您觉得他们为什么没写？

林：首先是商业机制。这没有卖场，大部头的著作在这轻薄短小的时代里实在不宜。

原因之二是事不关己。包袱何必如此大，与历史接轨，有时就是折磨自己，何况台湾这几年还有"去中国化"的现象。

原因之三是定位，在世代更迭如此之快的现代，写百年，或写广垠千里的东西，只怕变成笑话一桩。

孙：看来两岸在这个方面是趋同了。

林：但这真的是缺憾。有时候听你们说余秋雨这样的学者去当哪个大奖赛的评委，或是写那个到此一游《千年一叹》这类的文章，都忍不住想说：为什么不往前一步，真有层次就应该期许自己来论断最后。

孙：写当代史诗？

林：对。写时空流变中的人性，写那种极目苍茫中的感叹，没有，就奇怪！也许作家本身就在有意避免这些。但无论如何，唯有回到历史的大格局，回到这比文化更根柢的人性层次，两岸才可能深刻观照到彼此的有限与命运的相连。也只有如此，两岸真正的谅解与和平以及整个社会的救赎才可能完成。

第十三章

一元多元并举
——两岸社会的良性循环

　　在两岸的交流上，若有了一元与多元并举的观念，台湾固不以僵化的一元看大陆，大陆也会不以分离的多元看台湾，如此，让大陆成为具备多元的一元，让台湾成为建基在此一元上的"多元"之一，许多不必要的障碍或许就可迎刃而解。

一、两岸互看：孰一元？孰多元？

孙：我们刚才谈过文化的交流。我发现交流至今，两边还是有一定的认识偏差。比如我一个朋友去过一次台湾，说台北就像我们的广州，一个城市而已。但台湾的朋友包括您，说到台北，则处处透着多元色彩。甚至有台湾年轻朋友将它与纽约相媲美。而我身边的北京朋友又同样觉得，北京也有它的多元，有传统也有前卫，圈子与圈子各各不同，去酒吧都能看出圈子，闯错了会不自在。

林：说的都是多元，理解又有不同。比如我个人说到大陆的多元，指的是地理的区隔所造成的多元。我第一次到大陆，就感受到，北方，尤其西安姑娘的美，与南方，尤其苏杭女性的美，可以那么不一样。当然，还有个性的差异与主观的认同之别。比如像你在北京，就能感受到北京人与上海人之间彼此就那样看不顺眼。

而台湾人对大陆的慨叹还在于：怎么那么大？何止南船北马，地形的复杂其实超越欧洲。许多台湾人游历过世界各地，本来以为某些美景只有外国有，到大陆，才惊异原来绝大多数都可在大陆找到。所以会惊奇："中国也有这种地方！"

孙：是啊，有时到了风俗饮食习惯完全不同的地方，简直觉得恍如隔世。

林：大陆大，饮食口味上的差异当然就大。1991年西安一位作曲家朋友受邀来台，一个月中我多次请他吃饭，本来以为台湾的口味多，料理精致，他应该大快朵颐才对。但其实不然，比较夸张地说，在台湾一个月后只要谈到吃他就有点痛不欲生，总以无奈的表情问我："你们台湾人做菜是不是都会加点糖？"后来，在他离台前夕，我请他到台北附近的永和吃了麻辣火锅。你知道麻辣火锅依辣的等次分小红、中红、大红。我口味淡，吃小红就已受不了，这位作曲家说他口味也不重，来了个中红，几勺下肚，我就发觉他紧蹙的眉头刹那舒展，最后竟丢给我一句话："原来台湾还有好东西吃！"

孙：那台湾人觉得自身多元的地方在哪里呢？

林：在台湾人认知中，大陆虽然有如此多元的样貌，但生活在其间的人，却由于见识与客观环境所限，未必就能如台湾人那样接触到多元。就像云南，虽然民族众多，看起来多元，但一个泸沽湖的人未必到过另外的地方，他也未必知道别人的生活跟自己差异有多大。所以那种多元，是无意识的多元。

台湾不是这样。我开始不是讲过，台湾就像一个具体而微的"小中国"，这有当局的因素，也有数次移民的因素，当然还有思乡所造成的强化。此外，台湾的多元还包括，它受到日本影响，与西方的交流又一直通畅，再加上还有少数民族的存在，所以是一种文化交流碰撞后的多元。而台湾人也能意识到自己的多元，并享受这多元的种种便利。而最根本的一点是，台湾人觉得大陆因为走过许多弯路，思想价值体系到如今乃还是一元的。即使这几年大陆虽然变得很多，但在较精微、较深层的部分，那种统一性的一元还是蛮明显的。

孙：以我的观察，台湾在某些方面像日本，同时又浸染了欧风美雨，所以现代化进程很快。另一方面，传统的一面还都保留得很好。说来还真是蛮多元的。

林：不只上面所说的这些。以我自己的经验而言，高中时我就读的是台湾公认最好的中学——台北建国中学，许多台湾当今的领导者都毕业于此，像现任台北市长的马英九。而这个能掌握社会主流的学校，多数学生选读的也是社会主流价值的理工，读文法的只占约十分之一，正因如此，文组学生的同构型乃不致太高。通常它的学生有四种来源：读商或准备从政的多因家世背景；读法的则颇多乡下出身，以苦读力争上游；读文史的则常胸中自有丘壑。而除了这些真读书的，也还有因当时社会不尽公平而入明星高中的权贵后裔。

不过，更特殊的是：在文组班中，五十来个学生，籍贯常就分成二十几个省份。年轻人因从小受"国语"教育，虽不至于有南腔北调的隔阂，但在家庭背景、生活习惯上则的确显现出多元分歧的特色。老师的分歧更大——乡音浓的老师，学生一堂课下来听懂他说什么的常不超过几句。这样的班级当然特殊，但一定程度正反映了台湾族群在 1949 年后的多元。

1949 年后的政治大移民为台湾注入了许多新元素，从极北的黑龙江到西南的云贵。虽然以内地汉人占多数，但满、蒙古、回、藏、苗、瑶、彝，乃至维吾尔族等也不少，国民党为了政治原因也一直保有"蒙藏委员会"的设置。

即使不谈这些，只以汉族来说，台湾从来也是个移民社会，四百年来不断地移民，将不同时代的大陆文化引入台湾，这些移民的原居地虽多在福建、广东，但因为出身各地的官吏来台履任，其他地方的文化也多少在此出现。

而台湾的少数民族族群是操南岛语、人种属于马来–波利尼西亚系的族群，大陆一般习称他们为高山族，其实他们并不都住在高山，这里包含相当数量住在平地的"平埔人"。平埔人也包含好几个族群，不过在汉族几百年的垦拓过程中多数已被同化，为汉族社会增添了一些新元素。

同样，居住于山地的，也不只一族，而且仍可被清晰分辨：就文化、语言等来区分，一般可分为九到十族，各族有不同的文化特色，因此，南岛语族的人数虽少，却多彩多姿。

孙：很多的台湾少数民族，真是名字都没听说过。

林：大概也因这样的历史进程，台湾少数的分离主义者就发展出一种文化论述，以为台湾既经过荷兰、日本的殖民统治，清朝、国民党的统治，再加上当代西方文化的洗礼，台湾文化早就不能用传统中国文化的观点来涵盖解释，因此，有人甚至狂妄地以为中国文化也只是台湾文化的一部分而已。

孙：多元也常让人迷失？

林：对，这种迷失跟它社会形态的改变过快息息相关。因为开放，岛又很小，所以最容易闻风而动，外表上常就显得没有什么价值可以在时间中留存，"去中国化"、虚无、犬儒都容易有它的市场。但抛开这些浮面的时空变动，我觉得台湾的多元还是让我们看到许多正面作用的，因为它一直还有共同的内核在，就是儒释道的遵循。这些还操持在我们所谓的"隐性台湾"中，只是，这些年因政治对抗的因素，从表面上来看台湾这部分的确较隐没不彰。

孙：现在大陆社会形态也在走向多元，您觉得有哪些是值得注意的？

林：大陆的形态当然多元了许多，但要注意的是，搞不好前卫的思维也仍囿于一元，流行的也是。就是看这一阵子在风行什么，大家就做。城市更新不也这样吗？要现代化了，好，就来大马路、高楼大厦与立交桥……

　　大陆虽然那么大，但因以前的封闭锁国，所以在开放之初，就会有那种面对外来事物的脆弱性。外面的风吹草动都竞相学习，结果就使自己也不见了。

二、一元与多元并举，不仅是文人的理想

孙：做了这么多一元多元的辨析，您觉得什么才是我们应该遵循的？

林：一元与多元并举，是中国历史走过几千年的经验，两岸社会都应该重新记取。

以台湾来说，它固然是多元的，但儒释道所沉淀出的一元基底，却仍有着其他元素难以企及的能量，甚至重要性远远大于其他诸元的综合。没有了它，台湾文化的自我定位就会出现问题。

孙：您刚才说中国历史上就是一元与多元并举，不过很多人说到历史中国，想到的可是大一统的社会。

林：我曾用两句话对中国文化做过描述，是相对于世界几大文明来谈的，我认为最可彰显中国文化特质。第一就是神圣性与世俗性不分，第二是一元性与多元性并存。

孙：能否详尽谈一谈？

林：就第一条来说，大陆可能没有台湾感受那么深，因为宗教目前还不发达。在台湾，你就可以看到中国人对待神圣性部分的处理，与西方人态度迥异。他去拜佛，就是要佛保佑他，要求的也多属俗世的种种，而西方人则是求忏悔与救赎。我常说中国人的厅堂，是全世界功能最齐全的所在——既敬佛又吃饭，搞不好打麻将也在其中，从神圣到堕落，都在一个空间里，这个文化就是那么的人间性。所有东西都必须落实到人间才能彰显意义。所以禅最终才会在中国得到大成。

孙：有人因此说，禅就是因为中国人偷懒。

林：这是两极化的发展，讲"凡圣一体"，讲"挑水砍柴，无非大道"，讲"即破即立"，大概很少有人能比得上唐、五代的禅师，但明清时候的文人禅、口头禅就异化投机了。的确，这个特质有两面性，超越在它，堕落也跟此有关。所以政治上，我们会作之君也会作之师，而不是像西方，上帝的归上帝、恺撒的归恺撒。即使在日本天皇也只有神圣性而没有世俗权力，我们就不是。社会高阶层的政治人物、文人如此，民间也一样，所以在台湾，就会看到丧礼上也有人跳脱衣舞。

孙：这怎么可能？

林：确有其事。人家问家属，他还会半开玩笑说：死者爱看。这哪里是死人爱看，分明是活人喜欢嘛！

孙：乡下人举办丧事，常常请戏班子，闹排场，大概也是活人喜欢。

林：所以我写的《谛观有情》，所讲的回归有情，也是从这方面看的。中国的艺术充满人间性，所谓"不离人间而行超越"，便成为它的艺术特质。

孙：再谈谈第二个特征，一元性与多元性并举。

林：儒家强调"吾道一以贯之"，强调自己所述"放之四海皆准"，中国也"地不分南北，人不分老少"，都以它为伦理的基础。而释道系统则提供了中国人基底的生命观与宇宙观。中国的一元性主要指此三家。但三家之外，生活的其他层面各地也可看出明显的共同特质，例如：都用筷子吃饭，烹、炒、炸、煮，一吃就晓得是中国菜；中国人有一套与别人不同的中医理论；以及艺术上共同的美学基准，等等。

　　就是这些共同形构了中国文化的一元，使我们有共同的认同。不过，中国之所以绵延几千年而不衰，固然与这一元的精微或共同系统的支撑有关，但同时也绝不能忽略那些活泼泼的民间文化对应。

孙：就是您常说的，民间与文人之间绵延不绝的光谱映射？

林：对，民间因为没有那么多意识形态包袱，所以就充满弹性，有着许多不一样的形态。中国文化的人间性特质使人不会太拘泥于抽象原则，这点，民间最能体现。所以即便儒释道三家各地也尽有不一样的侧重，更不必说那千姿百态的生活了。

　　在中国，许多文化面相都同时有其一元的普同与多元的变异。例如社会阶层上，读书人都浸淫经典，生命特征四海皆同，超越地域，是一元的，而各地百姓生活样态、所想所做却深具地方性，则是多元的；文字上，它则既有各地皆同的文字表意，又有着各地不同的读音；语言上，也既有那各地通行的官话，与那各地不同的方言。总之，中国文化生态是多元的，但认同价值却又高度一元，所以中国就不是一般人认为的一元，也不是一般人认为的多元。

孙：那我们是不是可以得出结论，绝对的一元与绝对的多元都是维持不下去的？

林：文化的一元其实是一个族群得以存续下去的重要基础，中国人历经这么多次朝代的更迭，为什么还觉得自己一脉相承、绵延不绝？就是这主观的意识与上述客观条件交织的结果。一元的优势可以从生物学上得到印证。以物种而言，纯粹一元系统的存在往往来自地理的隔绝，封闭的基因库使基因往特定方向演变，于是就形成一地的特有种。这个特有种的存在，标示了物种与特定环境长期调适后的最佳状况，也就是说，在特有的环境中，特有种是具有族群传续最优条件的物种。

从这个观点来看文化的一元系统，它也是特定自然与人文环境下最好的调适产品，同时更让世界文化显现出多样化来。这点，在全球因信息化走向"大"一元的时代时，特别值得我们反思。但另一方面，一元的系统毕竟只适合一元的环境。环境改变后，这种调适优良的一元就可能变成无法适应变迁的顽固或脆弱。英伦三岛上的大角鹿就是个例子。这种鹿，角叉开来有两米宽，是冰原上最强的草食动物，连剑齿虎都不见得能奈它何。但冰河退后，森林重生，人类又大量走出洞穴来狩猎，这时大角鹿却因逃跑时大角常卡在树丫间，变成最弱势的动物，没多久就绝种了。

孙：也就是说，一个文化或一个民族要持久，要同时处理一元的坚守与多元的应变两方面的事情？

林：对。一般规律下，多元的部分总是先变，比如民间开始调适，一元在那里护卫。通常知识分子都担当护卫角色，因为要守住那种核心价值。只有"五四"特殊，是先从知识分子动起。

孙：因为当时他们太想救亡图存，觉得中国与西方相比，太弱势了，所以就要检讨自己的文化出了什么问题。

林："五四"当然是一次文化的大变革，但现在回头看，仍觉得那一代知识分子对待传统，失之轻率。这么大的历史运动，中间少了护卫角色，肯定要出问题。

孙：但在大陆知识分子这里，"五四"运动有很多正面意义，或者说许多命题，到现在也没有完成。

林：但是不是有人认识到："五四"开的这一刀，让我们在复建当中走了这么久。或许也因为"五四"所提的那些东西多数已体践，因此台湾五六十年代还在做那些议题的争辩，到了70年代，就开始出现护卫的角色，觉得"五四"知识分子把问题想得太简单了。相对之下，像印度、日本这样的国家，他们的知识分子就不太可能与传统那么一刀两断。

三、一元与多元的吊诡

孙：跟您谈一元与多元的转换，稍微脑子不转，就有些搅不清。

林：事实也是。比如两岸，当我们绝对地评判谁是一元谁是多元时，我们自己也掉入了一元化思维。拿台湾来说，以它传统保护的程度，固然可以当作中国意象的浓缩，但真要以它的多元来谈中国的多元，就不容易看到中国本身多元的真正样貌及意义。而由于我自己出身的背景及一贯的思维，主要又不是上述一元政权或儒家的体系，因此在大陆之行中就更容易看到：中国果真与书上所讲，尤其是儒家强调的一元大不相同，且这不同还非常有益于我对中国文化特质及发展的思考。

比如艺术，艺术家可以有两面，一面固是无远弗届不喜欢受束缚，一面却必须或甘于根植大地。大陆大，不只艺术内容有异，风格的差别更大：不只民俗艺术有别，就连画院里的艺术差别也大，苏州的总难免小桥流水，有江南的浪漫，而北方的却必然大笔挥洒，尽写黄土的荒凉。

音乐也是这样，各地有风格互异的地方音乐，在这音乐基础上又成就了风格各异的几百种剧种，这正是中国文化多元化的最佳例证。而即使不讲各地传统民间音乐、戏曲有怎样的不同，就以当代创作而论，也显现出地缘的差异：上海民族乐团连大合奏都难免南方的柔和荡漾，中央民族乐团就喜欢有更多所谓"大"中国的辉煌感觉，至于西安的作曲者则永远有化不开的浓郁秦川色彩，广州音乐到如今仍保持其柔媚本质的创作。

这种艺术上的区隔不只出现在严肃艺术，连流行艺术都如此，有阵子大陆朋友告诉我，除了港台歌手，因牵涉到远来和尚会念经的心理较易在南北都卖座外，大陆歌手要同时红于北京与广州就很难。

孙：电视剧更是如此啊。贺岁片都在搞笑，但上海式的笑料北京观众笑不出来。北京人的京味、痞味，上海人也同样不买账。

林：我们在这里谈大陆的多元，别忘了，中国文化是以汉民族为主体，再由多民族共同构建的复合体；所以，只谈汉族，还不能完全理解中国。中国区域内之所以多元，也不只因为政治权力上拥有许多族群的管辖权，更重要的还在于，这些民族的文化的确影响了历史中国，同时也被历史的中国所影响。

而更细微的一点是，中国的一元常常都是观念认同，而非实质的，是文化基点或理念层次，而较少实务特征的。所以表现出来就是，你特别能从文字形成的思想体系看到中国的一元，而在直接的生活中，却会看到它的多元，其实这一元并未排挤多元。

再以音乐为例，文人音乐的代表是琴乐，它是一元，但琴乐尽管自命清高，却从未以凌人之姿直接立于其他音乐之上，中国各地的民间音乐一直蓬勃发展，所以说，一元与多元一向是相对并存的概念。

而正是这种相对性，使我们在观察以及有效解读历史长河中某一阶段的历史现象时，看它是偏向一元或多元，就成为一个重要的切入点。

孙：能读出什么样的信息？

林：以近代中国为例，因为受尽外侮，一元性的特质会被特别强调，但唐代盛世则相反，它用多元来成就及拓展自己的丰富。

这点很吊诡，看来整合的一元，却常是弱势之下的产物，甚至有时还可以反过来说，就是因过度一元，中国才会趋向弱势，因为凝固性虽强，创发力却弱了。相反地，看似分歧的多元，却往往导致盛世。

所以说，在一元与多元上，不同时空该做何种选择，就关联着中国在那个时代的盛衰。而同样，也就是有着这一元与多元的并存，一句中国老话"合久必分，分久必合"，在中国就有一定的贴合度在。合指的是一元力量，分指的是多元力量。中国虽如此多元，要完全地分却很难，因为还有一元的基础在。但要完全的一元，事实也不可能，它不仅罔顾中国实情，且无法活泼对应环境，还不符合现代社会该有的竞争条件。

四、建立多元的副中心

孙：谈到此，我觉得好像贴近了两岸问题的一些症结。一元与多元并存，固然会造成一个富有生机的社会，但是如何多元，如何一元，可能是两边都在拿捏的地方。

林：这里，我想拿恐龙这个物种举例说明前面的观点：恐龙是庞然大物，它统治地球一亿五千万年，据现代科学的说法，如果不是六千五百万年前那次陨石的撞击，现在地球物种的优势者可能仍是它，而非人类。常听到人们以恐龙灭绝来说明物种的适应性，甚至以此来讥笑它的笨拙，然而一亿五千万年是什么概念？前面我们提过，人与猩猩族的分家，据估计只在八百万年前，成为猿人更只是四百多万年前的事，而人类往后的命运却还在未定之数，如此一想，一亿五千万年还真长。

孙：看来我们不该嘲笑它灭绝了，而是要想它为什么活了那么久？有公认的说法吗？

林：早期人们对恐龙的印象是，体积硕大而行动迟缓，但若这样，其实就不足以使它成为优势物种。近年来对这说法已有不少修正，其中，关于它神经网络的说法就与过去不一样。以前认为大恐龙尾部在遭到攻击时，由于讯息传至脑部需要一些时间，因此可以说它并没有即时反应的能力。你甚至可以开玩笑地说，切断了它的尾巴再走也还不迟，因为当时它还不晓得痛呢！但现在的认知已不同，学者从资料解读，认为大恐龙在它尾椎或腰间处有另一个副神经中枢，当遇到尾部受袭时就能适时反应，因此，虽然大却不迟缓，是有力又敏捷的动物，就像我们在电影《侏罗纪公园》中所看到的一般。

这种说法提供了恐龙物种能维持优势的重要基点，而如果我们将生物繁衍与文化做一类比，则中国的大正好像那巨型恐龙，如果只具备一个神经中枢，事事都要由此做决定，必然动作迟缓、反应鲁钝，因此，只有让它具备多元的副中心，整个广大的神经网络才能活络起来。

孙：多元的副中心，这个说法有意思。但也有人觉得，太多的副中心，会稀释消解主体的那个一元？

林：作为中国文化的一元，当然是以中国基底的宇宙观、生命观、社会结构乃至中国的文字为基础的一些东西，所以说，这倒并不需要过分担心。关键还在：我们对自己的东西到底有没有信心，有没有真实的了解，也就是说中国文化的主体性如果能够彰显，一元就如过往历史中的伟大时代般，虽没有必然地被强调，却朗然存在。所以要一元与多元并举，这种思考还不仅关联整体中国的未来，在当前的两岸交流上，也须常常拈提。

　　如此，台湾才能不以僵化的一元看大陆，大陆也不会多以分离的多元看台湾。大陆才能成为具备多元的一元，台湾也才能成为建基在此一元上的"多元"之一。许多不必要的障碍与心结或许就可迎刃而解。

　　思及这文化上一元与多元的并举，则它所给台湾同胞的感受就会与现在不同，未来所能发挥的正面效益也就较可期待了。

第十四章

好人碰好人，坏人碰坏人

"去大陆，第一次碰到坏人，叫倒霉；第二次碰到坏人，也叫倒霉；但如果第三次还碰到坏人，那你就该回头照照镜子看看自己是个什么模样。"

一、能遇到好人，跟我的心态有关

孙：自从认识您，台湾很多与您相识的朋友来大陆，都会与我通气。一说是林老师的学生，我们的关系就会迅速拉近。记得同是媒体同行的蔡文婷有次到大陆采访，还跟我说：真的是好人碰好人啊！我们都笑，知道这是您常说的一句名言。后来渐渐也发现，您结交的大陆朋友，虽各有面相，但也都是好人。我印象很深的录音师刘书兰老师，中国人民广播电台高级录音编辑，也是您《谛观有情》大陆录音的主要负责人。大概只有在有您的场合才会见面，但他拉着我的手问长问短的样子，还是真让我感动。想问一下，为什么您会在大陆结交到好人？

林：每个社会都有好人嘛！在大陆，自然也会碰到一些不错的人。当然，这里我在谈很多人好时，不代表他好到多完美的地步，或是我本人跟他们在一起时都很愉快。每个人都有自己的情性及癖好，但相处时不能只看这些，我所说的好人主要是指彼此能看到对方优点、善于欣赏别人的人，或至少包容对方跟你不一样的人。还有就是，对不如我者有一种同情的人。而一个人能不能碰到自己所认为的好人，其实跟他原来的预期——即抱着怎样的心态是有关联的。

孙：那您的心态是怎样的呢？

林：在台湾，大家都晓得大陆有过"文革"，以阶级斗争为纲，人性扭曲，人际关系很紧张。对此，初踏大陆的台湾人都会很敏感，也很排斥，有些人到一定阶段干脆就采取不接触的方式。只有很少数的人会从历史角度来体谅大陆当时社会的刚硬。而我个人有两个原因使我的态度与大家不同。首先是历史的理解。因为这种理解，我内心本来就预期这个社会的行为模式总会跟台湾的不一样。

孙：这大概跟您过去人类学的素养有关联。

林：我常讲："一个在外人看来是奇风异俗的东西，自己看却常是理之必然"，谈文化不能只囿于自己的惯性。两岸同文同种，按理说应该有共同的准绳，但经过 40 年隔绝和那么多次政治运动，某些方面还是有大大的不同。对此，我原有心理准备，那就是，他们跟我不一样，却跟我所预期的一样。所以就不容易排斥，也不容易受挫。

孙：那第二个原因呢？

林：因为宗教心，宗教人会更深地体会人根柢的处境。即使在来大陆之前，阅读一些反映有关大陆的文字时，我首先总不是站在自己角度来批判它如何如何，而是想说，如果换了我，会怎么做。真正处在"文革"时期，我会不会坚守原则？当事情与别的东西有冲撞时，我会怎么选择？改革开放初，大陆很多人一味向钱看，我也是从这一角度谅解，如果是我，会表现得比他们更好吗？

孙：那这样的设问有答案吗？

林：从一个修行者的角度，我当然有把握做得比多数人好。但我想有些情况只有身临其境，才会了解自己的盲点在什么地方，或者像练气功的人所说，罩门何在。要知道，练气功的人也许可以练到金钟罩、铁布衫那种刀枪不入的功夫，但常常有一个地方会比一般人更脆弱。某种角度说他是把生命的脆弱集于一处。因此，我们看他外表虽够刚强，在这里却比平常人更弱。禅宗讲："境界现前时，如何？"就是讲这种状况，状况不到你跟前，你就不太晓得罩门何在。

　　这就好像我们每个人都在讲自己缺点在哪里，优点在哪里，但那都是你自己认为的。通常只有事到临头，才会发觉真正的优缺点在什么地方。

孙：我有一个朋友是做文学史料研究的，他也常常慨叹人性的幽微。许多现在看来那么善良谦恭的知识分子，"文革"时依旧会整人。有些言行因为记录在案，所以读来触目惊心。

林：所以我总把对自己的设问一直保留在那里，因此，在大陆遇到不顺或一些人的行为模式跟自己不一样时，也比较多地用谅解、好奇的态度来看他们。而不是非我族类，其心必异。

孙：但这并不能保证好人就一定遇得到好人啊。像您所说，一个社会总有好人，但一颗老鼠屎坏了一锅汤的事也不是没有。您又怎能说服大家就一定是好人碰好人，坏人碰坏人？

林：这说来可能又跟我的生命历练有关——能容许别人的有限，因为自己也有限嘛！跟你扯一个早些年的例子。20年前，我和一个朋友合租一个房子。但后来又有另一位朋友想搬进来。那时候我们的房子已不够住，本来不想让他搬进，但一想，他租房心切，也有为难之处，于是就答应了。不过，拿起电话刚要说"那就搬进来吧"，却发现屋里共用电话的那一端，我这个室友正和想搬进来的朋友在骂我。骂得够难听，我就那样听了一小时，第二天我请他们吃了一顿丰盛的晚餐，什么话也没说。一年之后，他们突然回想起这件事，问我：咦，那天没什么事，干吗花那么多钱请我们吃饭？我笑笑说：因为恰好那天你们讲我那么坏，只好用甜的东西封住你们的嘴。

二、好人自有好人的特质

孙：在大陆，很容易跟您的朋友走近，因为以您的名义朋友聚会，就都会来。有一次您从内蒙古转到北京，大家一起聚餐，我一看，真全，连一些退了休的人都来了。

林：我那天也很感慨。你也知道《谛观有情》在大陆出版之后，有四年我没来北京。按理说北京朋友最多，但我天性中还是有趋避热闹的一面，这一次来，发现北京变化很多，我们聊一些文化层面的事，也验证了我在文化观察上的一些想法。这些人的浮沉变化也很大，但真的没想到他们一一都来了。

孙：来了，而且都很愉快。我还观察，他们每个人的情性都不一样，但跟您都不隔。面对您时，也愿意展示人性最美好的一面。

林：这倒让我想起，同样从事传媒工作、你所熟知的我的学生淑美、静茹，都跟我讲过，说我生命的一个特质是让别人把人性的善良表达出来。

孙：我也有类似感觉，在台湾时，您把我介绍给大家，说一句好人碰好人，我心里就暖暖的。台湾朋友来大陆，我也尽量能帮则帮，因为觉得林老师就是这样待人的。

林：我虽是这样待人，但也不能强求别人非要像我这样。

孙：呵呵，那次台湾之行，总要被人问起来：此行有什么目的吗？记得您那时就看看我，代我回答说：就是来看看啊！坦率说，那种无所求的感觉，在我心里留下最美好的回味。后来我写了一篇《五月菩提》的散文给朋友看，大家的感慨也是：世上还有这样的人。我相信，每一位跟您交往的朋友，都有一些值得说的事。在这里，我们不妨说说您眼中的他们。

林：就谈谈你认识的一些朋友。的确如你所说，性格个个不同。但有几点是最基本的，让我们可以持续来往。一是做文化人的真诚度问题；另一点是对自己的文化主体性有认知；最后，是有没有超越大陆现实环境的想法。从音乐界的黄翔鹏、李文珍、田青、王范地、刘书兰，到旅游界的蒙古族导游乔玉光，他们多多少少有我所说的那些东西，有值得我尊敬的地方，当然珍惜。

孙：您好像跟中国音乐学院李文珍老师认识最早吧？经常听您说起她。她多年来一直从事民歌的搜集与整理工作。

林：跟李文珍认识就像结识你一样偶然。一个朋友让我带治猫虱的药给她，就如此一路下来认识她。我最大的感慨是：世界上怎么还有这一类型单纯的人？在台湾，也有很多单纯的人，是隐性的台湾，默默做事，以单纯的面相去应对繁杂的世界。但其中一个原因是他们多有虔诚的宗教信仰。可大陆宗教并不发达，所以遇到李文珍首先会觉得好奇，怎么这个人谈起社会责任就跟谈宗教一样？她让我理解到什么叫老共产党员，或者什么叫革命。我第一次去她家，她请我吃她做的菜。一个三人吃饭恰恰好的小桌子，足足搁了12道菜。菜因此叠了四层高，一下子让我找回乡下待客的感觉。她的心地也的确淳厚，我们交往中，只要有事相托，她绝对尽力去办，急人所急。当然，作为音乐学院的老师，她对于民歌的倾心也是最让我感动，我想她一定是在民歌中找到了自己长久以来追求的东西——一个建基于土地与生活经验、没有口号，却传达着浓厚关怀、深刻体会的生命世界。我最初的内蒙古之行就是她促成的。我也看到她，是那么不遗余力地推广民歌，将自己的感触与关怀给予每一个随行的团员。

孙：李文珍老师是我所见的认真之人。我曾有一次想做民歌方面的采访，她开始答应，后来很快又推却了，说自己对当今音乐界情况不了解，说了会偏颇。我于是作罢，后来她还让我去听她开的民歌课，我有事没去成，想想也很遗憾。

林：她那种认真，可以说到了做事巨细靡遗的程度，老实说，我常常也受不了，也常直接说她。但受不了归受不了，还得说她是个难得的好人。另外一个受不了的，就是刘书兰。做事也认真，喜欢抠那些细节。跟他合作有时会气死，因为我的个性你也知道，就是顾大的，但再气我也不会在他面前发出来，因为我晓得这就是他们的"德"，有此，他们才可爱，而我的《谛观有情》录音品质那么好，你别说，还得归功于他。

孙：他在我眼里就是位事事不张扬的好老头。我觉得他心态很好。艺术的造诣太专业，我不太懂。

林：他是可以把录音做成终生志业的人。这还不像一些人所说，只是活儿玩得好罢了，他不是。他可以把录音做得像艺术。不仅让艺术更美、更原样地保留，更积极的是，让录音本身就呈现一种美学。民乐家、戏曲家进棚录音，他都可以跟他们建议乃至指导，音乐应该怎么表现。

孙：可惜在大陆，这样的录音师也只在行内有名。对大多数人来说，他还是被遮蔽的存在。包括李文珍老师，我想社会知道她的人也不多。

林：大陆就是有这么一些人，是在一个封闭的社会以另外一种封闭的方式自我成就。像我认识的另一位音乐学者黄翔鹏，更是这类人。

孙：这个人我不太知道。北京的吗？

林：对，北京的，杨荫浏的学生、音研所所长乔建中的上一任。你知道我这些年在大陆做的音乐工作，乔建中帮了大忙。我认识黄翔鹏时，他已发病多时，肺有问题，全靠戴氧气罩维持。这是"文革"下放到化工厂落下的后遗症。但他自己并不懊悔那段日子。他对我说："要没有那段时间，有一些问题我还想不通。"住院期间他依旧继续他的音乐研究，而他的特别之处还在于，因为有物理学底子，所以切入音乐的观点很特别。也因为在科学与人文之间涵盖面广，所以讲起许多生僻的东西也头头是道。对中国过去的音乐理论，他的见解很独到。他1977年曾从理论角度提出一种乐器上的"双音现象"，只是提出时并没什么人信。但1978年曾侯乙编钟出土，一口钟从正面与侧面敲出的两个音，竟就是音阶上大三度或小三度的关系。一个在历史上已失传两千年的东西，他就这样让它先有理论后有实物地印证，你看，多了不起……

孙：他现在还在吗？

林：已经过世了。想起他还真蛮感慨的。我常在心里说，如果换成我，在"文革"时经历浮沉，究竟会怎样。我观察大陆，发现在"文革"之中翻不了身的知识分子，后来就变成了两种人。一种就在机关里混，反正也看不到指望，这种人往往鱼都钓得特别好。再有一种就是像黄翔鹏那样，抓住一样皓首穷经，不问世事。这种人有他根柢老实的一面，也就是凭着这种老实，他们才能熬过那些关卡。

大陆我也见过一些有抗议性格的人，或是用很多理论书写时代之变中自己遭遇的，但我觉得还是像黄翔鹏这样的给我印象更深。

孙：不过，在您的朋友圈中，田青是那种敢说话的人，他在佛教音乐上造诣也很深。每次朋友圈聚会，都能听到他嬉笑怒骂，甚至还常开您玩笑。

林：田青就是个火爆浪子，有什么东西噼噼啪啪都说了。他让我想到弹古筝的曹正。过去传统社会里有一些人，对传统的一些事务很熟，是那种中国传统"通人式"的杂家。触发面蛮广，深不深自己有时也无所谓，在生活里自然流露。曹正有这样的味道，田青也有。他集古董、唱民歌，没事还喜欢做做小菜。他有抗议精神，所以最初接触，比较难把他与外面世界同样具批判性的人分开。但接触久了当然会看出区别，不过他怎么优游，也还跟我们这些虽有社会责任、基本上是漂泊游离的心灵不一样，谈起某些事，社会性就来了。

孙：那其他人呢?

林：像琵琶家王范地，还有研究音乐人类学的沈洽，他们都比较像谈经世致用的知识分子，反思与批判主要集中在民族音乐的主体性上，所以像有一年中央民族乐团舍弃高胡、古筝、管子而不用，大量减低弹拨乐器分量这一件事，以及咱们以前谈的金色大厅事件，两人就最早有不同声音出来。

孙：中央民族乐团那时为什么要舍弃这些？

林：也许是觉得它们破坏和谐吧。这种做法完全是站在西方美学立场上所做的改变。不是洋为中用，而是中为洋用。这件事情没有引起大陆音乐圈明显的反弹，是值得忧虑的现象。变动的时代失掉主体越来越变成顺理成章的事情，这或许是一种无奈，就好像对流行音乐中的新民乐一样，总的感觉是文化的批判力萎缩了。

孙：这些人中，我对乔玉光是最陌生的，倒是听您提及的频率很高。

林：乔玉光是另外一种，他看来身处偏远的呼和浩特，但对外面世界自有他的观察与领悟，别人观察后会发之于朋友间的议论，但他只是淡冷的，存于心里，有自己的评判。

孙：我很奇怪的倒是乔玉光这样不常表露意见的人，会跟您没有距离。

林：我想是我的某些作为触到他内心的关怀面吧！再有，我们之间关系很单纯，因此能触发他的表露。其他人我想也是如此。毕竟，社会文化的显现，有显性与隐性之分；人也是。有时候一个人突显在外面的样子未必是其本来的样子，要能把他内心的东西拉出来。

孙：所以就拉出来那么多被遮蔽的存在，拉出来那么多好人。

林：这对我来说，也是蛮有意义和挑战的事情。其实这些年，这类事很多，有时的回报更让你感动。就像西安的作曲家梁欣，他因父亲是国民党政府的将军，"文革"时遭到迫害。1988 年我初到西安，他托我们兄弟俩设法找他父亲，后因我弟弟的寻找，他们一家人都在父亲过世前有段在台湾的时光。故事是时代的缩影，很感人，就我们说来，并没有太费力气，但后来只要通个电话，要他帮什么事，都二话不说，让人感动。

孙：再说一个疑问：好人与好人相处，也会有好人之累。这在华人世界几乎都不可避免，那就是人情。但我记得您又说过另一句话：艺术无亲。写乐评是这样，您做《谛观有情》那本书，也是秉持着只收 40 岁以上人的录音的做法。这样自然会把一些年轻的但还与您交情深厚的艺术家排除在外。您觉得这样的做法，会伤害到彼此的关系吗？

林：我相信他们会谅解我的立场。毕竟这种事情最后没有留下怨言，也是两个巴掌才会响的事。而我为什么比别人更看到大陆的希望所在，也就因为看到这种谅解的态度。甚至这样说都不算准确，我觉得他们还在暗自期许我这样的做法。

孙：就是一些公正的乐评、一些从艺术角度考虑问题的方式？当然是期许了，为什么现在我开很多作品研讨会都听不下去，就是这里面有太多不真实，四个字：一腔废话。

林：当许多评论被拿来做人情时，不要说你快意恩仇写他坏他会不高兴，即使写他好，他自己也会觉得不对劲。因此许多年轻艺术家还能保持与我的来往，我总觉得这里面隐然有某种期待，期待文化圈多一些这样的人。

孙：都做艺术无亲的事情？

林：对，这样他们自己也才能真正被督促，因有坐标而进步嘛！

三、好人的含意还包括好的信息释放

孙：在我们待人接物时，老辈们的经验是"害人之心不可有，防人之心不可无"。但跟您接触，却常常忽略这种告诫。因为您特别会讲故事，而且都是一些听来让人动容的小事，让人性回归到最单纯美好的一面。总之您每次来大陆，总是我生命最舒坦的时刻，想着又可以听一些好玩的事情了。

林：我总觉得人与人的交往，把好的东西多提一点，那些可能的症结与心结就会渐渐消掉。其实在两岸之间也如此。

有一个故事我经常说给人听。有一年，我到九寨沟去，记不清是什么新闻在报上出现了，团员们都不开心，好像涉及两岸问题，团员们对大陆传媒的某些提法觉得有些委屈，觉得怎么大陆还是那么老大？导游是重庆大学学外文的毕业生。他就对我说，其实两岸关系还是有所改善啦。他们过去班上有两个台胞，一次听课，一位极端民族主义的老师将台湾人骂得很不堪，台下的同学很尴尬，觉得无法面对这两个台胞，只好沉默不语，但这时，课堂上却突然响起了掌声，一看竟是那两个台胞鼓的。后来大家问他们，为什么要鼓掌，他们答：因为我们可以感觉到你们的感受嘛！

这个故事我之所以常提到，是因为能让人领会，人与人之间是可以如此相互包容对方处境的尴尬与局限的。故事中，大陆人变成可以体谅别人的人，而台湾人则变成被人尊敬的人。这样，一件不好的事反而成全了彼此的友情。

孙：您是希望每个人都因势利导，将事情引向好的一端。

林：因为人是经常胡思乱想的，一件事的发生，总有一个导向与走向的问题。你要往坏处引，许多不是事儿的也就成事了。但会处理，有症结也会看淡，因为没有真正多深的心结嘛！

孙：这些故事别人听了也就过去了，您却记得很清楚，而且会讲给很多人听。它们变得与旅游本身一样重要。为什么您会在意这些东西？

林：对我来讲，这些例子的重要性，有时远大于我跟一些人交往的浮浮沉沉。因为看似零零星星的一些小事，里头却透着人性的光辉。

孙：生命的每一刻都点滴在心。也许这就是禅者的特质，我甚至还记得第一次采访您，听您还提到过一个叫高健的女孩子，是电影学院的，您说她谈起台湾电影头头是道的。很奇怪一次也没见过她。我猜她甚至不知道您对她印象多深。

林：其实见她已经是1993年的事了。我甚至忘了她长什么样子。但到大陆，总会想，该去看看她。管她现在是什么样子，当时她谈电影的感觉我印象还是蛮好的。

孙：不过，谈到这里，我还是要问：您的好人坏人定律一定能说服台湾人吗？他们要是反问您说，在大陆行走，念着"好人碰好人"就真会一路畅通吗？我记得您每次讲广州一次被劫经历，都像是在讲惊心动魄的电影故事。那一次可真是遇到坏人了呀！

林：那一次的确是。发生在1991年，一出机场就被两人左右一夹，上了一辆出租车，车上的人要勒索我几千块钱，样子也蛮凶悍的。我知道不能硬顶，于是就跟他们东扯西扯，说些挣钱不易，既谅解他们又暗示他们"生意"不能只做这一次的话语，言谈中当然又透露出城里还有一些朋友正等着我。一来二去，他们才有松动，我们最后以300块钱成交，到一个僻静处，他们把我从车上往外一推，然后，车就像电影镜头般狂奔而去，瞬间不见。

孙：这种事您怎样释怀？或者让台湾人释怀？

林：我告诉大家，大陆现在既是个急剧变化的社会，自然也容易成为冒险家的乐园。步步是机会时，也步步有陷阱。各种情况都可能遇到。另外，你也要看清这事的层次。第一可能是你倒霉嘛！人总有倒霉的时刻，但通常同样倒霉的情形不会有第二、第三次，所以也难以怨天尤人。这样想心量会放宽。第二也趁此提醒自己"危邦不入，乱邦不居"。进入一个社会，首先要学会绕开危险。最后，就是有些时候也要想想是不是招感。

孙：招感？

林：就是你基本上跟他们是同一类人，他在骗你，你其实也想占他便宜。一来二去，就显得你在大陆处处碰坏人。所以我常对台湾的朋友说，第一次去大陆，碰到坏人叫倒霉；第二次去大陆，碰到坏人也叫倒霉；但第三次去大陆，如果还碰到坏人，你就得回去照照镜子，因为物以类聚，你恐怕也好不到哪里去。

孙: 这讲法简单，却直接透里。

林: 本来嘛，仅凭单一事件就对一个社会失掉信心，那只代表你不成熟。碰上一个好人就说这个社会好，碰上一个坏人就说这个社会坏，要是你还在修行，我就只好说，你连叩门槛的资格都没有。

孙: 不过碰到您那样遭抢的事，不要说台湾人，任何一个地方的人都不会轻易释怀。

林: 要求台湾人都像我那样，那也是过苛之论。但我仍然要提醒他们不要轻易下结论。因为有些是你倒霉，有些是你不习惯，或者准备情况不足，闯到危险地方去了，有些则还牵涉你自己的起心动念。我常用一个最极端的例子说服他们：如果你认为大陆有 6 亿人是坏的话，那不是也还有另外 6 亿是好的？何况现在看 13 亿人还活得好好的，这么多人能过的社会能有你想象得那么糟吗？

孙: 这样说有效果吗？

林: 对多数人是有说服力的。有一个台湾年轻朋友，就是因为上面那些话，跟我来内蒙古走了一大圈，最后跟我说：林老师，真的是好人碰好人呐！

孙: 他为什么这样说？

林：因为那次就碰到李文珍嘛！还有那些淳朴豪放的内蒙古朋友。大家在一起喝酒唱歌，连我这不胜酒力的人都勉力喝了几杯。

孙：那有没有死活说不通的？

林：当然有。去张家界时，我第一次在旅游时骂一个台湾团友。因为她总以指导的口吻告诉大陆人这儿应该怎样怎样，不怎样就说大陆有多糟。我说你来这儿就是来观察的嘛！带着那么深的成见，玩都玩不好。但骂归骂，我知道这样说她也无济于事。毕竟台湾就是有这么一些人，极度的惯性思维，极致得连大陆都不肯来。他们反而还要问我：你让我们对大陆非常友善、宽厚，为什么不同样要求大陆人也对我们这样？

孙：那您怎样答他？

林：我说你这样处处比和争时，你自认的优势又在哪里呢？大陆经历了那么多次政治运动，台湾社会没有，所以你在某种程度自然占有优势。而有优势就要体现在"有容纳体谅别人的能力"上，否则你社会先行的那些年就白过了。

的确，两岸是有大小，但大小并不来自客观条件，重要的还在彼此看待事务的坐标有多大，心量有多宽。所谓仁者无敌，就是能从生命本质处境上看待别人。这点倒是我时时期勉自己的。

第十五章

—— 两岸之间的症结与心结

大小之间

1988年两岸开放交流是件历史大事，当时寄托了无数人的期盼，可匆匆十几年已过，两岸关系仍处在不稳定状态中。"相逢一笑泯恩仇"的期待，常常在一个个新旧的隔阂中阻断，这中间，既有症结，更多还有心结需要解套。

一、生活落差拧成心结

孙：因为有您和一些台湾的朋友，我也非常注意报纸上的两岸信息，作为普通民众，都希望两岸关系持续稳定、朝良性发展，但确实还是有些敏感点，双方都无法触碰。所以两岸文化圈人相遇，谈艺术谈生活，都很开心投入，但碰到敏感神经，就都绕着走。

林：这里既有症结又有心结，即使不说，也是存在，是不是？

孙：1997年我去台湾那次，跟着您四处走，有次您将我介绍给学生时，还让我和他们互动。而听到他们就大陆问题提问，我相信他们是出于友善地谈出来大陆旅游时碰到的一些事情，但我仍然不能像与您交流时那样直抒胸臆，因为觉得彼此的理解还有误差。您当然微笑着为我解围，说一切的沟通需要基础。没有基础，好些就是想当然。两岸其实有很多想法就如此。而今天能与您做这部《十年去来》的访谈，也是建立在这八九年的认识上。您有两岸生活的经验，又有出自宗教心的禅心观照，所以即使听您说到大陆的不足，也会觉得客观而人情，因为里面有生命对生命最根本的关怀。但对两岸大多数民众来说，他们还缺乏如此的沟通了解的基础，所以就形成您所说的心结与症结。您觉得主要体现在哪些方面？又怎样解套？

林：说症结也好，心结也好，总就是两岸之间还有不能相互理解的地方。而这很大部分则导因于两岸历史进程不同所带来的认知差异。差异变心结，彼此就常以自己的角度看待对方，或者惯用否定态度来看待事情。

进程不同，最明显的当然就是在生活上有彼此的落差了。前期尤其严重。因为台湾这几十年来没有经历那么多政治运动，算是在稳定中发展，而大陆则因"文革"，经济相对滞后，所以1988年两岸开放，一些台湾人就觉得大陆像30年前的台湾。之前心里所怀抱的对文化的向往、祖国的热爱，一些人性的关怀，在面临现实落差时，就会形成严酷的心理挑战。而那时的台湾报纸，也曾极力渲染这些东西。比如说到台胞回大陆探亲，就会有无数的亲戚冒出来，瓜分到最后，身上只剩下回程的机票和一身衣服。我记得台湾《中国时报》上就登过一位知名文化人的返乡经历，她最后说：我再也不回去了。

这种事例渲染多了，自然会在台湾人那里产生隔阂。而就大陆人来说，相对地，也会看到那种因富骄人的台湾人的局限。

孙：就是财大气粗？

林：对。像咱们前面提到的内蒙古导游朋友乔玉光，就跟我说他原来非常不喜欢带台湾团，因为他们上车打麻将，下车找女人，到哪儿都粗声粗气的。可是有意味的是，这些人在台湾，并不见得如此，他们可能有非常乡土的一面，直率、鲁直，也知道财大气粗的样子在台湾会被瞧不起，但到了大陆，不自觉地就摆出了那个样子。

孙：人到了生活条件不如自己的地方，一些心理的优越感就会膨胀，就像中国人到越南旅游，也容易这样。

林：但隔阂就因此越拉越大，双方都以异样的眼光看对方之短。即使在大都市，生活的水平渐渐拉近，彼此的成见也还不能马上消失。1995 年我去上海，笛家俞逊发就告诉我，当地对台商印象还是不好，总觉得他们苛责员工，同时还"包二奶"。所以两岸交流不能起到正面意义，民间的作为也要负一定责任。

孙：但您说到的印象是 20 世纪八九十年代，难道这种落差现在还存在吗？这些年，不是连您都感慨大陆的变化之大吗？

林：都市落差在拉近，但乡村还有。我不是常说一句话"大陆如果能把如厕文化改一改，统一就容易了"？指的多是乡村的现状。

孙：龙应台写《我的不安》，就特意提到在大陆上厕所的惊心动魄。

林：我说这句话的意思，第一是指两岸之间乡村的落差还是蛮大的，第二则还是想提那种无文。无文变成了台湾对大陆乡村的普遍印象，于是当我带台湾朋友去九寨沟、张家界等地旅游时，告诉他们那儿住宿宾馆是跟国际接轨的，他们还是不相信，不住地问这问那。这种不信任再加上一些旅游中碰到的偶然事件，就会把负面印象加大。比如有一次在丽江云杉坪，大家排队坐缆车，就看见好几位妙龄女大学生不排队还理直气壮，台湾人自然难以适应，觉得一个规范化的社会怎能出现这种情形。

孙：大陆很大，要它平齐地发展，已不可能。在这种情况下，两岸应该怎样解套呢？

林：我总会提醒台湾人，20世纪50年代的台湾，其实还不是一样！蛮困顿的，许多情形也发生过。要有这个记忆。

孙：怎样的情形？

林：就是当时大家穷，美国回来的亲戚，大家也都会与他攀亲，要各种礼物，搞得人家也是身上除了衣服就只剩机票返回。这只是个历史发展的进程问题。又不是一两个卑微的生命所能左右的，它包含那么多复杂因素。在这里总要有些体谅的心。

孙：虽如此，让一个旅游的人有这么清醒的认识，一开始也不太可能。

林：旅游本身总也是个消费，因此隐然的意识不容易去除，那就是花钱就该是大爷。但如果两岸都把对岸的芸芸众生看作是同在一个大时代里的卑微生命，这个结就容易解。比如，面对那种生活落差，台湾人应该想，谁愿意一出生就在那贫穷偏远的乡村里？他固然穷，但穷不是罪过，穷也不是被瞧不起的理由。从宗教心来考量，一个得到更多的人，应该有"我何其有幸"的惜福，同时，对不如我者有种根柢的生命同情。两岸之间我为什么总要将它回归到历史悲剧的坐标来看，就是只有这样，才能彻底地从心底超越彼此之间的种种落差。

二、分的哲学、合的哲学各占其理

孙：大陆这些年的经济发展，已使这种生活落差在缩小。有时为照顾自己的国际形象，有的地方还专为外宾建专厕。当然引来的批评声不断，但起码透出一个信息，如厕文化真的不会那么无所谓了。但是生活的落差只是症结之一，应该还有一些认识上的分歧。

林：对，这些分歧像你前面所说，有些是现在不能碰的。但有一些，你看到了它产生的历史成因，就会多一些理解。比如开学术研讨会，站在大陆的立场，会觉得台湾知识分子怎么那么强调个人主体发挥，而台湾知识分子则认为，你们怎么都那么集体形态，认识那么一致。还有在两岸事务上，大陆民众可能觉得台湾人缺乏整体中国的观照，好像一味地在突显自己。而回到台湾人的立场，又会觉得，我好不容易争来一个主体选择的机会，你干吗动不动就把我纳入一个统一的大范畴中。

这些看法的产生，跟它所处的社会氛围有关。台湾30年的发展，除了经济以外，民主成为第一要义，而且无论是知识分子，还是普通民众，一提民主都会无限上纲，动辄就请愿游行，天天可见抗争的行为。但大陆即使是经济发展，民族情感仍是第一要义，强调民族的自豪感、自尊，所以带有比较强的群体性。而台湾在民族主义这块上，因民主所带来的个人权利彰显，再加上统独之争，许多事就变得相当复杂。在光谱的极端，则形成所谓的台湾民族主义，人数少，但基本教义派声音很大，凡事都主张和中国分离。也因此，台湾知识分子一提到民族主义，就会直接想成义和团式的，会犬儒、虚无地看它。

孙：不过，正好说到民族主义，不妨多说一点这个。我常常不知您这样具有中国文化情怀的学者怎样定位自己。因为您也说过，由于写批评国乐交响化的文章，台湾少数人过去还称您为国粹派。但您在另一方面的呈现，又的确挺世界主义的。

林：说我是民族主义者，可能是因为在我身上透出非常浓厚的民族文化氛围，并非只是一种情绪和符号印记而已。我自认是一个柔性的民族主义者，更准确地说，是一个文化民族主义者。或者根本谈不上主义，而是一种生命情怀的抒发，对自己涵泳的文化的自然吐露。也因为对中国文化的涵泳，在两岸文化之间，自然有超越社会、经济、党派差别的关心。咱们以前也涉及过这个话题，我那时说到世界主义有它的假象，因为每个人都是经由文化熏陶出来的，你的语言系统决定了你的思考。硬是要一个世界主义者存在的话，他要么是一个好的人类学者，要么可能是一个坚持每个人的生命底线不能被侵犯的人道主义者；要么反而是那些因为看到世界的繁复多样与沟通的困难，更加尊重所有跟他具有不一样的基本论述与认识的人。世界主义者可能有自己的立场，但共同点是非常包容。

孙：而民族主义者常常让人觉得比较难包容。

林：对，两岸的民族主义情绪都如此，是我不喜欢的。

孙：可是，总的说来，民族主义这个词汇，与我们每个人都切身相关。

林：的确，它牵涉你的出身嘛。民族主义是族群意识的反映，这种意识是人类自然的情感，我甚至认为："一个蔑视民族主义的人，你不要相信他会太好。"

孙：可是不同的历史进程，会造成两岸之间的思维差异啊。这不仅会涉及民族主义的不同理解，也会涉及我们现在所涉及的分与合。

林：对，是有这样基底思维的分野：台湾人看重分的哲学，重个人权利，垃圾不要倒到我家后院就好，为争取个人权利在所不惜；大陆人强调合的哲学，要发展经济，于是可以沿海先富，然后再来带动另一部分人。但这"让一部分人先富起来"的说法，在台湾人身上会感到不解，因为大家会问：凭什么要别人先富？不过在大陆，无论是从历史还是现实来看，它都有存在的合理性与必然性。

孙：有些台湾知识分子是会表现出某种优越感，但在我们听来，就会有"何不食肉糜"的不舒服。其实很多看似理想的概念，还是要回到人的具体情境中谈，那样彼此说话，起码气顺一些。

林：表面上是民族与民主侧重点的不同，内在思维则是"分"与"合"的特质之差。两岸其实都应观照到这点，这样大陆人就不会一味指责台湾人自私，台湾人也不会只说大陆人没个性。彼此有心结，就僵在那里。

孙：还是要回到各自的历史轨迹上来，做一个同情的理解。

林：是这样，在台湾，分的逻辑有它的历史渊源，主要是社会有多元的质素，有多元的统治再加以政治运动中对自我基本权利的强调，"分"就变成社会思维的惯性。大陆恰好相反，要洗雪民族耻辱，将民族意识上纲，群体性自然出现，而社会主义原来也较资本主义带有较强的社会性，所以"合"就变得很自然。

虽然历史进程造就思维的不同，但有反省力的知识分子还要善于换位思考。比如，站在合的逻辑来看，一个社会固然要观照到个人的权益与个人的自主性，但也要看到社会的存在原就是群体的连结，许多事物就应从它的群体性意义切入，反之亦然。回到历史的时空坐标，前面我们不是也提到中国就是一个一元性与多元性并存的文明吗？它的历史因此乃分久必合、合久必分。分，有它的社会需求；合，也有它的历史必然。要看的是，什么时候分，什么时候合；什么层次要合，什么层次要分。

孙：那您觉得是怎样的分，怎样的合？

林：讲到发展地方特色，当然是多元才有生命力，这个要分；但要讲文化基底，讲民族感，就要讲合。各种层次理清楚，分与合才不会是空泛的口号。

孙：现在大陆招商，台商也几进大陆，在这交流热络的一块，您有什么看法？

林：事实上两岸交流来交流去，在我来看还显得流于表面，一定程度上只是经济法则在起作用。台湾人把大陆看作开拓的市场，这当然无可非议，但纯经济的考量里就会缺乏情怀的观照与生命的质感，也没有心与心的拉近、双方的体贴与互谅，结还在那里。

而站在大陆立场，做了那么多招商引资的工作，目的当然是为祖国的统一，但如果没有让台湾人感到，台湾几十年的发展是有一些可供大陆借鉴的，台湾人也会觉得自己的价值不见，觉得大陆只是运用台商在"以商逼政"。两岸交流至今，为什么只是流行界的交流多，严肃东西交流少，也说明只在经济法则上起作用。因此，更多彼此互益的信息就容易被遮蔽。

孙：所以我才要在书前面写"被遮蔽的存在"，真的不仅是我个人情怀的抒发，实际上是想提醒，两岸都有这样被遮蔽的存在。

林：在一切都滑向市场化的大陆，这种提醒能发挥多少作用，是真没准儿。而大陆这个大市场既构成对台湾的最大诱引，对台湾也有相同的遮蔽性；但话虽如此，透过民间或官方的机制多做一些非商业性、学术、文化的交流，应该还是能发挥一些效用的。总之，是该有人不断地做提醒。而如果，这些被遮蔽的存在能得到更多的重视，并成为交流的重点，两岸的相互理解就不难了。

三、给历史诠释一个宽广的坐标

孙：您在为两岸的现实差异寻求解套，如果我们再往深说，就有一个历史的恩怨问题。您如何为这个问题解套呢？

林：这里有一个历史诠释的问题，目前解套还很难。因为毕竟还牵涉到国共战争。这场战争尽管有胜负，但胜又不是全胜，败也非全败。国民党退到台湾，也还统治了那么多年。双方在历史书写方面，本来就会更倾向于己方。而这种历史的书写既已成为民众的共识，双方一交流，就会发现落差之大，超过前面的任何一项。

从文化上讲，其实也同样有历史诠释的问题。大陆因为是文化母国，又是战赢的一方，所以会毫不迟疑地认为自己够资格谈中国文化。

但台湾文化人又认为，你虽为母国，这些年历经数次运动，传统文化断层得厉害，台湾儒释道却一直传承，文化论述上更有底气。比如大陆论述历史总说农民起义，但台湾历史课本就不会在此着力。它当然也是在讲朝代的更迭，但不会有一个绝对性的史观支撑说：一定是哪个结构出了问题，才会有那样的王朝危机，中国文化一定是照着什么样的模式在演进，这样就显得相对多元宽广。

孙：但我想象，台湾在处理国共两党那段历史时，就不会像讲历朝历史那么客观。因为我在台湾，朋友也在讲台湾前期的笑话，都是演那种人民如何受共产党欺压的舞台剧。

林：所以，1988 年我带太太——学生口中的"小狗师母"来大陆，大陆的电视连续剧她看不懂，虽然是讲国共两党的。我就说：你就把两者换位一下就懂了。因为以前的教育影响很深嘛！

　　还有一次我带朋友去张家界，我的团友跟大陆的一群人为了两岸问题产生了争执。僵持不下时，我就去解围。我说，单说回归，好像是一句话的事。可是你看，光一个历史课本，两岸差异都那么大，要商量一个共同过得去的措辞，都得讨论好半天还不见得有结论。更何况两岸统一，是那么多人的事，一切都要慢慢来才行。我这一讲，那些谈起统一非得马上，否则就是卖国贼的大陆朋友又都沉默下来了。

孙：抗日战争那部分，大陆史学界已经正视到国民党的正面作用。影视剧中也有体现。最著名的电影是《血战台儿庄》，反映的就是国民党抗战。还有我的家乡临潼，那儿是"西安事变"的发生地，我记得最开始蒋介石被抓的地方立过一个亭子叫"捉蒋亭"，后来就改为"兵谏亭"，总之改成一个很客观的历史说法了。

林：这样的信息恰恰很少能过到台湾，否则台湾人的观感就会大不一样。我常常讲的"好人碰好人"，广义上说也包括好的信息、好的信心。否则台湾人印象中的大陆连续剧，就都是把国民党讲得那么不堪——台湾人可能在心里并不认为国民党就那么好，但也未必能接受这样来看国民党，何况就此认知再往下推演，也容易变成：2300万台湾人，一群国民党的残渣余孽，被反动派统治了几十年。即使再大度，听到这儿也不会舒服嘛！台湾人会想我干吗成这样子？！

孙：但我理解，在说到国共战争之时，还是有一个普遍看法，国民党当时贪污腐化不得人心，所以才会有那样的溃败，历史学家黄仁宇先生回忆录《黄河青山》中也是有这样的看法的。这个败者也要承认啊。

林：要承认，但不能停在那儿。如果两岸现在还在论证孰胜孰负，那么只能说，思维还停留在1949年。有许多东西，就像我现在跟一个福建人谈当年的金门之战，他跟我谈到当时厦门的情形，都不是在说谁对谁错，而是一种"相逢一笑泯恩仇"的心态。何况你专挑这一样，他就专挑"文革"那一样，又开始没完没了了。

孙：但是这个结并不是一个民间的结。

林：可我记得邓小平就曾说过：坚持一个中国，制度可以不同；统一后，大陆不派人驻台，不仅军队不去，行政人员也不去。那是他在1983年6月接见海外学人、美国新泽西州西东大学教授杨力宇先生时提出的。当时两岸还未开放，他的说法，已经显示了一个宽广的胸襟。可惜这样的契机被国民党错过了，再以后便是李登辉上台，两岸情形就更加不好。而大陆也要有邓小平那样素孚众望的人才敢讲这样的话。

对国共两党的评判，应该要回到清末民初，即中国救亡图存的关口来看。当时一些有识之士在探讨中国往哪里去，分成两大阵营，里面都有爱国志士，只不过对中国未来的想法不同。当然后来存在谁掌握中国命运的权力之争，便衍生出许多无谓的牺牲、一些血淋淋的事实。检讨是必要的，但走到今天的我们，回看那段历史，更重要的是能从历史局限中得到反省，如此，未来的路也许就会少掉许多波折，这才对中国有利。

孙：您基本上是主张向前看。

林：因为现在所做的历史诠释都关涉到未来的可能性与正当性，所以更要有一个宽广的坐标。这个坐标首先是建立在"所有历史选择都是在不完美选项中选一个相对完美的"这样的认知上，如此才不会把事情绝对化，才能互看对方之长。否则除了僵在那里外，还能做些什么？

四、大小之间的分寸拿捏

孙：想到两岸分离，常常会联系到朝、韩，也想到当年的东德与西德，说起来都是同文同种的两群人，被命运推到分离的境遇。但分离的痛苦相似，分离的处境又各个不同。这一点，谁都不能否认，存在一个大小的位差。像我的同事说，台湾像广州，可能就是指地理的感受。回到现实的情形，历史的发展轨迹显然已经使它的面貌要复杂许多，因为历史的种种机缘，已经使它麻雀虽小，五脏俱全。这就出现一个认知上的矛盾，我们究竟要怎样互看，才更客观。

林：这里存在着一个分寸的拿捏。拿捏不好，就又拧成心结。台湾人在这方面可能更敏感，所以就常在不该大的地方硬撑大。但大陆人在这方面也容易自恃其大，因而处理两岸事务就不免显得粗率。

如果我们从人性的角度看，就不妨做个比喻，不是常说两岸一家人吗？大陆大，就要有大哥的样子。大事小以仁，仁就是要体贴小者，这样小的一方才不会敏感、紧张，在显微镜下看大的短处，也才能安于自己小的身份。大小之间才会兄友弟恭嘛。

孙：这当然是理想状态，但政坛人物一般不会那么想。

林：是啊，你只要看看台湾政治人物谈两岸时的情绪性就知道了，他们不是谋定而后动，是顺一时之快。但是，你若有兄弟情感的姿态，双方运作事情起来还是会有一种温暖度、润滑度，因为心里舒服嘛！如果这时台湾的党派还要恣意胡为，民众都会觉得你不该如此不近人情！这样就不会像现在，因为一些问题而僵在那里。谈到大陆应"大事小以仁"，同样，作为台湾人，也要做到"小事大以智"。智是什么？智是看到历史的方向，不是因你而转的。你所彰显的意义，不是跟别人争大，而是要有更多沉厚、更多精微的部分，有更体贴人的心，让大者觉得这个小自有它存在的价值，值得珍惜尊重。

孙：让我替您总结一下，就是大事小以仁、小事大以智，大陆要仁，台湾要智，是不是这样？

林：不如此，双方关系就不免沦为力量的游戏，对于彼此都不利。

孙：抛开台湾当局的台面人物的作为，就一般台湾民众，您觉得台湾普通民众在"小事大以智"的分寸上，处理得怎样？

林：不是没处理好，而是处理得非常不好。这当然有其历史因缘，因为当年蒋介石总是在讲反攻大陆，所以对民众的教育都是以全中国为论述基点。好处就是有像我这样的人，谈什么都是以历史长河的坐标来谈；但不好的呢，就是说什么都口气好大，政治浮夸。这是前期啦。到了后期，台湾又出现另外一种大，因为当局要对抗大陆，所以就把自己撑大，告诉大家说，台湾经济发展如何迅猛，大陆如何要面临崩溃。于是在不同心理背景下，台湾人总是在实存之小与心理之大中找不准自己位置。

孙：不过客观上讲，台湾在文化传承、典籍的保存等方面，有它大的地方，咱们以前多次提及过。大陆知识分子接触台湾文化后，也有这样的感慨。

林：所以我常说大小也是相对的，论大小，不如论对等；论对等，莫如论彼此互见的短长。关键要看你怎么看。小的不应该没信心，大也要注意"虽大犹小"的陷阱。

孙：此话又怎说？

林：事事要与小争，就是虽大犹小嘛！更何况，两岸发展本互有短长，尽管双方在人口、面积、实力上有大小之别，但要为两岸问题解套，就还必须回到文化与人性的立场。文化的立场指的是，我们既然讲同文同种，那么一个文化体隔海实验了40年，无论走过了多少弯路，有怎样的反差，都是有它相对于彼此的参考价值的。以互通有无的眼光看对方，就容易突破一些局限。再回到人性的立场来说，我们要看到，在两岸活动的，就是人嘛。是人就有历史包袱、有心理局限，有他的敏感神经与特殊生命境遇，这样就容易彼此达成谅解。能看到这些，两岸就互有大小，也就能超越小的局限、大的陷阱。

要不然，彼此各守一端，扁平化地看待两岸事务，就只显得两岸关系怎么那么脆弱！

孙：是啊，两岸的关系就会变成随着政治关系而时密时疏，最后交流来交流去，不仅没有互补短长，反而还招来新的误会。

不过两岸开放以来，我还是注意到一些良性信息，比如媒体就曾报道一位政府官员的讲话，说蒋介石灵柩可回乡安葬。

林：正视蒋氏的存在，正视国民党前后期的正面力量，这当然是很好的。大陆本来就是原乡、本家，无可避免地应该开阔，体现出历史的大格局，这样才能让台湾人放心。要不然，以小者的心理，在觉得"退此一步即无死所"下，自然会有许多非理性的反应。而一旦如此，民族的伤痕就不容易弥平。

我从蒙古音乐听到的

1993 年当蒙古族歌手腾格尔来到台湾，邀约公司的企划正是我的学生徐薇谨，她希望到过内蒙古三次的我能为蒙古音乐写篇介绍文章，我乃拿起了笔，写出了《我从蒙古音乐听到的》这篇文章：

就汉人，尤其是来自海岛的汉人而言，蒙古文化之拥有极大吸引力似乎是理所当然的，毕竟，无论是金戈铁马的雄风抑或风吹草低见牛羊的苍茫，都不是海岛的生活所能经验的；然而，我们对蒙古文化的这种印象毕竟也只是个想当然的向往而已，其实，真到了内蒙古，除了惊叹于草原的一望无际之外，我们首先最诧异的也许还在：蒙古人竟是个那么会唱歌的民族。不错，比诸蒙古人，汉人尽管支系绵延，音乐遗产丰厚，但若以歌唱在生活中所扮演的角色而言，则我们几乎可以说是个不会唱歌的民族，不像蒙古人，他们在各个场合里不停地歌唱，终于将草原唱成了"歌之海洋"。

我们知道，一个民族的音乐风格必然与其特殊的生存环境及生活方式密切关联，因此，谈蒙古音乐的风格当然得从草原谈起。蒙古民族既以马背民族闻名于世，豪迈也正是我们对草原牧民的典型印象，而处于草原那无垠的天地中，人似乎也只能凭着这一股豪气才得以生存下去，以此，豪迈、粗犷以至悠远乃成为蒙古音乐的最典型特征。

然而，除此之外，蒙古音乐更有着一种深情，这份深情也许是缘于在偌大草原中人与人、人与牲畜间的必然相依吧！它使我们感受到藏在平直外貌下，蒙古人惜缘的另一面。在草原上，客人一旦进入了蒙古包，就会被当成兄弟般来招待，而也许正因为珍惜这种相依，千百年来，微不足道的人才得以对抗那无情的自然；当然，自然也未必尽是无情的，草原的美丽更深深地烙印在蒙古人的心中，因此，以优美的旋律来赞颂、怀念草原也就成为蒙古音乐的一个重要主题。如此，结合着美丽深情及悠远豪迈风格的蒙古音乐，与汉人或委婉、或高亢、或自适、或思绪满怀的音乐表达乃有着大异其趣的地方。

然而，就个人而言，蒙古音乐最能吸引我者，其实还藏在这些特质风格的背后：1990年的冬天，我在一个偶然的机缘下，有幸接触到典型印象之外的蒙古人生活，才得以真正感受到蒙古音乐那较不为人知的一面。

通常，到内蒙古去的人，总将焦点放在那无尽的草原上，夏天的草原是最美的，可我却选在十二月的隆冬到了内蒙古的北端，在零下二十几摄氏度的低温中接受蒙古友人的热情招待，饮酒唱歌，通宵达旦。不过，在大块吃肉、大碗喝酒的当时，我却也注意到了主人的媳妇，一位胖胖、有个典型蒙古脸庞的姑娘，守在一台录音机旁，将我们所有的歌唱谈话都"忠实"地录了下来；由于歌唱是尽情地应和，聊天是天南地北地穷扯，因此，她这种不择良窳的录法确实让我感到颇为纳闷。

而就在我们狂欢一夜即将离去之时，这位胖姑娘却不待与大家挥手道别就跑到屋内饮泣了起来。在我的想法中，一晚相处，宾主纵然有多么依依不舍，当也不致如此，因此，我问起了我的朋友布和朝鲁到底发生了什么不愉快的事，布和回答道："我们这一离开，也许要好几个月后，她才能再见到其他的朋友，在冬天，除了守在屋内与家人、羊肉、菜干共度外，日子是不可能再有什么变化了。所以昨天她才尽可能地录下我们所唱所聊的，只要有空，就放来听，边听边想象着和我们相处的情景。"听到这回答，我这来自人烟稠密海岛的人，不禁打从心底震栗起来，而它也马上让我联想到：蒙古歌中一直吸引我的，不就是这种深藏在心底，隐约但却沁人心髓的寂寞吗？！

　　这种寂寞与蒙古人的豪放作风、草原美丽的风光形成了强烈的对比，而同样的情形，也出现在他们对自己的文化态度上：一个曾经缔造世界最大帝国的蒙古族，面对汉人，尽管有着中国境内少数民族少见的文化骄傲，但在汉人与现代文化的冲击下，他们对自己的传统文化，也就像对孕育他们的草原母亲般，在眷恋骄傲下也有着痛苦的矛盾，因此，每当歌声从我朋友宽实平厚的外表娓娓流出时，我总能感受到那极深的思慕与似乎非走出去不可的不忍。而这样的风格在蒙古音乐中固不仅止于乐曲的内容，即于音乐形式上也如此：蒙古马头琴原来的音量比现在小许多，以致呜咽沉吟往往更多于豪迈，而最具特色的长调在草原上，也往往只能随风形成一缕抖不落的感情线条。

　　如此，四时变化明显，但却一望无际的草原给了蒙古人一切：从最美丽的夏日到最严酷的冬天，从最荒寂的空间到最浓郁的人情，蒙古文化也因此有了与汉文化截然不同的气息。而在听到蒙古族那优美深情、豪迈悠远乃至寂寞的音乐时，生活于背山面海、四季如春之地的我们，又会有什么生命上的感触与反思呢？

谛观有情

——生命因缘中的偶然与必然

　　高中时，年少轻狂，曾自许要在生命中的三个面相有所成：禅、书、艺。当时只道是人生总该有些憧憬，信笔为之，不料数十寒暑过后，昔日戏论竟宛然成真，回首前尘，还真不得不慨叹因缘之难知、愿力之惊人。

　　六岁有感于死生，生命的自许是由宗教开始，高一见书中句"有起必有落，有生必有死；欲求无死，不如无生"有感，从此注定了体践无生的禅者生涯。而就在此同时，文化则分别成为两岸的重要议题，一边谈"文化大革命"，一边说中华文化复兴，反差拉扯，在传统氛围成长的我，乃慨然有志于文化研究，选读了当时最冷门的人类学。然而，不羁的性情则又使我在求学过程中花更多时间于艺术之上。于是，说成长，果真还循着"禅、书、艺"这样的轨迹一路行来。

　　不过，进入社会后，因不愿被职场所拘，最先我则选择了自由的艺术工作；直到两岸"解冻"，为了印证生命所学的真实与虚妄，也为了那一点放不下的文化情怀，我才离开了半隐居的日子，勠力于社会面的文化工作；而这被同行视为几乎无役不与的角色在这三年则又有了大转折，此时，那在我做艺术、谈文化时，始终隐然为其基底的禅修行却自然浮了上来，生命重心乃再次回归于禅。情形就如同我给老朋友的一封信中所写的：十几年的文化生涯，根本的也只是禅者生命的一种锻炼而已，此时，该是回头面对自己不足的时候了。就如此，尽管禅、书、艺三者始终以不同样态同时并存于我的生命中，但在印证的轨迹上却又与学习时相反地，是逆向地由艺、书到禅。而这，或者也是宋代禅僧青原惟信所说：从见山是山，见水是水；到见山不是山，见水不是水；最后回到见山只是山，见水只是水，这三个生命阶段另一形式的体践吧！

　　"禅"是生死大事，所谓"两刃相交，无所躲闪"；"艺"则感时兴物，挥洒才情，期能"以偏见圆"；而"书"呢？犹记得年少时用了两句话做了自我期许："素负平生志，常怀家国忧"。相对于"禅"的终极面，"艺"的个人性，"书"则是作为群体一员、历史一环的观照，而对我，这其中的体践，就常聚焦于两岸开放后，我究竟能为台湾、为大陆做些什么这一件事上。

　　于是，在台湾，十几年来我参加了数不清的文化活动，也为不同政党写下了文化政策纲领或白皮书，更发表了两三百万言的文化评论。不过，这些文字并没有编纂成书，因为我知道它们都只是过客，只有回到特定时空中才能照见它们的意义，时候一过，就该功成身退，即使成为过眼云烟也无所惋惜。这就如人生，你选择你该做的，你做了，本应如此。何况时务之事不像修行、艺术，可以有较清晰且不变的标杆放在那里，所以我会为中国音乐的人文系统做建构梳理，也想在适当时机从禅的角度写本禅修行理论与体践合一的书，但却从来不想出部文化观察的著作。然而，话虽如此，目前已淡化文化角色的我，却在"书"这一事上仍有放心不下者。

放心不下的是，十几年来我虽在台湾大谈中国文化，也以六十几次阅读大地的行程来了解大陆，但似乎对这变动大地惯常的生命并没有更直接的关注——尽管私人间的情谊有那么许多。

在"书"上，自己似乎只做了一半，于是1998年我的文化美学著作《谛观有情——中国音乐里的人文世界》在北京出版后，我决定写这本《十年去来》的书，将我的有关观照提供给大陆朋友，作为面对时代变异及两岸互动的参考。

书是写了，不妥当，因为大陆是如此之大，怎么谈她都难免挂一漏万、以偏概全，更多的恐怕只是个人情怀的抒发，缺少了一个读者实存的对应；而以大陆各地之落差，连文字拿捏都难找到落点，更不用说那有限文字对内容的选择。于是，最终也只能废然而止，差堪告慰的只在：毕竟自己也尽了一分心力。

好在，这个遗憾却因我与小宁的一段对话而有了转机，她一直想谈谈我，也一直觉得难谈我，而如果能藉由文化对话来谈，则虽不能直抒我的全体，但一来还可多少介绍这个人，二来许多两岸或大陆发展的问题，也可趁此得到一些辩证与厘清。于是，当她建议藉由我们两人的对谈，以她的角度来写本《十年去来——一个台湾文化人眼中的大陆》时，我就答应了。

答应，其实不只想弥补上述的遗憾。坦白说，这几年台湾也有几位朋友想写写我，但我并没兴趣，因为这里可能存在有太多的假想与误解，而人，没事就把焦点集中在自己身上，更是修行的大忌。我自己就曾在一本台湾知名道场开山和尚的传记中，直接提醒当事者，"立传"会带来"稍一不慎，即丧失性命"的危险。好在，小宁要的是比较广泛地写写我在文化上的一些观点，因此也就答应了。

答应，一是因这种对谈难免散漫，散漫就不会对当事者的种种太做胜义解，而散漫有时甚至还能散发出严整所没有的真性情。

答应，另一是她所提的落点：介绍台湾"被遮蔽的存在"。这对两岸有益，而如果能引起大陆多少对自身"被遮蔽存在"的观照，则更有意义。

但答应，还因为我与她一段既偶然又必然的因缘。

偶然的因缘来自1995年我至北京担任一项民族器乐国际赛的评委，她作为《中国文化报》记者代班来采访，原以为是等因奉此的一项任务，不料却让她惊讶于民乐界也有如此深入文化的人，而我则也讶异于这外表还很生嫩的记者所提问题的深刻，及对台湾文学的熟稔。

偶然的因缘也来自1993年时因录音认识的一位电影学院学生，她对台湾电影的了解远超过我，让我深深感觉大陆年轻一代对外界知识的渴望，于是，我总想"不为什么地"为这些人带点什么。就这样，与小宁认识后，我每到大陆就会带两三本我认为她需要但大陆不易买到的书给她，偶然就如此渐渐成了非偶然。

随后1996年我在台北的音乐会邀请了小宁访台，名义上是来报道音乐会，但主要更想让她看看台湾，这趟路因手续费时，她来时音乐会已过，不过更好，这样就有机会随我做空中飞人，南北奔波，观察台湾的人与事。当然，她对我在台湾的角色也就有了更深的了解。

当时，《谛观有情》正在进行最后的整理工程。有天，她告诉我，想让它在大陆出版，但《谛观有情》原是部较没市场、较大规格的作品，我听了也没真放在心头。

1997年6月《谛观有情》在台湾出版，我寄了一套给小宁，此后，知道她一直为这书在努力，详细经过并不清楚，只晓得碰了许多壁，而这些固早在预料之内，心中却总有份不忍。尽管这部作品对中国音乐做了总体梳理，更以此解读中国人文的特质，我自认有它历史的意义，原先也想翻成日、英文以便让更多人接触，但遇到这种情形，即使只是大陆的简体中文版，有几次电话中我都想叫她放弃算了。

然而，没想到的是，1997年年底《谛观有情》就有了要在大陆出版的确切消息，而这，就不得不提到另外一个与我也有着既偶然又必然因缘的年轻人——侯健飞。

侯健飞，大家都叫他小侯，一个有趣的人，颠覆了我对大陆某些人士的既定印象。出身草原，是家乡中唯一任官、位居少校的人，军职，却属典型的文艺青年，凭着一支笔为长官赏识，调至出版社任编辑。

虽说是文艺青年，但小侯与一般艺文人士又大有区别。首先，他对古典文化有种由生命基底而发的尊敬与对其处境的担忧；此外，他又具有行伍常见的火暴脾气及行走江湖需要的豪气与义气。但话虽如此，他还不是真正的江湖人士，行事既不老练，更常常吃亏，而也因如此，这次他又做了一件自认为对却注定要吃亏的事。

小侯对音乐一窍不通，也不知怎么与小宁认识，总之，最后通过小宁的引介，看到了我那本他认为有历史价值，一般人又能读得懂的书，就热心地说服了长官，要让《谛观有情》在大陆问世。

出版对出版社而言不是什么大事，但《谛观有情》不同。首先，不只我的坚持，小侯也希望除开繁体转成简体外，一切美编、质感悉依台湾，因为谈美学的著作自己都不美了还谈什么，而台湾版的质感是被大家所肯定的，朴实、不张扬，但一看就知有厚度。此外，大陆版的字也依然直排，因为直排有质感，具古典美。

其次，更困扰大家的是 CD 的压片工程，为了保证质量，小侯亲自至深圳监工，虽说是监工，其实连小弟的事都干，事必躬亲，就怕出一点小错。

从这里可以看得出小侯的牛脾气，也就是这牛脾气，让他一旦认定作品具历史意义，就会一头栽下去。后来我才知道，当这牛脾气对上小宁的直爽时，两人在商量如何做上，还不时以"终极语言"——如"再逼我，我就跳楼"来"要挟对方"。不过，也因有这浪漫、热情与年少的懵懂，及对古典、传奇的一份憧憬，两个年轻人才会扛下这样的任务！

《谛观有情》出版，就如同在台湾般，引起了媒体广泛的注意，这部冷门的书在台湾据说是除《E.Q.》（西方第一本提出情商观念的书，20 世纪 90 年代在西方造成轰动）外，平面媒体以最大篇幅报道的作品，但大陆状况不同，没有他们两人事先的安排许多都不可能。

周密的安排及热烈的回响，其中还包含两场北京音乐厅的音乐会，11 位民乐名家如林石成、俞逊发、闵惠芬、余其伟、宋保才、胡志厚等人，不惜身份，一人一曲地拔刀相助，种种在当时都被视为音乐界少见的盛事。

就这样，《谛观有情》留下了一些令大家津津乐道的回忆，例如：中央电视台《东方之子》的编辑事先来做了解时，看到竟只是一部冷门的作品，就曾直接表示了"就这一件作品？"的轻蔑态度，而我的回答也很直接："就这作品，便在历史留了下来"，而这原只是个以狂制狂的小事，但在《东方之子》访谈结束后，这位编辑竟不忍心将许多话剪掉，于是只好拉长播出时间，在分秒必争的电子媒体留下了一小段英雄相惜的佳话。

又如：面对作品，许多媒体问出了"林谷芳为我们带来了什么？"的反思，这问题牵涉到文化主体的观照，而有此一问，一定程度也就达到了我出书的目的。

还有，一位杂志编辑曾问我："为什么你出口就是书写语言？"北京电视台一位记者提问："为什么我们觉得你跟多数大陆的文化人不一样？"我则感慨地以在我身上看不到生命的断裂、美感的断裂来作答。还有那在音乐厅一袭布衣的主持，竟也让某些中年人感怀落泪，认为被遗忘很久的一些美学基点就在这场音乐会中又给连接了起来。

这些都变成了参与朋友的自豪，而我希望回馈大陆的人文观照也得到了落实，偶然的相遇变成了生命的相惜，于是当小侯说他要出这《十年去来》，小宁说想藉由与我的问答将一些文化反思与生命质感介绍给人时，我只有欣然，更何况，这还帮我解了在"书"的面相上一直悬挂于心的遗憾！

但"书"归"书"，也就是文化观点归文化观点，我知道小宁更在乎的是"以事显人"，是想透过这些观点，多少介绍我这"被遮蔽的存在"，而我也一样，更期待的是希望能有机会引出大家对大陆自身被遮蔽存在的关心。因为，来过大陆六十几次，虽有着印证生命所学的基底目的，但要不是遇到一些被遮蔽，却值得尊敬、值得疼惜的生命，我对这块土地的信心与关怀就很难持续得如此坚忍与自然。毕竟，人永远是我们观照的主体，再好的山水遇上不好的人，一切也将改观。

这些人中，有已变成老朋友、任教于中国音乐学院的李文珍老师，如果没有她，我就不能了解到所谓的老共产党员他们的所思所想竟如此单纯，但也由于单纯就容易因理念上纲而异化。不过李老师却因从民歌契入常民大众，乃守得住永远的质朴。而这些年来我许多的大陆事务也都因她帮忙才更为顺，内蒙古的因缘更由她牵成。

又如：刘书兰与王范地两位老师，一个是音响与戏曲专家，一个是琵琶前辈，没有他们的监制，《谛观有情》就不会有那样好的录音品质。

再有，中国艺术研究院音研所的乔建中老师，许多资料收集都亏了他，而他则凡事谦谦有礼，从不居功。

当然，笛家俞逊发，高胡家余其伟，佛教音乐学者也是我戏称"杂家"的田青，这些老朋友许多幕后的帮忙、理念的呼应同样让我有深深的感动。

而即使不常往来，已过世的音乐史家黄翔鹏，以及君子之交的音乐人类学者沈洽，他们治学的严谨自持，也给我印象深刻。

音乐界如此，非音乐界也一样。

例如：十年来安排我带队旅游许多地方的内蒙古文化旅行社总经理乔玉光，这些年来已变成了我的老朋友，每次旅游，他忍辱负重，只为尊重我这关怀大陆的文化人。

还有因小宁、小侯认识的那些媒体朋友：外表质朴，理念清晰的解玺璋；与我在云南相处十来天做采访，角色扮演得让我印象深刻的余韶文、赵为民；而即使已是台面人物，却始终默不作声，自有分寸的中央电视台原《东方时空》制片人时间，这些看来都那么气势昂扬的人，却都显示出生命中可贵、含藏的一面。

而即使是那些出身行伍，却使《谛观有情》出版的小侯长官，其所显现的谦恭温文及文化怀抱，也让我无法与过去解放军印象放在一起。

当然，除了这些多少都与《谛观有情》有关的人外，更重要、更普遍、更让人心疼的，还是那些在各地，尤其边疆地区，散发着生命底层的热情与纯朴，虽不属台面，却正是让这块大地、这个文化仍然有情的陌生人。

这些朋友，有些固然跟我有较多的来往，但即使那不直接与自己有关的被遮蔽的存在，也一样令人动容，例如：我就曾因内蒙古歌神哈札布的东乌旗弟子对他的体贴、照顾与打从心底发出的尊敬而动容，他们让我真正感受到礼失而求诸野，虽然都非有名之辈，却正是这种基底才支撑了文化的存在。

而想到这，一幕幕各地认识或不认识的名字脸孔就自然地在眼前浮起，正是这些朋友才让我能更虔诚地阅读大地，更体贴地观照生命。也因此，如果能经由这本书唤起大家更多地观照到在这浮动社会中，我们仍该坚持、仍该关心、反思的一面，那又有什么理由能推却《十年去来》的重生呢？

这些年，台湾与大陆的朋友跟我交谈，每每喜欢围绕在《谛观有情》，不只因为作品这本书，也还因为它本身这个词句。"谛观"、"有情"分别是佛家话，我将它们连在一起，指的是：如实观照有情的世间，这正是我对中国文化核心特质的解释，因为中国生命的超越正只能在有情的世间中取得。而就此,《谛观有情》是我在音乐、文化上的有情抒发,《十年去来》是我对人世、社会的有情观照,而往后的禅者角色也将是对生命本质最终的有情体践。因此,虽说学习上是循着禅、书、艺的顺序,体践上是依着艺、书、禅的轨迹在走,但有情则是贯穿这三者的轴线。而从1998年的《谛观有情》到2001年开始的《十年去来》,我的这些朋友与我之间的种种因缘不也正是如此吗?!